你是我遗落的青春

赵伟▶著

文化发展出版社
Cultural Development Press
·北京·

图书在版编目（CIP）数据

你是我遗落的青春 / 赵伟著 . —北京：文化发展出版社，2022. 8

ISBN 978 - 7 - 5142 - 2936 - 3

Ⅰ. ①你… Ⅱ. ①赵… Ⅲ. ①散文集 - 中国 - 当代 Ⅳ. ①I267

中国版本图书馆 CIP 数据核字（2022）第 114874 号

你是我遗落的青春

赵 伟 著

责任编辑：岳智勇　　责任校对：邓辉明

责任印制：张合涛

出版发行：文化发展出版社（北京市翠微路 2 号　邮编：100036）

网　　址：www. wenhuafazhan. com

经　　销：全国新华书店

印　　刷：北京昌联印刷有限公司

开　　本：880mm × 1230mm　1/32

字　　数：176 千字

印　　张：8. 75

版　　次：2023 年 4 月第 1 版

印　　次：2023 年 4 月第 1 次印刷

定　　价：46. 00 元

I S B N：978 - 7 - 5142 - 2936 - 3

如有印装质量问题，请电话联系：010 - 83600578

Contents

目 录

Part 1 相逢雨季，转身花期

Part 2 不许天荒，只许地老

Part 3 遗落在时光里的喃喃

Part 4 时光清浅，思念悠远

Part 5 那首春天的歌里，有你温暖的影子

Part 1

相逢雨季，转身花期

离开那段时光很久以后，我曾一个人磕磕碰碰地去看海，一个人漫无目的地闯荡陌生的城市，一个人尝试爬上高山的云梯，一个人坐在电影院里抹着眼泪，一个人收揽晒过太阳的被子，一个人等雨，一个人等晴天，一个人深入夜色……很多事情都做到了，你相信吗？真的做到了！但唯有忘记你，我却有心无力。

风铃人家

不知是谁来过窗前，洒下几声夜莺的歌。

屋里的影子素净优雅，微微煽动的裙摆接纳了轻风的一个拥抱。她笑笑，把一串竹骨风铃挂在窗前，然后转过身坐在窗前的椅子上，安静地思忖。

往窗外望去，眼前是一丛高低错落的荨麻叶。风一来，她微笑着闭上双眼，悄悄地听绿叶的温声细语。

风铃叮叮……

她知道一个有关春天的秘密，埋藏在盛夏，已经有了一个季节。

少年小心翼翼地探出头，没有注意到被花枝挂着的衣摆，一块洁白的丝帕从他的口袋掉出。那是女孩送给他的，上面蹁跹着两只米黄的小蝶。

啾啾……

她赶忙站起身来，对着窗户张望。这是月光稀薄的夜，阳台上的银霜在袅袅婷婷的咖啡香气中消散。

少年说，她的眉间闪动着一颗疏星，那是他世界里最温柔的光芒。可是当她凝望时，又觉察不到他的影子。

少年摸摸口袋，然后焦虑地离开了。转身跑开时，风铃叮叮作响。

她听到了夜色里窸窣的响动，嘴角不禁扬起一朵快乐的花。她记得那个少年的模样，甚至他清晰的轮廓。但是这响动很快消散在茫茫的雾气里，化成她的一波空洞的眼神。

风铃叮叮……

风，安静地漫过一夜，少女的脸庞浅浅地辉映在晨曦里，她睡着的一个晚上，少年再也没有出现。

咖啡色的泥土小径被林间的轻雾遮掩，在散去的莺歌燕舞里，落下几片单薄的叶。

少女的指尖在阳光踱进的一角轻微地动了一下，这个梦比清晨的阳光更加安静。恍然，少年白衣翩翩，在梦中，她听到他的笛声，看到他微扬的唇角，看到他清晰的眉眼。

一个梦，是一个少女的秘密。

上午，少女醒来，窗外的风送来温暖的长吻。从小径出去，她看到邻家的猫咪迅速跑过她的身旁，抖落一些灌木中的晨露。邻家女孩温柔地和她打招呼，她忽然看到对方手心里的手帕。

女孩搬家了……

男孩再来时，门前的荨麻叶散乱地舒展着，一串竹骨风铃发出迟钝的声音，叮叮……叮叮……

会有暗恋的种子盛开满树芳华

曾经以为，反复地琢磨一首歌，只是喜欢它唯美的节奏、轻快的韵律，很单纯的那种情愫。后来，青春攀上了风的模样，浅浅地在记忆旋涡路过一个人，她的嘴角扬起不屑的弧度，然后唱着你熟稔的歌曲，你的心就在那一瞬间埋藏了风的秘密，简单，甜蜜。

年少，星空曾是每个人的温情梦乡。星空下，月光流泻，点点飞萤在浅笑轻语处曼舞。偶尔路过，看见她洁白的长裙，看见她怀里捧着的图书，看见她粉红发卡上散落的桃花，心跳会不由得加速。那时，想去搭讪，却又怕惊扰了她，于是蹑手蹑脚地走过。之后不爱风花雪月的自己也会时常出现在花林巷陌中，很微弱的悸动。等，成了一个不开花的梦。

时常会想，自己该以怎样的方式修补褪色的青春呢？

可能有这样一个平凡的早晨，朝阳倦懒地挪动。你在上学的路上看到她，偶尔会捡几片掉落的阔叶，偶尔会弯下腰来系好乳白色的鞋带，她的每一个动作都是那么轻盈曼妙。你偷偷地记录着她的微笑，像给感情制作一枚枚可以溯源的标本，虔诚万分。

这些感觉由不得时间触碰，荏苒的光阴会将之浸泡成松软的蛀牙，时时需要保持警惕。这是年少的秘密，青涩却不乏韵味。

有时候，想躲在角落里，听阳光听不到的声音。心情会因为一个人变得沮丧，也会变得忧伤。暗恋的年华，有我们最为纯真的心声，澄澈如晴空，然而晴空却不懂。

静谧的午后，阳光投下橙色，制造出入梦的意境。托腮在一棵花树下，期望她会从这里经过，然后在树下乘凉。她会向你投来温柔的笑，或者在衰草凄凄的野渡，在颓废的篱笆脚下。这段心事都会成为一场酝酿在心底，久久期盼开花的梦。

我们曾用最严肃的心态去封锁内心的躁动，想必那些无法入睡的夜晚，都是因为有一个美丽的星空。然后星空里点缀着一个人的笑脸，甚至点缀着她未合上扉页的画册，点缀着一连串古色古香的音乐。许多年以后，拿起手中的纸风筝，才发现曾经有过一年，我们在侍奉着青春，殷切而热忱。

有时候会默默地出神，苍穹投放出阳光的碎影。在斑驳辉映的角落，打开尘封已久的抽屉，会发现很多年以前朦胧的心事。后来，属于自己的那片天空已经失去了年少的色彩。在时过境迁的某一天，我们怀念青春，站在成长的田垄呼唤着如烟逝去的曾经。

许多往事过后，也有许多未知在前行。拿起炉灶上温度刚好的牛奶，铺上粉白色的桌垫，面对眼前熟悉而苍白的场景，心里兀自打结。时光消瘦了我们太多的丰腴，那些隐约的情话已失去过分清晰的骨架，变得不再棱角分明，但是回想起来，却不染孤寂，不沾忧伤。

站在另一座城市的街道，没有花柳，没有簇新的广场，也没有洁白如云的建筑。但我们懂得，那座离城埋下了我们最真挚的情感。时光寥寥无几，它将变为透明的财富，和着走过的纪念，路过的爱，一场风月，一场雨雪，供我们微笑着回忆。

许多年以后，我们的记忆开始蒙上灰尘。但是，那段恣意飞扬的往事却在时光的模子里打下清晰的烙印。思念过一个人，暗恋过一段情，在若干年后都将成为成长历史中最盛大繁华的遗迹。而我们在满树芳华的故事结尾，听风轻轻过，雨轻轻落……

稻草人沉睡的爱

那一年，她没有考虑父母的要求，直接向着大山进发了。面对着山里那群孩子渴望读书的眼睛，她知道自己的选择没有错。

大山的条件只言片语无法形容，但是狼藉里的一声声童真，让她的生命永远地扎根于大山，她不悔。黄土与草芥混合而起的教室，只有一盏十瓦的昏黄灯泡，她怕伤了孩子们的眼睛，又怕肆虐的寒风冻坏了孩子们的身体，于是就上报村委会，要想尽一切办法给孩子们解决读书的问题。

但是，上面给出的答复很模糊。无奈，她只好借来城里的课本，一页一页地给孩子们抄书。孩子们感激她，叫她姐姐。她把牙关咬紧，坚定地告诉孩子们："放心，有姐姐在，你们一定是祖国的栋梁。"

第二年，他开着三轮车进山里送水，遇到了她，并得知了她有一颗天使般悲悯的心，就默默地喜欢上了她。他学着她，从城里高价收回一些少年读物，然后全部带来送给孩子们。她对他说，你真是个好人。他笑笑，从此也不愿离开大山了。

于是，孩子们欢天喜地接受着阳光雨露的沐浴，快乐得像一朵朵盛开的茉莉花。他们叫她姐，叫他哥。

她时常瞥见他额上有晶莹的汗水，然后会羞涩地笑笑；他看着她脸上葵花一样的笑容，紧张得不知道该说什么。那年，她不顾寒冷为他亲手织了一件毛背心，他每时每刻都会穿在身上，快乐得像个孩子；他回赠了祖传下来的玉佩并亲手戴在她的脖子上，然后很郑重地说："你真美！"

在十三个孩子的欢声笑语里，他们发完了手里所有的喜糖。纸糊的格子小窗里，阳光投进一朵朵幸福的小花，他们知道，彼此会用一生去爱对方。

但是，幸福戛然而止。

第二年开春，他开着三轮去城里拉水，走出村口时，开始解冻的崎岖山路突然发生了塌方，他连人带车翻进了沟里。醒来时，医生告诉她，他受伤失忆了，情况的好坏只能听凭造化了。

她听了当即瘫在地上，但是想想村里那间漏雨的屋子里还有十三个可怜的孩子等着她回去，她毅然擦干眼泪，扶着失忆的他一步步走回山里。

从此，阴霾笼罩了她的世界，她会在孩子们出去玩时一个人偷偷地躲在野外流泪。但是，孩子们懂得她的心，为了替她分担忧愁，十三个孩子每天轮流陪着他玩。

失忆的他，智商全然退化成了一个孩子。她和孩子们一起陪着他数星星，陪着他骑稻草人做的木马。他的笑容里没有一点儿忧伤，她明白，他的开心便是对自己最大的安慰。

那一年秋收后，她精心为他用稻草扎了一个和自己一般大小的稻草人，然后给它穿上衣服，化了妆。在她给孩子们上课时，他可以坐在角落里和稻草人一起做游戏，他学着她的样子为稻草人洗手洗脸，给稻草人讲猫和老鼠的故事，到了吃饭时间，他和稻草人告别："乖，你在原地等我回来！"

她和孩子们一起去地里拾遗。捡到没有收获尽的土豆，她会刨出来为他用火烤熟，然后小心翼翼地剥了皮，一块一块地喂到他的嘴里；而他总是哭闹着让她留一个给自己的稻草人，然后按照她的样子剥了皮，一块一块地塞到稻草人的肚子里。

第三年的春天，她好不容易从亲戚朋友手里借到五千多块钱，决定带着他去大城市最好的医院求医。可是，命运的玩笑似乎并没有就此开完。在客车快要拐上高速路的刹那，一辆满载家具的货车与客车发生了碰撞，她和他都受了伤，被抬进了医院。

令人惊奇的是，这次首先开口说话的竟然是他，他的"暂时性失忆"由于受了此次刺激，竟一下子恢复了正常。可是医生告诉他，他身边的她由于中枢神经受到严重损伤，从此以后便患上"痴呆症"了。

那一刻，他茫然。他既不知道自己这三年来到底在干啥，也不知道她为什么会带自己来这个陌生的城市。但是，他记得当年他们结婚的那个村庄，记得大山里的那十三个孩子。

回到山里，孩子们哭着为他讲述了这三年来所发生的一切。于是，他下了决心，此生会一心一意地照顾她和孩子们，直到自己生命的终结。

孩子们渐渐长大，他们会像她当年给孩子们讲故事那样讲故事给她听。但她是不知道的，只是一味地傻笑。她同样会抱着那个稻草人唱歌，每当夜晚很静的时候，总是她在唱，他在哭。

她在他眼前只是一个顽皮的孩子，数星星累了，便和十三个孩子一块玩捉迷藏，他总是陪着她，一步不离。懂事的孩子们会从各自的家里带来很多好玩的东西给她，有时候是一块光滑的木板，有时候是各色各样的鹅卵石。村里的老人会为她默默祈祷："她是个好孩子呀，求上苍保佑。"

十三个孩子毕业后有四个去了城里，有九个留在了村庄。他们舍不得她，舍不得眼前这个曾经给了他们无数爱和关怀的大姐姐。那四个孩子离开的前一个夜晚，陪她数了一宿的星星。他们在月光下许愿，等以后出人头地了，一定要回来好好报答她。

一场送别，让孩子们热泪盈眶。她学着他的样子向孩子们挥手再见，但是她不知道别离的痛楚。孩子们轮流着抱她，然后流着泪告诉她："乖，你在原地等着我回来！"

夕阳下，他搀扶着她，一瘸一拐。他们的脚下是一条飘香的芳草路，他们的眼前飞舞着漫天的紫蝶。

他挥挥手告别西天的云彩，她的笑容串成他永恒的眼泪……

便签春天

四十多度的温差，让他看到穿着单薄的我时，不禁目瞪口呆。

楚婆婆很简单地帮我介绍了他：“他刚住进来不久，和你一样是借租，你们再商量一下，如果不合适的话就另想办法。”

我很夸张地一个喷嚏，让他主动伸出来的手又尴尬地收了回去。他说：“你好，我姓王，机电专业毕业，很高兴认识你！”我微微一笑，为刚刚的失礼向他道歉。我说：“我是新闻专业毕业生，请多多指教。”

楚婆婆顿了顿，看我没有表现出不满意，就招呼小王帮我往屋里拿行李了。两室一厅的房间，宽敞明亮，阳台上放着几盆不知名的花，不过开得很好。我想，楚婆婆虽然上了年纪，但也不失温暖，她把如此高雅的植物留下，想必是为了让来这里借租的人沾上这芬芳的春色，心情像花儿一样美丽。

他给我的第一印象是瘦弱，消瘦的脸庞上架着一副摇摇欲坠的眼镜。这是我第一次和陌生的男生共处一室，本来内心有很多疑虑，但他给人的感觉很安静，很踏实，所以之前满脑子的氤氲就渐渐云开雾散了。

北京是我梦想的工作地。秋天之后，我投的好多份简历都石沉大海，正准备灰心丧气地从济南打道回府时，邮箱里收到了一封令人振奋的回复邮件。北京的一家民企让我过去面试，工作岗位是文字编辑，专业对口。于是我在火车上就按捺不住激动的心情开始在靠近公司的地方找房子。沙河区有一套九十平米的房子让我眼前一亮，打电话过去时，一位老婆婆说，前些日子已经租出去了，租客是位男士，不过他只租了其中一间卧室，你可以过来看看，方便的话合租可以降低房费。

当时，北京的气温是零下二十度，冬天真正来临了。无论如何，我想，既然踏上了这片热土，就算气候再恶劣，我也要试着拼一下，就算面试失败，我也要暂时有个安身之处，然后在可能的屡屡碰壁中求得一线生机。与我不同的是，这位王姓男士已经有了稳定的工作，他住在这里不会太久，他说开春的时候很可能要搬走。他比我大四岁，也就是今年二十八岁，得知他的年龄后我很惊讶。刚进门时看到他瘦弱白净，个子也不高，以至我的母性情怀呼之欲出。现在看来他是位兄长级的人物，值得尊崇。

我是个大大咧咧的姑娘，平日一个人时可以在很杂乱的环境下求生，然后给自己找一个不是理由的理由来解脱。现在，与一个陌生男人同居在一个屋檐下，看来懒惰的筋骨要适当地受点折磨了。

开头几日，他回来得很晚，看我房门紧闭就尽量小声地活动。有时候我能听到他在厨房做饭的声音，夜深人静的时候，连他翻书的声音也尽收耳底。开始我们的话很少，两个人都保持着一份陌生人的矜持。得知我面试、笔试效果俱佳后，他带过来脐橙向我表示祝贺，他说刚在北京找工作时，曾颠沛流离，情况可比我糟糕得多。不过，有梦想就很好，越努力，越幸运。

半月之后，我们渐渐有了共同话题。他在厨房忙碌时，我会突然打开话匣子，我说：“你很棒呢，饭的香味都穿透了我房间的门，在哪学的厨艺如此高超？”他腼腆一笑，说哪里哪里，都是自己在菜谱上看来的，不值一提。他请我品尝他的厨艺时，会害羞地看着我，然后像孩子一样虔诚地等待我的脸部表情来给他打分。每次品尝他做的菜，我都十分惊讶，不是刻意恭维，味道真的很好！我边咂嘴舔唇，边向他伸大拇指，他轻轻一笑，笑容里带着自豪，还有一种我看不懂的神情。

他有一个很独特的习惯，就是每次出门前会留下一张便签，那是超市里买的黏性小纸条，上面是他很认真地写下的几行钢笔字。有时会写：我今晚加班，会迟些回来，你在我回来之前关好门窗。有时会写：冰箱里没有鸡蛋了，我上班的时候会给楼下的零售店付款，你回来时直接帮我取上就好。有时会写：昨晚天气预报说要降温，你可以选择乘地铁去上班，自行车逆风难行。每当我看到他严谨又认真的笔迹时，总不免心中一热，我想，他真是个细心的男人。

我生病的那天，正好可以休假。巧的是，那天他也早早下班了，他给我带回了鸡汤和感冒药，说是楚婆婆让他带给我的。谢过他，我早早睡下了。半夜高烧时他敲过我门以后，将热水放在门口，我挣扎着起来，打开门时，看到对面的房门紧闭，门口的便签画着一个淘气的笑脸：祝你早日康复！

得知男友到天津出差时要路过北京，我很惊讶，我不想让他知道自己和一位男士同住一所房子。那天上班前，我故意问他："你今晚要加班吗？今晚有闺蜜要来，怕她误会。"他淡淡地说："正好今晚加班，厨房里有鲜奶和鸡蛋，你们饿了可以自己做着吃。”

男友并没有在我的期待中现身，他在电话里说，公事紧急，过些日子会专程来看我。于是，我的热情被从头而下的一盆凉水泼得冰冷。那一夜，我本来打算要在恐惧和担心中度过了，但是等到十一点的时候，开门的声音准时传来。我迫不及待地想冲出去和他打招呼，但是，我发现，开门进来的是一位很朴素的女士，她向我问好，并自我介绍说是他的妹妹。

第二天看他疲惫地回来，我问他你妹妹在哪工作啊？你们兄妹俩一样善良，早餐也是她帮我备好的。她什么时候还来？他貌似很难为情地看看我，然后说，昨天刚好她也来北京出差，我就让她暂时住在家里了，她在上海工作，来一次很不容易的。

我接着说，真是的，难得你们兄妹见一面，你却还要加班一宿，怪可惜的。

他摇摇头，洗过脸后就掩上房门了。不久，我蹑手蹑脚地走过他卧室的门口，听到他睡熟的鼾声。

春节，我放假的时间要比他短。春节以后，当我拖着行李打开房门时才发现，原来他一早就来了。二月的早晨，窗户射进北京第一缕乍暖还寒的阳光，阳台上的花兀自开着，像一个个新生命在好奇地窥探这个世界的美好。

他还是去年的那一套行头，我说：“你怎么不换换新衣服啊？这样吧，等你有空时，我可以陪你去看看衣服，天气将要转暖了，该轻装上阵了。”他微微一笑，点头同意了。但是同意归同意，待他真正有空闲的时候却少之又少，难得的周六日，他也要加班到深夜。于是，没有经他同意，我偷偷地利用公司月初发的奖金给他出去挑选了一套适合他风格的衣服，花费了三百多元。但我怕他拒绝，就故意表示自己幸运地淘到了廉价的好东西。他穿上刚好合身，听我说只花了六十元就欣然地接受了。

二月末，收到男友的分手信息以后，我整个人失神了好几日。他看我精神不好，就经常去楚婆婆那里端碗鸡汤回来给我，他说："失恋没什么，你是个好女孩，你的幸福还在路上，真正属于你的他，正在向你走来。"听到不善言辞的他，突然说出了这样的话，我情不自禁地笑了，笑着笑着就流下了眼泪。

三月的时候，公司组织全体员工去云南旅游。临走时，我向他道别说："我回来时一定帮你带礼物，还有云南特产，离开的这几日，房子的卫生就归你管了。"他在门上的便签回复："OK，正好可以帮你调节情绪，一切顺利。"

旅游回来时，我面对空无一人的房间发呆。楚婆婆过来说："小王搬走了，他们公司不景气，他已经失业一个多月了。"我推开他的卧室门，看到里面的陈设干净整洁。住在一起四个月来，我第一次进他的卧室，没想到他离开时，那些被弃置的物品一如他在时那般优雅。床头的柜子上很整齐地放着一叠便签，都是用过的，我想，这是他唯一留下来值得纪念的东西吧。

楚婆婆又说："阳台上那些花，他说是留给你的，时常看看它们，可以缓解压力，放松心情。"我愕然，原来那些花是他养在房间里的。楚婆婆接着说："是啊，挺细致的年轻人，你生病时，他好几次专程找我帮你熬汤，你的房租他临走时也已经帮你付过了。过几日这里会来新的房客，是一位女士。"

关上房门，我借着台灯的光，一张一张地阅读那些便签。"牛奶在茶几上。我中午不回来，你记得休息，午安。""晚上又得加班，记得关窗户，晚安。""今天阳台上的花要浇水了，小心花刺。""你太厉害了，三百多的衣服被你六十就搞定了，不过，穿上去都是春天的味道。"……"我要离开了，抱歉没等你回来，一个人要照顾好自己，保重！有缘我们会再见面。"看着最后一张，我整个人突然陷入恍惚中。没有他的日子，我像怀念一个生平挚友一样渐渐萎靡下去。

在楼下遇到他妹妹时，我们彼此都很惊讶。她说，你不是小王的女朋友吗？他对你真好啊！我和小王是同事，又是邻居。上次他来请我帮忙，说你要等的人没有来，怕你一个人孤单，就叫我过来陪你，还让我装成他的妹妹。

我的眼泪轻轻地流了下来，原来他那晚并没有值班，而是在楼下的便利店里借住了一宿。

一个月以后，我收到他发来的信息，他说要在老家结婚了，到时候会邀请我。我轻轻地按下发送键：会的，祝福你！

他搬走后再没有人住进来，但是我在楼下的便利店里买了很多便签。每天出门时，我都会按时写下一些东西，提醒自己下班回来认真完成。这些便签和阳台上朵朵盛开的花儿一样，闻上去都是春天的味道。

灯掩茶凉，我们温暖遗忘

一

从南锣鼓巷出来，我还是晕了头转了向。手心里的奶茶摇摇晃晃地失去重心，总感觉四周人的目光带着疑惑，我也在想，你不在的两年后，为什么还会如此怅然若失。

颤抖着给你发信息，站在陌生的街道，我不知道从街口出去会是何方。站在风里凌乱了很久，还是将未写完的一行字彻底删去。是的，我得坚强，靠自己才能走到天亮，这是你曾告诉我的。

一个人拍天安门城楼的影子，对焦定格以后，照片上空荡荡地少了一张笑脸。我夹杂在熙熙攘攘的人群中，心不在焉地走着。没有人再去注意我是否喜欢小摊上的编织纪念品，三个月前，在我决意彻底将你忘记时，把你曾在这里送给我的雕刻手链顺着天桥抛下。现在它们再度出现在我眼前，但是已经毫无意义。

此时，我和你坐拥两城。这是我第二次游览北京，宽阔的马路，除了匆匆穿行的车辆，就剩下被冷空气席卷过后的荒凉了。我的眼眶红红的，不争气地说，我还在想你。

二

天津和北京只隔着短短三十分钟的距离。坐在高铁明净的窗口向外张望，野草枯荣着漫向远方。曾经的我，总是患得患失，而现在不一样了，我一个人找到进站口，一个人拖着满满的行李箱上车，一个人拍下了这个城市的最后一片红叶。

我曾想，你离开时义无反顾。你曾说会原谅我的任性，原谅我的坏脾气，原谅我对这个世界毫无防备，但这一切都成了最荒唐的谎言飞逝于风中。和你在一起时，我并未期许自己的流年平静如水，但是希望留一份主观去应对易碎的感情。事实证明，我失陷了自己，对爱孤军奋战，最终丢盔弃甲。

有时，我竟会可笑地回到我们初识的地点，站在楼梯的拐角处看那些俏皮的留言，想我无数次都扎不好的马尾，想你路过时脚步的匆忙。天空在任何季节都飞舞着风筝，它们像孔明灯一样被写满美好的心事，只是，属于我们的风筝，失散了，或者根本没有出现过。

牵手。拥抱。行走。仰望。

那年，我们和其他所有的情侣一样，憧憬未来，也尊崇脚下的大地，被好友捉弄，也被他们祝福。但我始终没有去想，有一天，我们会形同陌路，会把从未有过的伤害，看得那么不可原谅。

我始终不喜欢天津的冬天，因为它来得太快。仿佛夏天打了一个盹儿，就被寒冷攻陷了。和你在一起的那些日子，我没有刻意去记录何时添衣加物，或者根本不需要。我还记得那条水蓝色的围巾，经由你送给我以后，就成为了我最钟爱的礼物。那个冬天，我紧紧地把它扎在脖子上，宁可勒得喘不上气，都不会置之不理，因为那时我感觉，你送给我的就是春天，是倾城笼罩的温暖。

良久，我站在衣帽店里手足无措。曾经那样温柔的水蓝色现在看来亮得刺眼，我刻意避开那明晃晃的丝织物，去寻找自己喜欢的颜色。可是，我却忘了，自己到底喜欢什么色彩，白色？红色？或者毫无生机的灰色？

冷风过境，站在铁青着脸的站牌下等公交，被仓皇上车的人挤掉了匙扣。我没有再像当初一样把它看得珍贵异常，丢掉自己身上最后一点属于你的痕迹，我很清醒，也很平静。

三

两年的光阴放大了很多尘事。我始终形单影只地行走，每到一个地方，总要记录下发生在当时的情景，哪怕是一个细微的相遇。曾经以为，感情沦陷以后，我会像一个败血的细胞一样，干瘪到对生活无望，但是，当我回首看到自己经历的点点滴滴后，又发现明媚总像隐藏的情怀一样，呼之欲出。

曾在中途看到你表露在网络空间的心情，你说，最忧伤的过错就是轻易地与你错过。我想，你还是和当初一样文艺优雅，也许你没改变，你还是一如既往地敢爱敢恨。可是，我却不行了，我丢掉了你以往亲自宠溺大的优越，暗自在心底培植了悲戚，我在你春和景明的幻景里痛着清醒了，并且清楚地明白，幸福虽远，我在路上。

对于未曾回复你的问题，我现在只能坦诚。你问，我是否舍得就这样放下。我说，如果不舍，当初就不会放手。其实，你和我一样，都明白我们曾那样刻骨铭心地相爱，我们曾那样心无旁骛地坚信未来，我们也曾那样旁若无人地相依相偎。曾经，你是我最亲爱的，同样，现在你是我最亲爱的曾经。

电影院散场以后，我一个人深入夜色。

也许城市的黑暗已经不会让我面露难色了，我相信会踏平路上的波折，只是因为你曾那样温暖地告诉我，不必害怕，只有依靠自己，才能走出真正美好的天亮。

看到广场上再次飘扬的五彩风筝，我还是很坚定地相信，爱过你，是我最晴朗的心事。因为天晴，我们都能看到影子，影子都微笑了，我们有什么理由悲伤。

四

从商场出来，一个人拎着大大的一包东西回来。走到门口，大娘眉开眼笑：好有力气的姑娘！

我微笑着给她留下了一包巧克力。然后快乐道：喏，那是超级无敌大力丸，多吃点哦，大补！

回到屋子，利索地把一大堆东西分装整理，然后把我们俩的合影换掉，一个笑得很残忍的姑娘，就安静地站在岁月的中央了。当初吵闹着爱你，现在安静地爱自己。我们都一样拥有了爱情以外的力量。

好友唤着收被子，才想到今天是很温暖的一天，天气预报说要下雪，但是雪花迟迟未落。铺好床，能嗅到难得的阳光味道，刚泡上一杯醇香的好茶，闺蜜吵着一起去自习。

晚上回来，天果真落了雪。没有星星的夜空，却能看到闪闪发光的荧亮。在这轻盈的曼妙里仰望，脸庞落了雪，温柔恬静。我们原本就是比季节更强大的存在，谢谢轻轻路过的你，我学会用勇敢的心，等待灿烂的天明。

回到屋子，空气里洋溢着淡淡的清香。用清水敷过脸后，安静地坐在书桌旁。

笔落以后，灯掩茶凉。

在这暗香涌动的夜晚，忘记亲爱的你。你也一样，请掩上我们共同的记事本，温暖入梦。春风过耳，流年里，查无此人。

许你灯火暖颜

我在温暖的春风中，想着如斯温暖的你。

这个季节的浪声，再也没有那么零碎了。大海不忍淹没那些记忆，在晴朗的风中扬起风笛，一波一波退去的珠花里，你的笑，还是在飘若游丝的画面里停顿。

或许，一切都是匆匆的样子。

颓败的花枝下找不到我们埋藏的星星了，野草慵懒地卧遍亭栏。从南墙走到野风渡为什么已不再是九十九步？我不知晓，但是昨天很真实。不是吗？我们都一样需要在那个年纪迈上九十九个步子踱过这段距离。

现在，我去看海。在和那座北方城市背道而驰的途中，阴凉已逝，在走走停停的步履中，我突然想起了你。九岁的时候，我尚能背着你闯过烟雨桥的独木，现在我的脚步犹豫不止，好像过了这站，就再也望不见你揉眼睛的样子了。

过去常能破涕为笑，现在却不然，笑着笑着就流出了眼泪。

身后的长雾一直蔓延，我知道它要吞没些什么。林间的枝丫消瘦得撑不起绿荫了，否则太阳不会缺席，它不会在若干年后的今天，陪着你光芒顿失，只留下我自已。

川川奶奶的拐棍锈蚀了，我们不在的时候，她真的没有找到。你，我，川川，现在我们在原地互不相视，我看不到你们，听不到没心没肺的童趣。如果那么远以后的今天，成长不会义正词严地故作姿态，我想我们还可以像过去一样，堵着耳朵听大人责骂，最后作鸟兽散。

散，就真的散了。

我在尘埃落了一地的旧教室茫然。昔日的那些课桌突然失去了踪影。黑板上的铅漆已尽数剥落，露出狼狈不堪的底色。边框放黑板擦的地方也被腐蚀得变了形，我的食指触在上面，木屑纷纷飘散。我现在很想回头，看看身后聚精会神的你们。但那一切太安静了，我不敢回头！我怕过往的一切突然失去，我怕时间在转过头的刹那扭曲。

四月，春风送来了一切温暖的信仰。路口抽芽的草木虔诚地生长着，眼前的光阴黯淡成一片红晕。这又是一个春天，和那个春天形同陌路。你是否瞧见？那些被写上名字的风筝，我找不到它们了，和找不到你们一样，失去经纬，隐没方向。

你一直说，你的风筝飞得最远。我不服气就偷偷割断了线索。后来，你哭了，那是我们第一次在烂俗的童年里生气。至今我都没有想到安慰你的法子。亲爱的，我不求谅解，但不知为什么会突然想起？你若记得那该多好啊，至少还有一段彼此珍藏的愤愤不平让我们共同怀念。

我还记得，我们都是热爱草莓的孩子。这个季节，这种带着情愫的水果已经上市了。我没有去买，我害怕一个人食用的时候失去味道。书上说，没有友谊的果子，味道是苦涩不堪的。如果可以，我想把它寄给远方的你，等你微笑的时候，我们再平分这段温暖的过去。

你说，这样好吗？

夜色再来的时候，晚风没有补妆。我知道空气中斑驳的泪痕是时间留下的巨大骗局，我们都被成长欺骗了，代价是苦不堪言的相念。

现在，我仅剩的透明就是那一段赤裸裸的过去；你呢？是否仍旧与我一样，心照不宣。

我轻轻地抚弄着吉他的琴弦，弹奏那首你喜欢的《海阔天空》。其实，这也是我喜欢的歌曲。我甚至记不起你童年挚爱的那首歌的名字，你会怪我吗？还有那些我留在你后背的纸条，我在你发卡涂抹的彩铅？

你依旧喜欢红色吗？像我此时手腕所系的丝巾。你记得吗？那个被你全部染成红色的房子，还有那红色的沙滩、红色的树林……就在这之前，我已经全部看见它们了。我不会再去嘲笑你见识浅薄，也不会再去指责你愿望幼稚。

这条丝巾是你遗失在童年的路上的，后来我捡到了它，却丢失了你。

现在，我静静地站在这里。这是远离人家的海滩，只有七彩的海贝为暗夜隐去它的光泽而懊恼。我们再不是轻易允诺一起看海的孩子了，在成长的风驰电掣里，允诺被无礼地践踏，最后被捆绑，被束缚。

大海就在眼前，听着一段不属于它的歌谣，翻腾不息。这是潮水退去的时刻，悲伤循声远去，还有钟声，还有约定。

灯塔在茫茫的空洞里闪烁，我不得不轻掩去眼角的浊迹，我怕突然被你看到，嘲笑我不是个坚强的孩子。

淡淡的雾气比夜色更透明了，我的发丝在嘴角处飘动。远方的天空泛起了鱼肚白，你说过，有一天，你会在晨曦中归来。

怎么会这样？亲爱的远方，亲爱的你，我好像真的听到了，一首千年的歌，一盏灯火，满目暖颜。

相逢雨季，转身花期

夏天在人山人海中遥望着你，遥望着我。我们都一样，被故事选中的时候，谁都不知。别离时，月光是深蓝色的，仿佛隔着冰山一角就洇湿了眼眸。彼时，我仍旧不敢回首，怕在夜里打湿薄衫。你在远方的时候，我也在远方，这段羸弱的距离，一直在雨中缄默。

空气留下伤痕的时候，我想起有关你的那颗星星。夕阳刺痛了高空的皮肤，把血红作为底色，这种颜色和思念缱绻不离，它是温柔的色彩，却不是属于你的温柔的色彩。

你喜欢指着星空，含糊不清地讲我们的故事。最北端的那颗，至今没有名字，那是属于我们的秘密，不会有人知道，牢固得雷打不动。你说，别忘了，谁都不会孤独的，我们是朋友，不是无名的孤星，即使深蓝突兀地在海平面蔓延，我们的目光还是对望着，不离不弃。

我明白深蓝的含义，后来，那片海和想象中的一样，隔离了我们的欢声笑语。初次相遇时，天在下雨，空气是深蓝色的；我躲在你竭力撑起的一角晴空里，至此，我们都喜欢雨天了。

别离很多很多时间，蓦然回首才知晓，原来自己并不像定义里那么喜欢深蓝。一个人在浪花激荡的海岸线，听熟稔却不相识的雨点坠落，寂寞以后才发现：原来这些年，自己喜欢的并不是雨天，而是喜欢与你一起躲雨的屋檐。

你知道吗？这个季节的爬山虎又开始染指我的画板了，那些茎叶延伸着枝枝节节的触感，在一圈一波滚动的绿色里，我窥见你虔诚作画的模样。你总说，别动呀，对啊，看这里，就是这里。

我想在没有你的日子里偷偷哭泣，可是日记却记录了我的眼泪。约定，有时候会像粉刷过的玻璃一般，刺痛回首者的眼眸。站在澄澈的镜子前指尖相触，你说，想念的时候总会看见，因为我就是你啊。镜子里什么都没了，只有零散的光，从未知的角度漫入，那是阳光，七色的。

而阳光看不到的，是夜色中寥落的灯盏。我在深夜里，记录着你所有的温暖和冷峻的眉眼，一颦一笑，恍如昨日。你还是那个白衣翩翩的少年吗？你还是那样喜欢雨天吗？抑或是你还保留着那张色泽已经灰暗了的照片吗？

我不敢再说，我依旧是那个因为失恋而抓破手背的女孩，因为没有人再去提醒，你忧伤得辫子都歪掉了，从后面看像个疯子一样。我也没有了那时的小镜子，没有了可以故作紧张，却只是为了从反射的光谱中偷窥你的法器。

你不在的时候，我的花园就荒芜了。

我不会再一个人去看海，不会虚拟你正在某个岛屿上看我们的照片，想起我们说过的只言片语，记起我们相识的点点滴滴。而我也不会捧着照片擦拭半晌，那些岁月积淀下的深厚指纹，像是给记忆镀上了一层膜，祛除不尽。

有一天，我一个人坐上了去戈壁的火车。只带着你送给我的那支画笔，我要在自己的手心里记录那些喧闹的光影，最后扣向手背。而你懂得，这是一个男孩和女孩深深的友谊，我们不像恋人一样手心相吻，却比恋人还要深解手背的温暖。

深夏，戈壁的暑气比滩涂发育得更为丰满。自己远离了雨，模糊了深蓝色的意境。此刻，你又在何处？寂静是说给很多人听的，一个人的时候，思绪从来不会岑寂，也不会失落，不会孤单。

我说，你一定不会想到，我会在没有雨季的时候想起你。空旷，来自于天边，我突然喜欢上了听海哭的声音。

要下雨了，灯火隔离了数不清的星空，我找不到我们头顶的那颗星星了。它是否已经熟睡？还是，它躲在墙角不肯出现？

你听得到吗？

这是广场夜幕降临的声音，距离汽笛响起只有一盏灯火的间隙。我在雨里，试图放飞带有我们故事的信笺，却看不到爱因斯坦光电效应引发的雷电。

你突然发来质疑，你还记得我吗？我们是朋友，是永远相依的雨季。

我不知道永远有多远，但很快乐！因为你还记得那个未知的“星愿”，还有那片踌躇的雨夜。

拂晓，晨光青清，花儿突然绽放了，而我们路过的，是同样的日期！

十八岁的恋人长着你的模样

在旱冰场与三个女孩偶遇，很意外。她们与我是同乡人，又年纪相仿，只是暴露的行装比较招人目光。其中一个很友好地向我打招呼，她说，我十八岁的恋人长着你的模样。

她认真的脸庞告诉我，这算不上搭讪。我微笑，不由自主地想起了你。

二月的阳光，乍暖还寒。冬末的公园里还开着鲜红欲滴的梅花，仿佛它们一笑，年华就像收到思念的信号，纷纷坠落。在没有你声音的虚晃城市里，我低头穿梭，像织布机来回穿梭般来去匆匆，但总是草木皆兵。

十八岁以前相遇，可能仅仅因为不排斥便心生爱意，那时候的恋爱，会被大人们视为十恶不赦的叛逆。可笑的是，在尚未为未来和前程深思熟虑前，我们都以为，那一眼，就会万年。十八岁丢掉以后，纷杂的年少突然兵销革偃了，谁也不再说，我等你，在路的尽头，季节的末尾，在花开的时间，世界的终结。

青春以后，很多的愚人节再也不像年少时那样举足轻重了，我们挖空心思的委婉，就真的污浊不堪了！彼时的坚毅，在一点一滴远去的光阴里，竟变得那样含混不清，我不知道，你怎样想？

翻开旧时钟情的一本书，你的照片安静地躺在扉页，于是，关于你的记忆，便像多年以后的这个晴天，阳光整饬地蔓延下来。

我看着照片里的绿色叶子，它们有些疲惫了，或者，它们早已丧失了再被重视的信念。那时候，吵闹不断，谁都不肯认输；现在，尽管年华和回忆一样风平浪静，但我们都输了，倾尽所有。

那些永远的歌声，被无声地植入成长的硬盘里。热爱花朵，热爱春天，热爱老师的表扬赞美，在他们的肯定里，我们心生秉持，都为各自的优雅笑颜如花。离开以后，保留在时光里最优美的姿态被遗忘了，我们只记得对方，唯一的也是赤裸裸的思念。

经历长年累月的追求之后，我们变得谨慎和悲悯。恋爱变成了带刺的玫瑰，可望而不可及。但是，爱过了，我们就不再忧伤。

十八岁以后，你有了自己的奋斗方向，我们中途道别；十八岁以后，我把路过的姹紫嫣红全部化为你的笑容，也许，回忆不老，春光刚好。

我相信每个带着春风的消息，因为，十八岁时，我的恋人长着你的模样。

思念深处的花

你心里生长着一朵花。

春天还没有从土质里真正地探出粉面，夏天已经蠢蠢欲动了。我想说，那季的少年呀，你背后已经没有了葡萄色的云霞和绛紫色的雾霭。

这一切消失得那么逼真！我们都喜欢的鲜橙色指甲油，如今静静地躺在那个木匣子里，桃木梳子，卡通发卡，还有那一张没有完笔的素描画。

空气里，只有刺鼻的丙酮味扑棱棱地蔓延。那时，想你的刹那还可以大把大把地把辣椒塞进嘴里，然后脸蛋彤红着，流泪不止；现在不用再这么遮掩了，心痛的气流张牙舞爪，呼吸的时候就不由自主地流泪了。

我在通往夜色的火车上，轻轻拨动你留下的那一串号码。空洞的听筒，再也听不到你熟悉的声音。我知道，空号也罢，停机也好，这个季节，烟花碎了不止一次，没有游人肯为它动情了。它恸然，凄冷，最后和你的影子一样，遥遥无期。

窗外的黑暗沉默得像一首被丢弃的诗。

我把指甲油干涸的瓶体从紧握的手心里拔出，那整饬得有条不紊的过往，就这样点点滴滴流尽了。朝思暮想的那个年纪，似乎每一座城池都是连接着血脉的，我们可以很远很远地看到对方的笑容，看到你我被阳光吻过的汗涔涔的脸颊，看到彼此的格子衬衫和蓝色运动裤。

然而，我们终于还是被朝思暮想嘲笑了，像一只被拔光了利刺的刺猬，躲闪着这个尘世的重重危机，很累很累。

曾经多次想过属于我们的未来，站在青春最优雅的一角，远离时光的瞩目，可以对琴对弈抑或可以你弹我听。但原来，我们都活在时间的中央，都在针尖与麦芒上跳舞，年少的想法是那么的孤僻和得不到认同。还有我们的梦想，还有懵懂的情愫，花一样的心事。

我们终于明白了该怎样与流年妥协，再也不是较真的年纪了。栀子花散漫地落了一季，瞧见的时候我几乎没敢相信，这就是我们灼烫的年华。相识的时候，你有一首歌唱给春天；相别的时候，这个春天却耳目闭塞。

也许，就此我们便会相念一生，像缱绻在花丛的两只枯叶蝶，执着而深切。花会落，花会在生动的浪漫里且行且止。这一季以后，一切就颓唐了，万间广厦的灯火犹如魅影，在想念的心里，你的眼睛，你的睫毛，你的声音都不再熟稔。

我忘却了有过多少这样的漫漫长夜，思绪在狭窄而逼仄的幽暗里摸索前行。自己的心思都是那样小心翼翼，怕被突然来临的晨曦遮住眼睛。没有视力，我就再也瞧不见这一切了，瞧不见黑暗带给我的智慧和勇气。

你记得年少的樱花洇湿了我们多少渴慕的神色吗？现在樱花残落，点点滴滴，而我在这败落的沧海桑田里撑开手掌，我触摸到了花雨的温度，冰凉沁心。这是我一个人的感觉。是啊，一个人，一个人是多么巨大的灾难！

走出夜色，黎明的冷风迎面扑来，我不知道该往哪走。这一切都是那么陌生，被风雨侵蚀的路标病态横生，曾经它为多少的迷路者无私奉献过自己的青春，如今半世华丽，半世凄迷。铁轨旁的紫色突兀地蔓延着，我知道那仍旧是思念的颜色，雾气氤氲，可又那么清晰。

现在，我在一个充满希望和失望的城市，×街×路××巷。这是多年以前，你临走时留下的地址。你会在开门的刹那，突然惊讶吗？你会在惊讶里，眼泪肆虐吗？这其实是我不想看到的结果，无论时光给了我们多少忧郁和沧桑，我们都不会流泪，不是吗？

我轻轻地敲门，开门的是一位头发花白的老太太。我急忙向她打探你的消息，可是她满脸狐疑地看着我，然后摇头。我想她是对的，茫茫人海，谁又能记得自己见过多少这样的面孔啊！你的照片是十年前的，十年之前，我不认识你，你不属于我。

我抬头看看天，这不是雨季，艳阳正投下刺眼的光芒。这个城市的一切都匆匆的，像我们彼此错过的年华一样，没有休止符。我想不到该用怎样的心情去探究这一切的旋律，悲伤抑或自嘲。

火车驶入夜色。在离开这里的前一刻，我把一颗花的种子埋葬在铁轨旁的石缝里，一同埋葬的还有青春，还有青梅竹马的昨天。最后这个城市送给我一首歌，可惜不是你。

我知道，我们一样，心里都生长着一朵花！

纸签眼泪，听蔷薇一朵一朵地盛开

一、纸签里的阳光，回忆像电影一样开场

坐在讲台上准备教案，孩子们的呼吸平静得像十六的月光。

不经意，一个孩子细微的动作划破了我的视线。其他的孩子都在认真地完成作业，只有他在不停地晃动手里的一张小纸签。坐在他旁边的女生嫣然一笑，桃红粉面像葵花汲取了阳光般灿烂。

我不忍打破这种宁静，但又不禁想起了蔷薇盛开的那一年。

那正是青春泛滥的年代，蒲公英被涂成七色，漫天纷飞。月光流泻，放了学的校园活脱脱像一个集市。记得那时，天空中的星星很少，他们宁愿找一方静谧的圣土安睡，也不愿被一群疯了头的少年吵成大头翁。

无论白天还是夜晚，天总是瓦蓝瓦蓝的。

同样一个瓦蓝的傍晚，我遇到了他。一个除了神话传说里的白马王子能与之一搏，其他的都无法与之媲美的轻狂少年。他在劲爆的迪厅开场乐中，熟练地跳着花样百出的街舞，每个都是招牌动作。

不知舞者如何，碰巧路过的我只觉得世界在晕眩。然而每一个动作谢幕，都会招致无数蜂蝶簇拥般的狂欢与喝彩。早在以前，我就知道"疯狂"这一词的特殊含义在于它非同寻常的魅力。然而百闻不如一见，那年的女生都像自由女神高擎着火炬一样，朝着埃菲尔铁塔疯狂抛射媚眼。

二、只是自由女神很多，而铁塔就他那一座

那晚的萤火很温柔，也不知道它们是从多遥远的幽蓝花田，比肩漫过老式的地铁，或者漫过一家咖啡店，漫过一座主人忘记

关门的花园，然后出现在校园。萤火像月光一样缠绵，月光像萤火一样蔓延。

他把头部近地，做着三百六十度的连环旋转。站在旁边，我仿佛感觉，他脸上的细汗正如月光朦胧的轻雾在挥香洒芳。一个女生大喊：“马特帅，你的手机响了！”

他叫马特，大多数头上扎鸡尾辫的女生会暧昧地唤他“马特帅”。不幸的是，他手机地震的时候，我正处在震中位置，他一个陀螺式的动作收了场，然后五指一挥：“美妞，帮忙！”

我指指自己的鼻子，看着众人的目光像在我脸上找到了磁场一般呆滞着，于是很尴尬地拿起他手机准备送过去。他的手机链是一朵水晶小花，晶莹剔透，像是我多次在梦中见到的古罗马圣王拇指上的水钻一样。

但是松开手的时候，手机很圆滑地掉在地上，而不是他的手心。在众人千奇百怪的目光剑锋里，我本想会听到他的一句轻狂的谩骂或者一句简单的嘲笑。但是，他没有，结果只给了我让全世界终结的十个字：你像一朵蔷薇一样可爱。

“蔷薇？可爱？”

在像细雨般斜织的花树下，阳光东躲西藏。他把大捧的米花塞进我的怀里，然后把一副耳机拉成长长的两条白丝分挂在我们两人的耳蜗。那段静谧得像潭中明月，又湍急得像激浪一样的旋律，在轻扣着两个世界的心扉。

此后，他习惯在垂柳荫下等我。零下二十摄氏度的寒流躲避着零上四十二点五摄氏度的体温，然后化为一串长长的气柱，暖到彼此的心房。他老爱捧着温暖的豆浆，然后看着我奢侈地喝下，再找出一块绣了蔷薇花的手帕替我抹去嘴角的残留。

那块绣着蔷薇花的手帕，有蔷薇花一样的芬芳。

三、然而，豆浆是别人的，蔷薇花也是别人的

冬夜飘雪的第二天，他向我道白了心中的想法，原来他一直喜欢的是我的闺蜜林一然。

那年里的很多很多事，搞得我纷乱了每一条头绪。他时常坐在我身旁谈他遇到茉莉的那一年，天也一样飘着雪，街上的行人都循规蹈矩地赶往目的地，只有她一个人在雪地里起舞，像一只清纯的白天鹅，像一位银装素裹的九天罗仙。

他每讲一个奇遇，我都自然而然地把主人公安置成自己，却从未想过，我的多情里，辗转的竟然是另一个人的影子。

他不知道我是花苏月而不是林一然，我有自己爱的权限，但却丢失了自己爱的权利。我会自然而然地接过他每一个温暖的问候，而他却难以窥探这问候背后是对另一个人所怀揣的情愫。

流年里的每一轮明月都会变成一柄寒光闪闪的刺刀。我在惴惴不安地倾听着月光倾泻，却没有感觉到海角天涯正在山崩地裂。

他爱上林一然的时候，我正以一朵“可爱的蔷薇花”的身份出现。那时，我整天陪在他身边，却不知道她的容颜可以侵略整个冬天。

四、被茉莉遮挡住的蔷薇，眼泪一颗一颗下坠

毕业前夕，他依旧按部就班地给我送奶茶，送豆浆，可这些都是双份。我在心里感觉所有的重量都坠落在林一然的那端，我的豆浆面容憔悴，我的奶茶素然无味，我的蔷薇形容枯槁，我的手帕容颜苍白。

我试图问他，你知不知道蔷薇也喜欢阳光。

他眉开眼笑，当然知道，世界上没有什么花是不喜欢阳光的。可是，向日葵陷得太深，葵花贪得最甚，茉莉却不骄不奢。

她就是那朵不骄不奢的茉莉，而我是那朵陷得太深的蔷薇。

我忽然想到，他手机的那朵水晶花原名叫作茉莉。

他始终没有明白蔷薇喜欢阳光的含义，只是把大大方方的一个笑容归还给宁愿躲在无人角落抽泣的冰心。他一直在追逐着茉莉，为她添光施肥，后来，茉莉也就喜欢上了阳光。

不知道他到底是否明白，他曾经在世界的一个角落把全身的余热洒向了一朵呼吸微弱的蔷薇。那年毕业时，我送给他一张很精致的纸签，上面手工做了一朵没有叶子的蔷薇，他说很好看，这是你做的吗？

我微笑着向他点头，却要背对着他，偷偷地擦干眼泪。

五、我在世界的另一个角落找回了自己

十八岁的天空，风筝飞得如痴如醉，窗前的阳光贪婪地霸占

着孩子们一张张纯真可爱的面庞。

那个女孩微笑着接过男孩递来的纸签，很焦急地皱着眉头。

我轻手轻脚地走到她的身旁，然后用手指轻轻一点："这个呢，叫作茉莉；这个呢，叫作蔷薇！"

她惊讶地看看我，但又懵懂地摇摇头："老师，这是一棵樱桃树！"

我微笑着回忆自己的十八岁，而如今加上她的年龄才是一颗成熟的心。我今年三十六岁，一个人霸占了两个少年的光阴。

她对着我浅浅地笑，笑容像极了一朵可爱的蔷薇。

我指着纸签上的图画对她说："其实呢，这个叫作马特，这个叫作林一然。"

她好奇地眨眨眼："老师，什么是马特？什么是林一然？"

是啊，什么是马特？什么是林一然呢？我真的不知道！

玫瑰雨天，你是我路过的白衣胜雪

水滴调皮地从花瓣上滑脱，触在指尖上，像凉凉的一首《雨天》。

我不是花世界里的女子，自然，我的世界里花开素颜。樱子带回外甥女的玫瑰，刚好开满，叶子微微下垂。这朵花，像是很早以前就躺在记忆里，在纯真丢失的年纪突然激起明媚的涟漪。

情人节，对当时花季的我来说，既是结，又是劫。我不是当时校园里流行的小龙女一样的美女姐姐，也自然得不到杨过一样美男哥哥的约见。所以，青春对于我来说，只是空白的电影院，和自己费力驱使的单车。我时常趴在窗户上看路过的情侣，然后和室友打趣，猜他们分手时会是什么样的天气。

别人的分手，实话说，没有在我们无人青睐的幸灾乐祸里出现，但是我遇上那个少年时，却是一个浪漫的下雨天。

那是大二的一个假期，亲眼目睹了大学里好多花样复杂但又浪漫温情的求爱现场后，我经受了第一场最不引人注目的求爱毛毛雨。我是经受了，但主角却是别人，他乘了二十七小时的火车在七夕节赶到我居住的院落，当玫瑰出现时，花瓣已经比他的神色还要疲惫。他开口相求，姐姐，请你帮我把这朵花带给小然，替我告诉她花是我送的，但千万别让别人知道。

当时，我便惊讶这个姓于的男孩。他看上去与我们同龄，但他孩子一般无邪的笑容和对我谦逊的称谓让我对他好感丛生。我问他，你为什么不亲自送给她呢？你见到她没准还能给她带来惊喜呢！他挠挠头，很腼腆地一笑：我喜欢她，她不知道，我害怕她吓着。

那个一袭白衣的少年离开时，我微笑着送别。却不知为什么，那朵快要凋谢的玫瑰，和那场没有缠绵意味的细雨，在我剩下的日子里屡屡出镜。我的闺蜜小然和我讲起很多关于他的旧事，但是她对他，终究是没有情愫的。

了解到他的基本信息后，我感觉他就是一个标准的阳光男孩，隔着千里，我甚至开始偷偷地迷恋他那纤尘不染的素衣，迷恋他说话时的孩子气，迷恋他微笑时嘴角扬起的弧度和额前飘扬的碎发。我感觉他像一株颀长的向日葵，在一个冥冥之中的雨天带给我全世界的光芒和明媚。

在那以后，我开始学会打扮，学会走路抬头挺胸，和那些身边有帅男的女孩一样大胆秀美。我在那个自认为根本没有资格谈论花事的年纪，因为心中的一点渺远的光，而尽情地自我温暖着。我想，或许一不留神，我就会和他不期而遇，我会在他心底最柔软的部分，开出一朵永不凋零的锦绣玫瑰。

因为他，我从一个无梦的女孩，变成一个白日呓语的存在。我总感觉，身边凡是肯停下脚步，给我一个或多或少眼神的男孩，都将是他。而下一秒，他就要说：其实，你比小然还要可爱。我默默接受着他幻化在这个世界所有角落的无形谕旨，像一颗种子，等待绽放焰火一样的生命。

大二以后的整整两年，我开始变得热爱生活。诸如，棉质的被子会被我晒得散发出阳光的味道，写字的座位会整理得清洁干净，常穿的白网鞋会被我打理得鲜亮如新……我会意外地关注校园景区里小花小草的长势，会在暴风雨来临前呼喊楼上的人下来取晾晒的衣物和被子。我在一个个无关痛痒的季节里，竭力让自己变得优秀，像在含辛茹苦地备战，然后等着实现一幕惊天动地的夙愿。

毕业之前，校园里的生机突然少了。曾经出现一对又一对情侣的校园，紧接着像那散场后的影院，空寂苍白。毕业以后，人去楼空，闺蜜小然也搬离了这座城市，从此，他的消息，随着她的远去，断绝在一个暗自痴狂的年代。

之后的我，像是如梦初醒，又像是大病初愈。自己逐渐在错乱时空里仓皇穿梭成百上千次之后，渐渐地淡忘了那个曾经为我制造梦乡的少年。看着阳台上静静开放的盆栽，懒散地躺在岁月中央，我清澈地笑了。或者，对于花，我还是一样的谨慎和悲悯。

在小然的婚礼上，我又看到了他，面色忧郁的他一改从前那副阳光的模样。自己年少时爱慕的女子，今日与他人共进殿堂，定下三生契约，想必他的晴天定然遭受了重大的雾霾袭击。他穿黑色西装，但是眉宇间已没有了当年的英气，打歪的领带和不光洁的灰色衬衣，让我怎么也想不到，他就是那个鼓舞我走出年少自卑的优雅少年。

我们大概都一样吧，都曾在年少的胸腔里关着一只蹦蹦跳跳的小鹿！但是时光倒戈以后，我们都由矜持变得超脱，由念念不忘，变得知之甚少。

无论如何，我记得那浪漫的玫瑰雨天，记得那风度翩翩的优雅少年，记得那曾温暖了我整个青春的白衣胜雪。因为他的出现，我在那样素白的流年里，美好地绽放了一回。

爱你是错过一生的树影婆娑

首次见他，时间很吝啬，只是擦肩一过。

再见时，肩头上横七竖八的画板和画具不给我保留一点精干利索的影子。随着那辆断链爆胎的自行车，我的身体再也没有一个艺术生所有的轻捷了。感觉摔下来的瞬间，腿骨像散了架。他笑笑，扶起有气没处撒的我。

“很忙吗?”

是的，很忙吗？我没有盘问过自己，只想为这火燎难耐的尴尬找一个体面的理由。

听到“事不忙，性子忙”的回答，他被我勉强装出来的坦然逗笑了。看到他转身离开，我只想拖着车子赶快找一个能够马上消失的场所。

晚上跌跌撞撞地摸到钥匙时，才发现门早已被房东打开了。头一天租下这么间只容得下一张单人床的房子，而且一天下来还没有见到它的主人，我又有些“无言独上西楼”的感觉了。尽管门外就贴着房东的联系方式，但是这个房东好像完全不在意来者何人，房租也不面谈，只留下淡定的一句：试住三日，房租悉听尊便。

遇到这样的怪事，我并没有在意，门口存放的三暖壶热水已经彻底在我心中竖立起一个慈祥大妈的形象。我悄悄地合上门，不愿惊动起近旁的邻居。初来乍到，希望别人不要把隔壁的响动想象成闹鬼才好。

这异地的安稳觉屡睡不鲜，辗转了一个月，总能随遇而安。这九点半的阳光喷吐到脸上，简直惬意得让人感觉像是绝处逢生。

刚刚洗簌完毕就听见三声均匀的敲门声。我奔跑得大大咧咧，生怕被房东发现那一贯的懒散，第一印象很重要，这是每个艺术生都明白的入门常识。

开门的刹那，我不禁毛骨悚然，门外空无一人！只是昨晚被自己误打误撞折腾下的一根晾衣服的竹竿又静立在墙角。它似乎在嘲笑着一头雾水的我，又似乎在解释着我的贸然在打扰着第三者的清静。没过一会儿，尘埃落定，一张出现在脚下的字条让我明白的确是房东光顾了一次，所有的交代就简单的两句话：水电免费，煤火自备。

于是，我开始手忙脚乱地自备煤火，有了昨晚的惬意，我已经对这间不起眼的单间产生了好感，只是还有待确定居住的时日。按照墙体上歪七扭八的广告，我几经周折终于谈妥了一个可以送货上门的卖家。等到大叔卸完煤，我才发现，原来这个城市的人都患有“寡言症”，通体黝黑的大叔只有在我支付了五百元的报酬后，才肯露出两颗久不见光的白牙。

人情冷暖，得之心而寓之景也。大叔拿了钱便走人了，一堆面露寒光的煤就生硬地落脚在楼下。我吧嗒吧嗒地踏着短短的十三阶楼梯，没过五分钟就已经感觉不胜体力。

这时候，又遇到了他。“又在忙？”我本来要以愤愤不平的呐喊去涤净他明知故问的眼睛，可一转眼，他就搬起煤往楼上走了。

消失一如出现，神不知鬼不觉。最后一块煤从楼下乔迁到楼上时，他的影子又如鬼魅般隐了去，让我连句道谢的话也没有客气上，心里还真有点憋闷。

刚从洗浴间出来，那熟悉的敲门声又一次“咣当”响起。情况和上次一样，除了一张没有署名的字条外，其他的皆为陈迹：“搬煤累了，可以到楼下用餐，出门北一百米，冷饮、包子、小吃都有。”

“哇塞”，我不禁为房东的善解人意感到满心欢喜，于是连头发也没有吹干，就跑下楼去。从昨晚到今早，一直忍受饥肠的我早已有五体发麻、眼冒金星的感觉了。所幸，房东所说的小吃店并不远。上午十一点，我本来以为自己算是早客，能够捷足先登，但是熙熙攘攘进出小吃店的人群又给我泼了一头的凉水。

其实，这样的情形并不奇怪，毕竟这个城市外来的像我一样的打工族不计其数。在里里外外挤满了排队顾客的柜台前，老板娘的吼声简直是声嘶力竭。正待我感叹时运不济时，他又出现了。

“来吧，进包厢!”

“包厢?”我着实想不到这十几平米的小吃店还有包厢可以容身。他艰难地挤进人群，我紧跟其后。在不到一分钟的喘息里，我已经满头大汗。确实没有想到，他所谓的包厢竟然是如此之小，在仅容下一张桌子的缝隙里还勉强地塞着三张椅子。

我大把大把地挥霍着额上的汗水，同时把一碗豆汁连同这燥热一并灌下肚子里。他就坐在对面，托腮看着我笑：“很好吃吗?”我并没有刻意地去保留一点羞涩和矜持，只是抬起塞得满满的嘴巴对他说：“好吃谈不上，反正饿得要死，打发了肚子再说。”

这时候，他和我谈起，他是这间小吃店的主人，在这里已经开了三年了。五年前高考失利辍学后，他萌生了去外地打工的想法，来回辗转了很多地方，也见了很多世面。

我听了有些惊讶，想不到这眉目清秀的小伙子倒有些可以称奇的经历。做推销员我没有多少了解，不过这杂志编辑却是我一直觊觎的梦想。最诱人的话莫过于他说可以暂时帮我找一份合适的工作。听到这话，我简直感激得要死，在人生地不熟的城市里能有幸混到第一口饭吃，我已感到了老天对我的优待，不管是做推销员也好，做打字员也罢。

吃完饭后，他依约记下了我的电话号码，并且决定带我走走这条陌生的街，算作我们初识的一点纪念。自从离家别乡后，家乡道路两旁的高大杨柏已经在我的记忆里黯淡了，如今在这异地他乡看到街道旁满树的斑驳，我才知道自己其实是个恋家的人。在层层婆娑的树影里，我知道他曾经有过一个女朋友，也是在这条街走失的，再也没有回头。

回到住所休养了一天，便接到他的短信："杏子，你来吧！双丰打字部缺人手，准备一下，五分钟后我过去接你。"

我急急忙忙找了一件算不上体面的外套穿上，提上小包包就飞奔下了楼。事情果然顺利得很，打字部的经理只是简单地询问了几句便安排我第二天去上班了。我故作惊讶，其实心知是他在背后帮忙。

打工的日子，我通常起得很准时。但是，神秘的房东总能在我起床前就把热水放在了门口。因此只要我轻轻地一推门，便会有扑腾腾的热气涌来，让我心旷神怡。什么时候，我开始默默地恋上了这个城市，恋上了他，恋上那个神秘的房东，在他无微不至的关怀下，我觉得自己好像一朵幸福的花儿开在矫情的阳光下。

在工作之余，我常会发短信给他，在深入了解了他的情况后，我也会简单地关照一下他的生活。刚开始，我们似乎都在用这种方式向对方说明，自己在铭记着对方。同时，空余时间，我也会给家里打几通电话，说说自己这边的情况，也了解一下家里的近况如何。爸爸的抽烟毛病一直戒不掉，阴天咳嗽得厉害，家人让我抽工夫回去看看。

那天我丢下一箩筐准备换洗的衣物，焦急地向经理请假后就直奔回家的火车。给他打电话的时候不巧他手机关机，更不幸的是自己的手机也疲惫到了黑屏状态。

回去陪了父母四五天后，我又重新回到了异乡这个温暖的小屋。可一进门我就傻眼了，自己走了五天，门口竟然积了十个暖壶。这房东也真够奇怪，仿佛一定要等我用掉那过期的开水后，才肯把壶拿走。我不去想那么多，只是将冷热不均的水全部倒进浴缸，然后泡了一个温情的暖水浴。

后来我得知，在我回家的几天里他的前女友来找过他，并且决定与他重温一段回炉恋爱。他很高兴，决定邀我一起去参加他们的相聚 Party。在聚会上，他大大方方地邀请了好几桌的朋友，并且陪他们喝了个尽兴。不知道为什么，坐在角落里的我倒有些尴尬和难言了。他的前女友的确很漂亮，而且气质上佳。在她面前，我顷刻感觉到自己的卑微。那一天，趁着雨夜，我独自一人离开了那个城市。

我想自己本来得到工作就会获得快乐，没想到失去他真的是万念俱灰。或许，那个城市永远都不是属于我的，也或许那段记忆只是老天和自己开的一个玩笑而已。

第三年的春天，我在印刷厂里又遇到了他。他依然健谈开朗，当我们驻足互视时，他的眼神却有些黯淡了。我轻轻地向他微笑，他却将目光从我身旁男友的身上移下来，然后很平静地俯在我耳边说了句："你太自私了，一个人离去，招呼也不打，手机也停机！他是你的男朋友？祝你幸福！"

后来我才知道，那次聚会他们并没有谈成，在他要公开向众人道明我是他心中另一个喜欢的女孩时，我却负气走了，走得很凄然，很干脆。

刚刚擦肩而过，我的情绪有些低落和感伤。他转身向我喊道："对了，杏子，你还差我520天的房租！"

那一刻，我潸然泪下。只愿用生命记得：爱你，是错过一生的树影婆娑！

再也不爱你了

很深的一道巷子，通到头是一家卖油条的。

师傅是一个浓眉大眼的小伙子，技艺高，性子好。刚揉匀的面团，一来二去，撕成条顺着锅沿滑下。几分钟后出锅的油条色香味俱美，胖嘟嘟的很诱人。

我是这里的常客，一是因为离家近，油条的香味会顺着几缕微风飘过小窗，溜入嗅觉，沁心动脾；二是因为他的妻子。

每天早晨，太阳还没出来，小伙子就忙着张罗开了。我上班时会经过他的小摊。我不忙时，可以坐下来静静地品味一下他的手艺。他和我都不忙时，我们可以闲聊几句，谈谈生意经营之道或者聊些其他的。

男人有个妻子，温柔娴淑，但三年前因为一场怪病而夺去了她的言语能力，后来花了很多钱也没有治好。我见她的面甚少，一开始以为是她骇于见人，但是后来知道是男人不让她出来。站在经营角度考虑，我理解男人的做法，尤其是做买卖，话短了还不利招徕顾客，更不必说她是一个哑巴，出来也是碍事。

刚开始见了他妻子几面，她虽然拘束，但性子阳光，见了我满脸都是花，笑得很甜。我友好地向她点点头以示问好。之后男人出来呵斥她："快些回去，否则不爱你了！"听了这话，我突然想笑，因为这听起来的确像是一对初恋男女在打情骂俏。但是，男人很认真，女人也很乖巧，男人刚说完，女人便满脸抱歉地打道回府了。

又一次见到女人时，她的肚子已经很大了。那是一个中午，太阳的温度和他面前摆放的那锅油的温度一样热烈。女人一歪一扭地从里屋出来，手里拿着一条湿毛巾，显然她是想为他擦汗，但是因为不会说话，她小心翼翼地把湿毛巾搭在了他的脖子上。男人一惊，手中的面团直接掉进锅里，溅得油喷洒得四处都是。男人的责骂声很快使女人陷入了惊骇：“你出来干吗，让你乖乖地待着，再这样就不爱你了！”

第二次听他这样说，我打心眼里冒出一种想法：原来男人的内心并不像表面那样热忱，好歹女人是怕他热，是为他着想的，他即使爱面子也犯不着对着她大嚷大骂。

另一个早晨，又和他搭上了话。我耿直地问他：“怎么你似乎很讨厌你的妻子？”我正待看他如何巧言令色，但他稍微沉默了一会儿，明朗的脸就刷下了几度灰暗：“我们六年前就结婚了，可是我对不起她……”

我很认真地看着他的脸，他却似乎刻意低下头去。“其实，我们青梅竹马，在二十岁那年我娶了她。刚开始日子过得还如意，后来我的父亲染上了重疾，家道就开始中落了，直到变得一贫如洗。在急于求生的窘迫下，她将从父母手中学来的做油条的活儿教给了我。渐渐地，我们的生意可以满足一家老小的生活了。”他清了清嗓子继续道，“但是，不幸接踵而至。三年前父亲病危，我在急得焦头烂额之际四处奔跑求医。由于急昏了头，过马路时不慎违反了交通规则，一辆货车奔驰而过，在我被推开时妻子已经……已经被撞得昏迷了过去。再醒来时，医生说她失去了语言能力，以后能否治好就全看造化了，情况好时会恢复正常，情况不好就会终身变哑。我真后悔……”

他说着说着眼角有些湿润了，我轻轻地咳嗽了一声来打破这空气的沉闷。原来他们一直都彼此深爱着对方，只是表达爱的方式不一样，而他们这六年来的艰苦也是上帝安排下的一场爱的救赎。我明白了，他为什么会那样对待他的妻子，那是爱的一种持久的诠释，是永恒的誓言。

再一次看到女人，她怀里抱着刚满月的孩子。一阵清风拂过，满巷的油条芬芳穿过栀子花丛，化开了一条街的浓雾，男人轻柔地抚摸了一下孩子的脸蛋，然后转过身去对她说：抱着孩子回去，不然再也不爱你了。

真没想到，此时再听到这句话，却惹出了我满眶的眼泪。

孟加拉，雨停了

从机场出来，四周是温暖的晴天，我转过身去，什么也没有了，只剩下回忆孤独地躺在心田里，也许这是注定的云淡风轻。

离开你的第九十九天，我小心翼翼地拿捏着这个数字，以前它是甜蜜的，现在却苦涩不堪。我们在一起的九十九天和分开后的九十九天，中间隔着一个秋天，叶子簌簌下落，它和我一样，就此离开了你的国！

我还在想念夏天的风，吹在嘴角有你狡黠的味道。晴空下静立的少年，他不是我，可你是否记得？第一次相遇，我还是在盛夏的花树下发呆，长发漫过耳鬓，目光里毫无神采。你说，我的脸就是被冰凉包扎起来的忧伤，我转过身去，你就机灵地消失在碎石小路上。那时，我只记住了你微笑的表情和洁白的牙齿。

溽热败退后的第一场雨带走了校园里氤氲很久的混沌空气，我插着口袋安静地体会着那份温柔。你从枝头后面探出脸来，看到木讷的我，你说没想到忧郁的我还会觊觎这样的诗情画意。我停顿片刻就看见一片叶子上的水珠滑落到指尖，晶莹剔透，倒映出我纠结的神情。我也没想到自己会笑，但第一次难看的微笑就被你收容了。

你说，其实你讨厌雨，潮湿和阴天总会让你打喷嚏，冰凉会浸入骨髓，然后漫入心窝，像失恋了一个世纪。我低头不语，却看到你悄悄地走过来，洁白的网鞋上系着好看的云结，在那一瞬间我看清了你的样子，温柔烂漫，像穿透这阴天的一束光。

你轻轻地拍了下我的肩膀，然后把双手藏在背后，脸上露出得意的表情。问你个问题吧：你说哪个地方的雨最多啊？我还没有回过神来，你就惊乍地说，是孟加拉的乞拉朋齐啦。傻瓜，不知道吧？看着你自鸣得意的样子，我突然轻松起来，也许那是第一次，我感觉自己对这个世界置若罔闻的伤口在缓缓愈合。

夏天是个浮躁的季节，但就在那一季你悄悄地住进我的心里。向日葵漫不经心地舒展着温暖，我想，这厚重的日记里每天都有你的影子，这个季节就会无限漫长下去吧。纯白的年代，我只记下了那一场雨，还有你开心的样子，从此无论风儿吹到哪里，你都会在我寂静的旷野里开出一个花季。

果然，我们在接下来的日子开始形影不离。你滔滔不绝地给我讲电影里的一些故事情节，给我介绍你最喜欢的陈奕迅；坐在一块吃饭的时候，你认真地给我擦拭掉衣角上的污渍，然后假装生气地骂我不省心。看着你虔诚的样子，我突然感觉幸福是如此的逼真，你出现在我的世界里，就像一场风吹散了笼罩着春天的雾霭。

知道你喜欢旅行，那一次我答应你一块去北京玩。从车站下来，我姐的目光有些不可思议。她看到了我身边的你，笑得像花儿一样的你。后来我才知道，她的惊讶出自于她不敢相信，冷冰冰的我怎么会有这样温暖的一个女子相伴。那一日，你蹦蹦跳跳地走在天安门广场，开心地拍下了每一处漂亮的风景，一群白鸽飞过，我看到云影下你欢快奔跑的影子，像一尾在时光里穿行的小鱼。我笑了，很自然地笑，那一弯弧度一直跨过故宫，穿过颐和园，最后绽放在被时光打满马赛克的年华里。

你说，这不就对了吗？笑一下多好啊，又不会死人，别让自己的花季和愁眉纠缠不清，忧郁是输不起的青春杀手。我笑，一直笑，一直笑。

从北京到天津，高铁带走了三十分钟的风景，你静静地坐在窗户前，看那些路过的痕迹。透过明亮的玻璃窗，我看到你不舍的神情。你说，一座城有时候就会变成一生的回忆。

回到学校，你把我们拍下的合影传到空间里，配上一个温暖的单词——Forever。看到一张冷色调的脸旁一副可爱的表情，我又一次忍俊不禁。在那些正当花季充满快乐的日子里，我们都好像深深地爱上了这个词，我也真的就想让永远一不小心就永远下去。

你在学校附近找到兼职的时候，我答应每天接送你。短短的十几分钟路程，可以听你谈论那些令人头疼的孩子，说到他们的可爱时，你脸上的表情淘气得有些不可理喻；说到他们的可气时，你又咬牙切齿。总之，那时我感觉你就是一朵神奇的向阳花，开得灿烂夺目，不管风雨，无论悲喜，都成了我流年里最美的信赖。

六月的最后几天，郭敬明导演的《小时代》上映了。电影院里人山人海，你拉着我焦急地穿行在慌乱的人群里，那是我第一次看到你丢下矜持，你说，快啊，快啊！在银幕闭上的那一瞬，你的眼泪还没擦干；从电影院刚一出来，你既调皮又认真地说，未完待续的那一部分，你还得陪我看。我轻轻地点头，很平静地告诉你：会的，一定会的。

七月，这座城市降落了最后一场雨，潮湿的空气里弥漫着荒凉的气息。头顶的飞鸟惊慌地远去了，只留下凌乱的痕迹。我们要在同一天离开这座城市，然后驶向两个与记忆无关的城市。你的背影消失在我的茫然里，最后一次回首，我没有微笑，你也没有。

八月，思念像拉长的光影一样蔓延。我们的联系渐渐少了，简单的几通电话过后，我们再也听不到彼此熟悉的声音了。我抬头看着灰色的天空，那些杂乱的云朵再也拼凑不出你的笑脸了。

至此，青春变成了凤凰树叶，落下满城的纷奢，在那些洋洋洒洒的回忆里，忧郁开到荼蘼。

我安静地拉上行李箱，乘上去往孟加拉的航班。在透明的忧伤里，我看到自己微微上扬的嘴角，还有那一脸泪光弥漫的微笑。

孟加拉，雨停了。

我知道，我还会想你！

我们还在那里

最烦闷的一个夏天，别离像晨昏线一样在脑海里纠缠不清。

我不清楚有多少熟悉的面孔擦肩而过，然后又在时间的河流里流淌消散。少年走了，魔法变得柔软起来，我们谁也不会再掏心掏肺地对着绿树念念有词，一切像做了个梦一样。

六月的窗，射进两个季节强烈交替的混浊。从午后到黄昏，影子拉长又倾颓下去，我看着旧时光里那些好看的眼睛，突然变得喑哑了。整整一个成长需要我们去完成，多像一条冗长的河流啊！可是，我们无从选择，前方柳暗花明抑或百无聊赖，都等着时间去见证，我们要做的是，背起行囊，告别这一季的天空。

坐在电影院里看一场电影，还是会被周围人的情绪带动得眼泪潸然。故事的结局，像我们一样，在盛大的繁华里孤独地落幕。忘了有多久，我们在一个起点相遇，经过晴天、雨天，最后又在一片沼泽般的困厄里分手。分别后，青春就成了一段往事，我们都在回忆着，却谁也不愿提起。

儿时的玩伴疯狂地成熟着，再相见时，谁的脸上也找不到当年的那种欣喜若狂了。我看见缠绕着寒冷戾气的光阴刀锋，在有板有眼地凌迟着我们看似坚固的感情。那些被成长拍拖了的熟悉，都退化成了叛逆的颜色，我们各自争执，却道路不一。相见时，握手拥抱；别离时，拥抱挥手：这种亲昵，在年少时看来是多么残忍的一种作态。

你过得好不好呀？

真的，你过得好不好呀？列车一开，你的微笑就要再度消失在时光的回音里了。我从绿草的叶脉里只能窥见蹒跚的步履，看不到你蹲下的身影，看不到你骄傲的神情，也听不到你说“傻瓜，这叫狗尾草，是一种很奇特的草”。

坐在公园的长椅上假寐，松树上的松球突然随风而落砸在鼻子上的时候，我的眼里突然噙满不争气的泪水。你知道吗？好酸涩的感觉，那是你以前刻下过秘密的松球啊！它在黝绿时尚且坚实，现在却干瘪成光阴里最柔弱的一抹无力。我能在它的苍老里看到彼时的微笑，看到你够不着树杈时的倔强，你说过终有一天，自己要把这树上的松球都摘光，看看它还敢不敢欺负我们个子矮小。现在，它们自行陨落了，像那年温柔的日光一样。除了松球，我抬起头，看到几丈远的石板，绿草围着它的四周蓬头垢面地生长着。以往我们并肩在石板上躺下，一起看云影遮住太阳，一起等云过后阳光刺入眼眶，之后我们再次闭眼，等待着下一片云朵经过。现在，它已经有了裂纹，鸟雀的排泄物在上面留下一层斑驳的病态。

窗外小声地下着雨，我不知道它为什么不敢喧哗；阳台上泻下了一层潮湿，我紧张地关上了窗户。桌面上的书本很久没有动过了，从最下面翻出一沓乱糟糟的纸张，那些开线的文字突然就掉了下来。过去的文字真的好可爱，我却快要忘记了，曾经有过这么多忍俊不禁的梦想。2006 年的一天，我写道：小狗皮特生病了，三天不吃不喝，我真的好心疼，我以后一定要做个优秀的兽医，治好全天下生病的小动物。2007 年的一天，我又写道，又被老师罚站了，老师的样子活脱一个黄老邪，她今天早上出门的时候，大概是被老公责骂了吧？一定是这样！好心酸，以后一定不当老师！

年少时，疼痛还是种子吧，我从不希望它有发芽开花的一天。

离长大还很远的时候，第一次乘火车。那时，我才知道火车是要按照固定的轨道行驶的，它不像汽车一样，可以转向城市的每个角落。固定的东西总是带有一些无奈吧，两点一线不停地穿梭，像若干年后的我们一样。我开始怀念年少时的天空和海洋，走了许久才幡然醒悟，原来火车是成长的劫，也是回忆的坎儿。

到了北在北方的城市，天空是澄澈的蓝。站在簇新的建筑面前，想那些光影错落的少年。离海很近的城市，空气潮湿得有些脆弱。成长也是这样吧，再也不可能像旧时的城一样灯火通明了，它拖着疲惫，带着失望，却还要觊觎远方。

到了柳絮纷飞的季节，我透过窗户看那些匆忙的行人。另花费了一下午的时间去整理了那些朋友们送的小礼物和纪念品。到了晚上，月光轻轻落在那一年的堤岸上，仔细回想时发现，每一段故事都带着月亮的清芬。那些落下的叶，那些纷扰的月光，体态轻盈，盼着落花时节又逢君。

歌手夏天在《慢慢的》里这样唱：我确定我说我爱你，也确定你说你不愿意，更确定那些事已翻过几个四季，我们还在这里……

或许，不管时光怎样舞弊，我们都会在流年里再次相遇。那些被偏执蒙蔽的伤害，那些被童稚玩弄了的压抑，都会在重逢里冰释。那样安静失散的少年，你们还会回来的对吧？不管未来怎样的抽丝剥茧，我们都还有一段年少的月光，轻轻流泻。我相信，你呢？你相信吗？

我相信，我们还在那里。

Part 2

不许天荒，只许地老

有一天，我捧着一切象征时间的物体，沿一座城走过另一座城，沿着堤岸，路过乡村，沿着少年，攀过青春。有谁能在梦里瞧见，这是一个少年蜕变的雏形，这是一季烟雨洒满荒凉的空城。

飘过南风的暖香

如果在深夜里做一个很长的梦，冗长得忘了从何而起，那便是好的。梦，总会让人深信不疑，只要不是醒来。很多人愿意在梦境里寻找一份安然，我亦如此，这是流年难以搁浅的暖香。

大抵从七八岁时起就已经明白梦只是梦了。少年的睡眠还可以与酣畅淋漓的玩乐联袂出演，长大后就与这一份清欢无关了。但是，我还是会怀念过去。

上学时有过很紧张的一段时光，忙着考试复习，挑灯夜战，后来终是忘了战果如何，但考试确实成了氤氲，埋在成长的花田上很久都不敢触碰。

在闲暇的时光选择旅行，带着自己最爱的那本日记。不知怎么，写着写着就零散了，断断续续的日期，断断续续的思维，连心事也断断续续了。走着走着就少了一些影子，走着走着就变成了孑然一身。

还是喜欢在阴天的时候等待雨来，喜欢天空那张忧郁的脸庞。它大概也不自知吧，那深浅不一的灰色里不知积攒了多少思念的离子。鸽子思念篱笆，乌云思念阳光，还有少年，少年在思念远方。

把桌子上的报纸裁成一片一片的叶子，我不知道自己为什么会这样做。报纸是寂寞的，它的年华如斯匆忙，过了一日便再无人问津。在它的心里，这一日即是三秋，这一眼便是万年。叶子上的日期沉睡在时间的玻璃体里，从此都成为过去。

有一天，我捧着一切象征时间的物体，沿一座城走过另一座城，沿着堤岸，路过乡村，沿着少年，攀过青春。有谁能在梦里瞧见，这是一个少年蜕变的雏形，这是一季烟雨洒满荒凉的空城。

过了泄愤的年纪，我们就安静了。

十月淌过，凉意漫长。手中的书本被打开又合上。窗户是开着的，阳光漫入的时候，还能嗅到街角的茶香。早晨，中午，晚上，时间只剩下这几个简单的模样了，一些东西清晰的时候，总有另一些东西变得模糊。

但是，我还在行走啊。还是喜欢在天桥上看驶入夜色的灯光；还是愿意在公园的长椅上看流浪汉熟睡的样子，他污秽不堪的脸上写满知足；还是喜欢看老人们下棋，然后争执不休；还是喜欢看夜场的电影，直至华灯熄灭；还是喜欢看那些温暖的画面，情侣深拥浅吻；看猫咪认真洗脸，篮球漂亮入筐……之后，我会把它们拍下来，收悉在那个叫作“回忆”的午后。

谙熟的曲子从三楼的角落里飘出，时间转眼又到了冬季。喜欢雪花，却讨厌冬天，这是两个看似矛盾的存在。阅览室的影子渐少，公园里再无笑语，我想从巷口买一个热腾腾的烤薯回来，但是又不愿动身，最后终于放弃了，这也许是年少时怎么也想不到的慵懒和松懈吧。

下午才从梦里折回，室内空无一人。时钟还在墙上嘀嘀嗒嗒，壁纸上留下了被窗户消融的雾气打湿的痕迹。从被窝里出来，忽然发现好冷好冷。原来，这个梦是真的，自己真的进入病态了。床头有凉掉的开水和药片，电话里有尚未翻阅的短信……

我知道，成长再也不是梦了。

天气预报里写着最近气温回升，我懒懒地倚着墙壁发呆，一只鸟从窗前飞过。

打开窗户，南风飘过，带着春天的暖香，很轻，很轻……

我们暖得像阳光

看到静立在书桌上的纪念册，突然想到了阳光。

阳光不是光，她是一个快乐如斯、温暖明亮的女孩，是嵌在透明的玻璃相框里如假包换的你。

那时十二岁，我们还没有太多的多愁善感，没有远方和再见的概念，想象不到星星睡在羊皮上，更不懂得为什么要在若干年后重逢，默默地流下眼泪。

同一个班级的记忆，小学老师曾站在讲台上面带微笑，她说，以后，你们就是光了，要照射到祖国需要你们的地方，大家就要各奔东西，我们后会有期。我还记得集体照上面的你，笑得失去了原形，我在照片的最低端低着头。那时，我或许怕闪光的镜头，怕面前洁白的墙壁，怕西墙角的柳树不再抽枝，我怕这怕那；而你，始终是勇敢的样子。

脱去校服以后，我从公交车的后视窗前向外望。很多孩子的家长亦如在等当初的我们，他们的眼里稍带急切。这样的情形，坐在我旁边的你一览无遗，我们对视，微笑，也许从那以后，我们就长大了，各怀心事。

校门口的小摊早已不卖五角一串的糖葫芦了，这是我在四年以后才得知的。知道时摊主面露难色，她说，你们都长大了，阿姨也老了。那时候有很多像你们一样调皮的孩子，现在都生疏得忘了样子，但阿姨记得你啊，你那时候很爱笑吧？在冬天里都笑得像一朵花儿一样。我尴尬地回应着，却不由自主地想到了你。是的，阿姨确实不再记得我了，她把我记成了你。摊位后面的马路再度被拓宽，好在那棵上了年纪的老梧桐还没有精神恍惚，它也许在默默计算着，在寿终正寝时等我们回来。现在，梧桐叶簌簌下落，我俯身，一片叶子落在肩上，我看到它，的确还是蝴蝶的形状。

过了九月，蝴蝶就少见了。你身处南方，星星澄澈欲坠，我在北方，分不清楚夜空里是否藏匿了枯叶蝶的痕迹。天空是灰色的，像编织了一抔黄土，究竟是我们之中的谁曾说过，天空变了脸，星星会化作蝴蝶。我忘了，许许多多，像忘了我们是从什么时候开始一起喜欢上了蝴蝶。

后来的日子，我悄悄地换了偶像。我开始喜欢在流水的小桥边静坐，摊开书，很认真地想琼瑶剧的结局，开始听梁静茹温柔的《宁夏》。你会不会怪我，当初我们可是说好的要一起喜欢成龙大哥，喜欢一些男子汉的打打杀杀，那些温文尔雅的东西，权当是矫揉造作，触碰不得。

葡萄藤从南廊伸出墙外，七年过去了，我还是将这不知名的藤蔓所结的果实认作葡萄。它们的颗粒像枸杞一般大小，但却始终比葡萄生得诱人。还记得，彼时我忍不住躁动，偷偷地摘下放到嘴里，片刻即有紫色的汁液顺着嘴角流下。你看着我皱成云朵似的眉，爆发出兴灾乐祸的大笑，多年以后，回忆那份苦涩时仍感觉你的笑声卑劣得难以原谅。此时，我看着它们，任凭它们肆意揣测我的想法，不管怎样，我知道，它们不会清楚，我在恨你，恨你不在身边。

往事随风以后，我们就再也没有见过。大学沉静的书室里，仿佛还有你白咖啡冲淡的味道，我开始在闲散读书的时候想起你，开始在看到与阳光有关的东西面前想起你，开始在熄灯入睡前想起你，原谅我不敢带你入梦，我害怕自己突然醒来，发现你不在身边。

之后的很多画面都似曾相识，仔细回想时，才发现原来你真切得陪我走过了童年，走过了少年，走过了不可能忘怀的一切一切。我们当初自信地许诺，不管如何，我们都要坚强，风雨再大，也要挺直骄傲的躯干，等待随时向阳。

离开那段时光很久以后，我曾一个人磕磕碰碰地去看海，一个人漫无目的地闯荡陌生的城市，一个人尝试爬上高山的云梯，一个人坐在电影院里抹眼泪，一个人收揽晒过太阳的被子，一个人等雨，一个人等晴天，一个人深入夜色……很多事情都做到了，你相信吗？真的做到了！但唯有忘记你，我却做不到。

相册里的你，还在一如既往地笑着。大朵大朵的明媚暖色，从窗帘的缝隙里探进来。我拿起相册，看你照片空白处的蔚蓝色，那是天空，是海洋，是我们搅拌在一起无法澄清的阳光，那样暖暖的你，这样温暖着我！

寄一颗沙粒到你的心里

那次列车还是开走了，再也没有回头。

这夕阳下的绿树红瓦，彤云丹霞仍旧痴痴地待在这片天空的怀抱里，只是那些记忆失去了色彩。再回到这片土地时，树影已不是孤单的婆娑。我感觉到了，在这寥落的空旷里，依旧有你最赤裸的声音……

“猪孩”“虎娃”这或许是我们最纯真的记忆。那时，你是一群伙伴中最胖的一个。即使现在在一片灰色的沉寂中默默地回味当年的时候，我还是能在苦闷中找回一丝欢乐。你是我们的邻居，那时同样也是我们许多孩子中最令人“讨厌”的一个。想起那时，一个比同龄人胖出五倍的身体，高出二倍个头的胖女孩，一天到晚还不住地想要和其他男孩子玩的“异类”，将获得的讥笑和欺负绝对是几箩筐都装不完的。

而那时我是“黑帮”老大，暴虐的脾气和满口不伦不类的脏话，让身边的一帮“兄弟”心甘情愿地陪我玩到天黑。当然，一些受家长管束严格的孩子自然躲得我远远的。因此我仇恨他们，也处处和他们过意不去。

一个偶然的机会，我看见那些所谓的“良民”在一起嘲笑满脸泥水混合物的你。好不容易找到“复仇”的机会，于是我飞奔过去就给那个嘲讽你的“主谋”一个耳光，其他孩子吓得一哄而散。但是我完全没有料想到，从那之后我会变成你心中的“上帝”，甚至你还痴痴地笑着说“你是个好人”。

当时我真有些哭笑不得，然而抱着虚荣之心，我也勉强接受了你的“膜拜”。但是说句心里话，那时我绝对没有料想到会有更糟糕的结局——你每天都缠着我，甚至吃饭时还专门坐在地上等我，午休时蹲在门外两三个小时，晌午的烈日照射着你起了皮疮的胖肿手臂，你还是要把半块咬得不成形的巧克力塞到我的手心。

尽管那一次，我一再地躲避你，但还是不由得蒙上了冤屈——有时在家里装会儿学习的时候，墙外总有“敌人”投放“烟雾弹”什么的，然后大喊：“虎娃（绰号），你的猪孩媳妇儿又在等你啦！”当然这是轻的，记得那次学校还没有放学，老师正因为作业的事儿批我，而那些“乱党”起哄：“猪孩猪孩你真乖，每天放学准时来！”我正红扑着脸蛋站着，一撇头猛地看见你正傻傻地朝着我笑。

然而，这样的举动被大家尽收眼底，于是一场暴如轰雷的嘲笑声自然又会给老师未熄的火苗上加满汽油。老师仿佛一头发怒的狮子朝着我大吼："上课还敢勾引人家'外星'的女孩，胆子越来越大了！"我清楚地记得，那一次全班人整整笑了一个下午，甚至有人笑破了肚皮。

那次，我几乎是第一次哭红了眼睛。终于挨到了放学，我像一只疯狂的野豹冲出教室。算是不幸吧，你还傻傻地站在那里，我几乎忘记了自己是如何疯狂地踢上你的，但是那次你没哭，只是极力地把眼睛睁大，张开难以置信的嘴巴望着我，而你手心里的饼干不由得掉在泥沙地上。你急忙蹲下肥胖的身子，滑稽地捡拾散落一地的饼干。也不知道为什么，看着你的样子，我脸热得像个锅炉，高温迟迟不退。那一天我忘记了自己是如何走回家中的，但起码可以确定那是我童年生活中最悲惨的一天。

第二天不知道什么原因，你被父母带着出远门了。当我还暗自庆幸你没有来烦我的时候，忽然发现大门墙角里那一盒熟悉的饼干，上面还有歪歪扭扭的铅笔字："虎娃，我把泥沙都吹过了，你吃吧！今天妈妈要带我出远门，回来我再找你玩！"看了这话，我不由得高兴起来，不过，看着碎饼干上面还镶嵌着褐色沙粒，就毫不客气地将它丢掉了。

后来，一天，两天……一个月，两个月不见你回来，我终于得知你已经带着九年的先天性心脏病永远地离开了。我仍旧记得你妈妈那失神的眼睛和那一句重复不断的话语——列车上，妞说要和虎娃玩。

在离开童年的乐土时，我屡屡忆起那蔚蓝的天空和浅唱着的小溪，但是接踵而至的便是对你由衷的回忆。你离开得很平静，正如岁月轻轻地抹平那一层涟漪。但是我们一起走过的路口始终有你最原始的声音。那时我明白，是时候了——寄一颗沙粒到你的心里，那是我们一生的回忆。

青春那年，思念悠远

从未与青春谋面，但影子却留在了身边。没有刻意地注意过年少的时节，是长着风的模样，或是有着雨的姿态。只是铭记着一个禅深的夏天，总爱踮起脚尖，触摸头顶上的一片绿叶，欢笑着摘下来，却抖落了满树的阳光。

披肩的长发总会有茉莉的清香，微风中拂动的长裙，光洁得没有一个污点。在意别人的一句玩笑，也在意绿荫下的你侬我侬。总幻想蝶的生活，在阳光下比翼，不会孤单，不会没落，幸福得有些忧伤。

喜欢站在阳光下看海，听云集的鸥鸣激起潮水的咸味，每一阵清风拂来，都会陶醉得忘乎所以。沙滩上的贝壳，捡最美的一枚，有彩虹的颜色，有阳光的香味，然后屏上呼吸，想想不在身边的他，总感觉有些孤单，也有些遗憾。

站在南方的小巷，雨中，不在意空气的潮湿，整片天空都是自己的。手中的相机定格下的每一个瞬间，都含有一处残破，一处生机。快门上的水珠，是永远风不干的记忆，站在雨中想着雪花，想着冬天里他微笑的弧度，想着雪人怀里捧着那本没有写满的日记。

每天在阳光里惺忪，揉揉眼睛，打发早间时光的只是巷口的那一摊炊烟。坐在角落里，不在意别人惊异的目光，大口大口地嚼着油条，借一口豆浆下咽，打嗝了，不理会风的玩笑，不理会云的惊讶。提着小包一路小跑，跑进班里，惹得同学们捧腹开怀，笑自己下巴上的残渍，笑自己脸上没有涂开的粉脂。

板书上的字迹，每一个都让思维停滞，干脆摇摇同桌手臂，让他坐得直一点，给自己撑一面小憩的挡风墙。在梦里，单车上的他没有听到自己的呼喊，于是生气了，大捶桌子，一半的课程戛然而止，老师啧啧嘴巴，示意我站到教室后面去。在别人没了眼睛的笑容里，也只能悻悻地吐舌怄气。

有时候，总要向角落里的一个位置瞟去几眼，看看他纤尘不染的目光，看看他暖意融融的一袭白衫，莫名其妙地笑，却被同桌归为神经挫伤。一噘嘴巴，发誓不再理他。同桌知道后果很严重，就眉开眼笑地递来一半的果汁，就这样被收买了，没有更多的想法。

一样的花靴，系着不一色的鞋带，一根挽着清风，一根系着明月。

痛恨作业本上的日期，无休止地蔓延，喜欢在背地里捧着偶像的照片发呆，幻想爱情出现的那一天。希望一个人，他骑的不是白马，而是单车，他不是王子，但有王子般迷人的眼睛和白皙干净的皮肤。他可以站在树下，陪自己数满天的繁星，可以在失落的时候，陪自己唱那首老得不能再老的歌。他的微笑就是一剂良药，可以让自己在生病时，不去面对白大褂的寒针。

听说好友有过一次捧着爆米花看韩剧的浪漫经历，心里羡慕不已，总缠着身边的人，或班长，或同桌，让他充当一回捧玫瑰的人。并肩坐在银幕下欣赏爱情肥皂剧，一有伤感的情节，就哭得梨花带雨。同桌的他满脸茫然，自己却独生闷气，抱怨身边坐了一个木头，不懂得安慰自己。他满脸无辜，自己只好开怀大笑，没心没肺。

与朋友相聚，尖叫声卡住了声带，放肆唱着一首首寻不着原味的歌曲，笑得岔了气。每一秒的消逝都会有一段甜美的记忆，踩在树荫里，听风铃漫歌，脑海中构思着一幅幅偶遇的图景，感觉不到自己幻想得离奇，也感觉不到自己心跳得蹊跷，总是很得意，很得意。

如今回首，桥头的雾渐渐迷离，在青春渐行渐远的步伐里努力地回想那年的月光。青春已如流淌的歌，在指尖、在耳畔，也在心间，流淌，悄无声息。

在风花雪月的流年对白里，翻着一张张单薄的影集，青春那年，思念悠远！

夏天之后

小心翼翼地掸去绿叶上的露珠，它们又调皮地合上了，像那些熟悉的脸，在圆润的阳光下交头接耳。六月一过，我们就成了夏天眉间的朱砂，不安着，忌讳着，等候一个安静生长的理由。

开始相信脚下的地平线，相信我们年轻的胸膛里关着凶猛的小兽，仿佛和那些讨厌的大人距离越来越近了，他们说话的时候，我们偶尔的插嘴不再受到封禁。我想，如此美好的时刻，正是我们被故事看重的时刻，时而明媚，时而忧伤，时而编造一个荒唐的梦，行走远方。

山楂树已结了剔透的果实，蒙住眼睛，想和从前一样等待它们自己凋落。从细小的指缝间窥望，四周风平浪静，惊愕，骇然，在这个时候应该不会期许那些童稚的画面了，可是，又宁愿深信不疑。天空纵横分布的蓝，像堆叠的毛地毯，云朵开出的花儿零星着，集中着，我们似乎已经切实地处在现实中，现实得有些虚幻。

喜欢在有雾的早上散步，看邻家的猫咪撕咬一团旧毛线，慵懒闲散却又虎视眈眈。有序落下的透明颗粒，浸在额上凉凉的，用手指触摸时才发现，自己已经给这个夏天交出了最虔诚的一席手语。身后是渐渐变浅的绿色，万物都在有规律地变化着，我经历着，却不好言语。

会忍不住想那些亲手栽种的花树，以往它们在几个孩子悉心眷顾下深情地成长着。我不敢去看时光在规则的花田上留下的证据，它们峭然的影子已经透露出，我们再也回不到过去的某一个日期。我们终有理由相信，季节循声远去了，很多很多熟悉的尾巴，都在恋恋不舍里委婉得消弭了。

夏天的雨水浸湿了最后一片干燥的尘埃。我们漫无目的地游弋着，像被什么东西牵住了脚步。想要爬上高高的天台看自习室柔弱的光，想要在校河里放下最后一只写满心事的纸船，想要在车棚熟悉的位置留下一把曾经的伞，想要故意忘记咖啡的牌子而摁下拨号键给某人，想要心血来潮厚着脸皮关掉伙伴洗澡间的灯，想要丢粉笔到熟睡的同桌脸上然后无辜地四下张望，想要在大考的前一晚把辫子绑到衣架上，想要在绯闻老师追公交的时候大喊加油助威……雨落得逼真，顺着脸颊而下。

雨水过后，六月脱下了最单薄的外衣。红旗飘扬的操场，我们像为了等候一种虚妄而站成一排，合影的时候眼睛都看着前方。

是的，前方。照片给分别打上了鲜明的符号。而这种天生的美丽，终于在谁或者谁的流年里，被记忆成温暖的念想。

七月，长廊上只有消瘦的风了。而我知道，我们都知道，之后在这里相遇的人还是像我们一样，遇见，微笑，转身，回眸，接着随镜头望向前方。

夏天之后，我依稀记得，你潜伏在我的贫瘠里，绽放了所有的美丽。

夏天之后，你静静地，开始躺在秋的回忆里，怜悯而且慈悲。

夏天之后，我们睡熟了，成长悄无声息地开了一场玩笑，我们毫无防备。

夏天之后，我唱着歌，准备和前方一起老成故事，老得孤独无依时，等你回来……

梦想向左，孤独向右

日子还像三年前一样，平静得有些荒芜。

他是我的好友，像现在静置桌角的两杯清水，我们互不沸腾也互不冰冷。那时候，他老给我讲梦想，讲现实的社会，他说，我们的生存，不能仅依托固有的安排，总得闯一闯才能释怀。

其实，我也一度热衷于理想和远方。上学时，总在老师提问的片刻就能满满地将酝酿很久的梦想一口气说出来，很痛快。直到大学毕业前夕，我都日复一日地喊着梦想快到碗里来。

他喜欢摄影，是骨灰级人物。无论怎样的一幅单调图景，总能在他的镜头里呈现出一番惊世骇俗的模样。我中意他飘扬在风中的长发，也羡慕他能有畅游世界的机会。那时候我对他讲，希望自己有一天，能走出生活的牢笼，去看看未曾谋面的世界；他说，你未完成的那一部分，就是我们共同的梦想。

未完成的那一部分，多么大的概念和阴影！从毕业以后，自己就开始细心打算，脱离两点一线，放弃朝九晚五，可是想来想去都成了春梦一场。拿着朝不保夕的工资，去咖啡店小坐，拨通电话，我忽然感觉，自己成了这座城市最形单影只的人。

一个人走城市的夜路，看着呕吐不知归路的女子、偶尔闪过的轰鸣和被风吹断的电线。下雨的时候，画面和影视中的悲剧如出一辙，我问她，你往哪去？她摇头，被雨水划开的浓妆带着劣质的香水味遗落风中。突然感觉，也许自己还幸运正当时，应该笑的，应该开心的。

身边有很多这样的例子，沉醉于繁华都市灯红酒绿的人，即便夜夜笙歌，最后才发现，世俗的浮夸还是没有将内心的黑暗照亮分毫。他们和我一样，忘了给心灵装一盏夜灯，忘了让自己不再沉沦，去完成一次真正的高飞。这种飞翔，是自己的高飞，一个人的远方。

三姨的小儿子刚刚长大，就成了“别人家的孩子”，一直专心专注学习的他，成了很多家长和老师表扬的对象。问起理想时，他说要赚好多钱，报答父母，回报社会。他的话，自然受到很多人的追捧。我也是从那个阶段过来的，但是看到他，我突然很沉默，仿佛眼前的他就是若干年后的自己，面色红润，却不知道即将煞白的风浪会将这一切假象毁灭殆尽。

在最无助时，朋友打来电话。他说打开邮件看看，那是某某海岸的一角，春天的味道，海的味道，还有自由和生活的味道。

我看着一张张陌生但又深入灵魂的照片，突然泪湿满面。总该哭一次，才有信心知道眼前的生活是苦涩的；总该疯狂一次，才知道，青春还没有走远。

给他回电话：你信不信，我在下一个天亮一定会抵达。

他说：没有多少三年值得我们重复，也许你可以迈开一步试试。

咖啡店。

我拖着行李箱走开，再没有回头。

八点半的航班，天气晴。

春天，有些花儿还未开

在十八岁以前，很害怕人们突然提起某个女孩的名字，心里一刹那就会短路和震惊，好像开在阴凉处的花儿突然被阳光暴晒了，娇羞而又逆反。

她果真是让自己暗恋了很久的吧，忍不住悸动想去保护，却又不知不觉忤逆了自己年少的面庞。被冲动揭穿后，会有多尴尬，所以，角落里总有一颗心畏首畏尾却又蠢蠢欲动。

还是在校园里，阳光探过枝头，留下一地碎玻璃般的小星星。体育课，远远地看到她在树下乘凉却不知道怎样好去搭讪。低着头，一步一步往前挪，过去时人家早已与他人踏步石子小道了，心里一阵激愤，久久不能平静。

开始刻意地挑剔自己的服饰了，发型总在寻求阳光和新颖。低头插袋地路过她，反反复复，有时候会无意地撞个满怀，但脸红的只是自己，她就莞尔一笑，轻松而又无所谓，好不懵懂，好不朦胧！

爬山虎无限生长的季节，飞鸟很少了，它们可能背着成长的背囊去远方了。学习对自己而言，总没有太多的实在意义，那时总抱有“莫愁前路无知己，天下谁人不识君”的大志。成长不计前嫌地把拖沓翻译成青春，我们只好背负着上路。

校门口的商店橱窗里有一款很时尚的耳机，自己钟情了很久。其实早在前些日子就听说，她也喜欢。好巧啊，可以找到一样喜欢的玩物，又好巧，都是单纯的喜欢！遗憾的是，价格让人望而生畏。

开始压缩程序，克制自己饭菜的蛋白质，力拼暑热与馋虫的争锋……这些事做得小心翼翼，待父母明显察觉自己的身体变化有些不可名状后，才大肆叫嚣自己最近学习压力山大。看着丝毫不见起色的成绩，父母虽说有些丈二和尚摸不着头脑，但还是得慷慨解囊，让自己大补特补。耳机到手，血压回稳后，觉得自己就得了像唐伯虎的一样的幻想症。

第二天，听说她生日，没进教室前就编织好了一些比春天还动人的情话。她还是坐在原处，安静得像葵花开在阳光下。片刻，自己的手舞足蹈就被眼前翻天覆地的灰暗震慑了，她的耳朵上，插着与自己藏在背后一模一样的耳机。尴尬，无奈，无助，失望。后来，把耳机压在枕头下面一直没有开封，总幻想着有一天它会在自己的梦中被送出。

年少的天空总有情感的杂质，我们很难找寻到澄澈的蓝。云朵下的浪花，一波未平，一波又起，却鲜知礁石疼痛的记忆。少时的年华都是自定义的模块吧，看似异彩纷呈，却又如出一辙。

怀着恋恋不舍告别初中，还没想到会被接下来的高温怎样荼毒。别了那么多的人和事，具体的模样只有日记明晰了。成长是矛盾的，很久以后发现，被渐忘了的都是曾经牵绊不下的，有些细碎的心事甚至像蒲公英一样，开到荼蘼，最后还是飞散天涯。

后来就成了我们都无法把握的后来。

高一的时候，自己开始写下一些心事，被别人看到后视为美文。文字，我也曾想过，它也许就是自己唯一不会被光阴夺去的宠幸了，轻盈，浪漫，神奇！不管自己的光阴与花事纠缠到怎样的不可开交，文字都会把它们释放一空，安静地思忖多好，坦率而真城地抒发多好。

开始喜欢上一位作家，喜欢听他深情地讲演，喜欢想象他秉烛夜游的闲散，喜欢他别具一格的写作手法；开始喜欢上一位歌手，喜欢他干净的嗓音，喜欢他乐观的态度，喜欢他幽默开朗的风格。

原来，自己钟情的事不单单是过往的一些风花雪月了，还有比季节更长的花开。

毕业典礼上，很多人流下眼泪。青春纪念册上，格子花盛开着灿烂的离殇。岁月的良驹一闪而过时，我们都没有掩住耳目，那些仓促终究被沙子蒙了双眼。

然后就开始静默了，不与人语，仿佛只贪图平心静气。于花事于人，再也不轻易微笑，不争论谁对谁错，不讪笑谁与谁苍老，心甘情愿的事，只剩下读书、写文、交友与远行了。

也许，十八岁很快就被遗忘在身后的地平线上了，朝阳还在吐露芬芳，记忆却消瘦了面庞。那些葱绿得有些忧郁的格调逐渐被拾起，大概没有人记得在成人礼上自己是否还快乐得像个孩子。

离开车站那天，烟花散落得有些苍白。兜兜转转地寻觅以后，再也没有发现一个熟悉的身影。也许成长就是一场孤独的旅行吧，循着铁轨远去，身后再没有人会看到你。

窗外，春天寂然。但我相信，有些花儿还未开，有些人还未来。

盛夏，安静地睡去

透过走廊的落地窗，视线就破碎了一地。感情里有许多不安的分子在与琐碎的阳光争宠。以往，此时此景，正毫无保留地上演着我们的青春。而此时相异，五月最躁动的一片叶子悄然嫩绿，悬在我们心底的无名花蕾，静守着最孤单的一片天，等待盛开。

化作流水的时间，伶俐地抛出一道光线，把自己作为圆心，然后画圆。时光静时，才发现原来自己画地为牢，禁锢了许多过往。窗外，是一个世界，没有风雨，没有流虹，也没有一点一滴的噪声蠢蠢欲动。谁都明白，这个季节我们行将蜕变，留下最难以割舍的茧，静守流年。

只是，眼前窗明几净，凝重的七色光连缀成绚丽的阳光效应。该温暖的是阳台上，盆栽红花的心情，该冷落的是谁呢？一沓没有痕迹的白纸，或是桌角滚动、惨烈落地的钢笔……我们都小心翼翼地恪守着自己最脆弱的心事，安然地寻找一个埋藏匿迹的时机，然后转身离去。

操场上，没有了那日偶然遇见的微笑，空旷的篮球架下只有光线投下一个个不规则的影子。那圆形的篮框，已投不进漂亮的三分球，所有的一切都挂上了沉重的外衣，在扭曲的弧度下沉沉落地。

沿着跑道，塑胶粒纷乱地脱落，不知它挣脱了眼前的磁场，下一秒将会流浪何方。此刻的路，踽踽独行，不是展望明天，我们会在哪里邂逅？只是想把走过的每一方足迹，染上最耀眼的色彩，然后写下日期。

教学楼前的红旗，仍然迎风飘扬。它永远是庄严的模样，不为随时到来的暴风雨战战兢兢，也不为暮色将至而形容枯槁。相识前，我们曾把未来看作一个谜语压在国旗下的宣誓里，分别时，又背负着谜底前行。我想，生活的本来意义，也许都藏在下一秒的未知里。

自己在笃定时总会感想，是否一个人坐在角落里大口咀嚼米饭的微笑最温馨？这些都是孱弱的一瞬间，只给记忆留下一秒钟的记忆取暖。成长，正以着一种残忍的手段剥夺着我们最厚实的锦衾，然后掷下一面裂痕斑斑的镜子，让我们瞧着感伤憔悴的容颜和赤裸裸的伤疤。或许，我们本不该以悲观的情绪去揣测世态人情，正所谓天下没有不散的筵席，曲终人散，弥足珍贵。

阳光素净，教室里仍旧弥漫着粉笔的尘埃。此时，讲桌矮矮的粉笔盒上那“无尘”二字格外耀眼，它在时光的折损中消瘦。

是的，走过的凡此种种，哪一件、哪一个，真正能以无尘告终？只是时光拉长脸的时候，我们不能忍气吞声，然后将尘埃沉落于心底，蒙蔽似是而非的情愫。

偶然想起，自己在无助时得到朋友的帮助，恰似那些风中的蔷薇花，在经不住风吹日晒时承恩了甘霖。感恩在我们心中，一直是一种激动的萌芽，不知道情为何物，不知道害羞源于哪里，总感觉一意孤行会找到希望的光源。

两个季节的更替，预示着我们将在零下一度的环境里展翅试飞。尽管外面的日光已达到可以沐浴的高温，但我们仍旧感觉是在冰凉中前行。这个六月，寒冷已经冲破了封锁千百年的禁锢，与酷热耳鬓厮磨，我想接踵而至的不是细雨和长虹，而是冰魄与霜冻。

长廊的尽头，又传来了某位同学滑倒的惨叫声，此时，我们已经没有欢呼的心情，而且也渐渐开始埋怨，转角处那块光滑的地板。静静地，才会发现，母校的每一寸肌肤都有其斑驳的病态，在给我们留下教训以后让我们缅怀过去。在这场相遇又相聚的故事里，留下的终是相识又相离的结局。

季节到了尾声，一切都将蓄势。高考风暴来袭之前，我们屏息凝视，阳光再度倾斜，大楼的倒影在迷迷漾漾的花雾里颤抖不已。或许，生命该珍惜每一次的促膝，让我们在泪光荡漾的清波里，哄着这个盛夏，安静地睡去！

皱纹是微笑曾经待过的地方

细微的嫩绿箕踞在三月的尾巴上，零零星星的雨点若有所悟地散出七色光。一层层汇聚在脚下的泡沫，渗透出某个人的笑脸，然后又莫名地炸开。只有这春天如我一般吧，像是在等候一场爆破的使命，却又不知这义无反顾是对或错。

再回到校园已经看不见他了，冷清的白杨过道里散布着清新的冷空气，深色牛仔裤在冷静的长廊里发出窸窣的摩擦声。拨号过去，他说，中午回来，现在已经从北京出发。三个月未见，或者更长时间，长得已经让我忘了确切的日期，我们微妙的关系已经变得病态斑斑，我说，我去车站接你。

在一家从未光顾的烧烤店里坐下，服务员文质彬彬地递上菜谱。还是老样子，我喜欢吃的所有口味他都知道，但是这次他没有点。他说，也不知道你是否和当初一样还是美食主义者，所以，我就不自作主张了。

推开门出去，他跟在身后，也不问我突然选择不吃东西的缘由，审视他眼睛里的葡萄色，我知道这汪清澈已经离自己越来越远，就像这美好而短暂的三月。

前年六月到今年三月，这段青春洋溢而波折不断的时光在我心里翻腾起无数的涟漪。在别人看来，曾经的我们是一对热恋的情侣，他有好看的眼睛和阳光帅气的脸颊，我有如花的年纪和淘气无辜的娃娃脸。其实，只有我们知道，这种感情只是我们建立在彼此世界里的一种精神契约，因为之前，他有他的朱丽叶，我也有自己喜欢的梁山伯。

去年秋天，也下过一场类似的雨。那时候他刚和自己喜欢的女生分开，那个女孩说他和我走得太近；与此同时，另一个分手现场巧合得有些可怕，相处了三年的男友突然和我提出分手，然后堂而皇之地告诉我，是因为他。那时候，我们背对背站在雨中的秋千下，他说，猪小小，这世界突然没有光了。我点头，然后又拼命地摇头。他走过来捏捏我没有着妆的脸蛋，略带安慰地说，放心吧，从此我们俩要相依为命，直到走出这段黑暗的岁月。

那之后我拼命地选择自己喜欢的美食来抵抗忧伤，他也不阻止，坐在我一旁趁我不注意然后拍几张恐怖的镜头。他说，猪小小，你知道我把这些照片发在空间的话，平日里奋不顾身追求你的千军万马会不会刹那沦陷？我毫无防备地打喷嚏，然后看着满脸食物碎屑的他，笑得前仰后合。

去游乐园玩的时候，他旁边的女生从此就变成了我，只不过相片里，我们不嘟起嘴巴，也不皱起眉头，右上角的阳光循规蹈矩地蔓延而下。定格以后，他说怎么样？我们有着战争年代遗留的狰狞面目，却也有着祖国怀抱的温暖默契。我说得了吧，你！跟你一起玩，就压根刺激不到我快乐的那根神经，拿我的奶茶来，一点也不好玩！

他说，猪小小，算你狠，下次哭的时候别来找我！我说，不找就不找，我堂堂好几尺的女汉子，谁看到过我流眼泪啊，真幽默！我们彼此“切”的一声转过身去，但片刻之后又被翻滚的过山车带回到一片原始的尖叫里。

那之后不久，他就去了北京。临走时他说，这座城市有太多的回忆让他无法逃避，他必须换一个新的环境，也许在那里，他才能找回自己。我点头，默默地流泪。他说，猪小小，别怕，谁敢欺负你，你记得要打我的手机，直到打到没费，反正我也不会替你缴费。

我故作生气地捶他，他说好了，我要走了，下次再见时，希望我们都走出了风雨，迈向了更广阔的一片晴朗。我点头，然后挥手。

这次见面很短暂，半年的时间，他的个头又拔高了一大截。去车站，他把一本日记递到我的手里，然后面无表情地说，小小，我已经找到了属于自己的阳光，所以你也要学会开心哦，不要老皱着眉头，你看看，那些皱纹已经开始吞噬你的娃娃脸了。

打开日记，从头到尾都记录着他和那个女生曾走过的点点滴滴，这里面有他们的欢笑，也有我们的故事。我知道，他真的已经走出了忧伤，并对以前不再留恋，而我似乎还在原地耿耿于怀，或者此刻的心情更加凌乱。

翻开最后一页，那张瞠目结舌的照片赫然出现在我的视线里，旁边有一行淡淡的铅笔痕迹：谢谢你，小小，我的离开不仅为她，更为你，我们都在长大，必须学会一个人走出忧伤，希望你快乐地生活，勇敢地爱，再回来，希望我们都是五月的天空，蓝而透明！不要忘了，皱纹是微笑曾经待过的地方。

看着列车的影子淡出视线，我突然明白，也许每个人的成长都是一场孤独的修行，没有人能真正帮你抚平心里的伤痕。也许每个人的世界里都有一堵密不透风的墙，孤独进不来，快乐也出不去，所以卸掉伪装后才感觉到那么憔悴那么累。直到有一天，你豁然开朗，再回首那些故事里的伤感与快乐，你会由衷地说：年少嘛，那不是谁的错！

来，我们一起拍照吧，四月的清风暖阳，别害怕逆光，也别畏惧衰老，因为，皱纹是微笑曾经待过的地方！

不许天荒，只许地老

仍旧习惯在深夜里留一盏灯，为一个人。

也记得每一站，都会错过松闲的客车，等待某些暗暗颓老的时间流过，总会感觉，那个渡口，将会有他的笑脸。

时针把持不住光阴的强势，只好留一抹无力的影子在表盘上颤抖，车过了一站又一站，等到末班车，已然天亮。

有一年，我们中的一个人，也许说出了这样一句话——我陪你，到天荒。

晚风在每个季节都会如期而至，为了蒙蒙暮色中，唯一没有凋零的寒冷。没有谁的夜晚里，我独自凭栏；没有我的夜晚里，谁独自黯然？像这最后一丝滚动的痕迹，掉进无边的深渊。

不必在青春的年月里，学会忧伤，来的去的，抵不过荏苒时光。我许你的，也许不该是天荒，记得吗？那一宿未眠的冰蓝，像紫茉莉吞咽下的烂漫。但是路已远，人未归，情丢落哪站？

一度幻想，你是我的眼，虽看不清沉叠的山峦，也能在人海中远行，不会失散。可是，雨终究不懂星的寂寞，同在暗夜里，你却是我搁浅的记忆，摸不到熟悉，触不到温热，轻轻地来，轻轻地去，拉长思绪纷飞的日期。

我坐在窗前，屏蔽掉视线里所有的星光，只找寻苍穹里你的那双眼睛。托腮的时候，世界好安静，很多会行走的情都落叶归根，只有我静默着，执拗着，不肯入尘。或许来生，我们谁也不是谁的谁，只记得曾经相遇过。

通话结束，我们的繁华就此褪尽，离歌铺成荒陌的时候，路正潸然。亲爱的，不要对我许下天荒，我们都静静地行走在大地上，然后一起老去，好吗？

等待，我们真的会同在下一个轮回吗？回忆里，谁还愿意背负着过往那沉甸甸的美？也许面目全非，也许伤痛未遂，但是不言离殇，不诉别悔。流年里行走了一遭，我们都怎么了，为什么心情会空白？我们都怎么了，怎么了！

那些浅梦悠扬，我们仍相对无言，留下苍茫的一季海水潮涨潮落，你记得那站吗？地铁口的相逢；你记得那晚吗？月光静得似水。

如果有一天，我忘了自己，但我还是不肯忘却你，不肯放弃我们短暂的曾经。你是否会回来，找一个不通俗的理由接好我错乱的神经？如果有一天，我忘了你，却只记得一个悲伤的自己，你是否会转身，把彩虹编制得和你的微笑一样美丽……

很多年以后，我们都不再年少，光阴会在斑斓的树荫下匆忙变成枯草。枝丫上的夜灯，吹不起谁的晚风，我们都难以辨认，彼此最美的那一道伤痕。所以，我不想再如此疼痛了，虽已刻骨铭心，却已不再喧闹。

亲爱的，不要许我天荒，我只要你相伴地老！

放弃一朵花，得到一个春天

第一次接触到她的目光时，我的心怦怦直跳。

她端坐在第二排的中间，洁白的裙子衬着她桃花一样的粉面，有种“绰约多逸态，轻盈不自持”的感觉。

在我莫名其妙脸红的同时，我捕捉到流溢于心底的一种奇怪的力量，热热的，痒痒的，像众多爱情小说里写到的那样，我知道我对她产生了那种青春的感觉。

在那个流行饲养小动物的年代里，我却默默地在心里养了一只活蹦乱跳的小兔子。尤其是每次瞧见她的时候，小兔子就化名为“忐忑”，在我冥顽不灵的精神画板上或舞蹈或拳击地敲出羞涩的符号。

在之后慢慢的相处中，我渐渐发现其实我们有很多的共同点。其中之一便是认真，当然含义是不一样的：她听课、写作业、办事情认真；我打架、骂人、睡觉认真。尤其是睡觉，这可不是一般的嗜好，总是要等到老师拿上粉笔头砸到脑门时，我才精神恍惚地从“天宫”回来。

老实说，我对上课睡觉可是发自骨子里的钟情，但是她的出现竟神不知鬼不觉地搅乱了我的“正常休眠”。接下来，我不由自主地空出了很多睡觉时间用来偷看她，直到鼓足勇气偷偷地把第一张写满我所有想法的小纸条塞进她的书里。

那一天，巨大的浪涛冲刷着我的心房，我极力静坐在座位上等待着她的回音。当我偷窥的眼神移向她的脸庞时，我发现她的眸子依旧如同往日般清澈明亮，只是秀丽的面庞有些微微地泛红。我立马将目光蜷缩回来，深怕刚刚有些舒意的花苞遭到四面寒霜的袭击。

一天就这样匆匆地把夕阳打发了下去。晚上，我的文具盒里出现她回复的纸条，我怀着激动与不安的心情打开了它，上面工工整整地写着一句话：我理解，但你也应该懂我的，所以我们的交流要保持在书面上，地点是楼拐角的电盒里！

那时，我的激动是无法形容的，说实话，我不会想到一个几近不可能的童话故事会变成现实。她的意思我很明白，因为她的内向，所以不希望别人说三道四，我们之间的交流应该建立在书信的基础上。她会把写好的内容放在楼道拐角处的废弃的电盒里，等着我去取，起码这是最令我自己满意的理解。

在后来的日子中，我的心里也自然长出许多嫩芽，因为我大多数情况下都会不自觉地朝她那个方向瞅瞅，直看到她在认真地听讲，专注地作答，我就会微微一笑低下头去。慢慢地，我开始佩服她的不动声色。但后来好像连这样一个细微的举动也被她察觉。在另一份信中，她提到如果我以后认真学习，我们就可以以学习探讨的名义面对面交谈，开始我有些难以理解。不过思索之后，我还是能够体会她的良苦用心。要一个不学无术的人学会去理解和关注一个品学兼优的人，我想是很难的，因为这就是隔膜和距离。

之后，我信誓旦旦地向她写下保证书，并立誓自己要考入全班前五名。那一次，我很清楚地记得她的回信只有简短的四个字：我相信你！但是，我却一直为这简短的四个字拼搏着，努力着。

冰冻花开，寒消暑退。青春的韵味一直散发在一个个承诺中，那时，自己尽管感觉累得生疼，但看看角落里静候着时光、笑容怡人的她就索性擦干汗水继续努力！直到月亮的眼眸不再疑惑，星星的眼泪感动成海。第二次模考时，我的名次竟一跃在她之上。她说她很惊讶，是的，这样的结果连我自己也不敢想象。

就这样，初中的生活一晃而过。分别的脚步逐渐踏来，直激荡起我们心中阵阵涌来的苦水。我不敢面对即将踏入异地的事实，但还是下定决心约她出来好好谈谈。不幸的是那晚的回信却石沉大海了，直到第二天上午班主任把我叫到他的办公室，我才猛地被惊醒。

面对笑容可掬的他，我不知道自己该如何解释。说实话，难免惹来一顿臭骂；说谎话，可能被批得更加残忍。那会儿，我实属一只无头的苍蝇，被暴晒在光天化日之下。在我忐忑万分之时，他的一句话震惊了我："对不起，或许至今你也不知道，年半的光景一直是我在做你的她。"听了这话，我立马有些丈二的和尚。他微笑地看着我："其实从你写第一封信时，她就没有看到，那天她的书掉在地上，我帮她捡书时那张纸条掉了出来！"听到这话，我的脸立即涨成了红薯，他却依旧心平气和地说："孩子，我知道这样做有违一个教师的职业道德，但是为了两个前程似锦的花骨朵儿，我只好……但是，我错得很值得，不是吗？起码现在我看到的是两颗色香诱人的红葡萄，而不是两颗苦涩的青杏。"

那一刻，我真的想哭，想想自己当初的想法的确可笑，以自己当初的样子要是真的去向她告白了自己的想法的话，我想现在早已被打击得遍体鳞伤了。而老师以一个独特的"错误"挽救了我，也挽救了她。我强忍着泪水点点头："谢谢您，老师！"

回到教室，她正过来问我将要报考的志愿时，我恭恭敬敬地告诉了她。她一时激动得叫了起来："太好了，我们的目标一样，看来以后我们还是同学啊！"她转身离开，不知道为什么望着她的背影，老师的那句话又回荡在耳边："孩子，放弃一朵花，你将得到一个春天！"

曾念半夏，开过最美的年华

我曾以为夏天是一个人的眼睛，带着几分想念的颜色。

翠绿色定格成身后长长的花堤，这个夏季我看不到自己成长的背影。青春像石子在水面打起的一串未灭将灭的涟漪，最后一丝水花泛滥后，还明显地折射出不甘的倒影。

幸而遇见了阳光，也许，我不知道自己为什么喜欢草绿色的房子，喜欢星星闪烁的湖，喜欢向日葵的花雨，更喜欢那从未听说过的植物，半夏。

阳光是一个人的名字。他穿草绿色军装，喜欢狡黠地笑，露出白白的牙齿。听他讲一枚弹壳的经历时，我们所有人都感到震惊，像蒲公英突然纷乱。我知道，前方的我们还有很多的生命要追逐，追逐远方看不见却存在的远方。

参加升学的最后一次军训时遇到他，像很多女孩子那样，对他，我们都是一见钟情。喜欢军队上男生的气质、礼节、正气、方刚，仿佛他的一举一动都饶有魅力。可是，我不敢去表白，那个年纪，我们还有太多的小心翼翼，怕被拒绝，怕被伤害，害怕眼眶控制不了心中的《哭砂》。

于是，那一段日子就悄悄成为最美的一道流年倒影。我开始早早地起床，叠被子，洗漱，出操，一切都循规蹈矩，甚至早早地跑去操场，只为了可以提前看到他的样子。他的微笑，不知不觉，在自己心中成为了与阳光一样温暖的尤物。

不知什么时候，突然发现自己好珍惜时间，喜欢听他开玩笑，讲自己那些残酷而又历练的故事，喜欢他正讲得津津有味，我们听得无限遐思的时候，突然被他的口哨惊醒，所有的人像慌乱的兵卒一样笨手笨脚，最后却在嬉笑中站得笔直，真有种疾风劲草的感觉！

在他讲到的众多小常识中，我尤为深记半夏。这是一个诗意的意象，和这个季节一样令人陶醉。他说半夏是一种植物，可以入药，叶子呈三叶草的形状，但是它却有毒。

那段与阳光、暴雨亲密接触的日子很快就被时间的洪流冲刷殆尽，只留下残破的不舍在脑海里微微悸动。他走了以后，我开始想念，开始怀念，开始遗忘与珍藏，甚至还特意把军装上的红五角星摘下来，藏在枕下。

但很久没有再翻出来查看，竟然就不知去向了。正式开学以后，我站在大学的校园里，感受微风吹过鬓角的清凉。夏天徐徐而过，留下教学楼倾斜的影子在落下的黄叶里踌躇。走过以后小径上什么都没有了；那些被刻制成图案的卵石静悄悄地守护着它们所看见过的故事，断断续续的章节，再无头绪。

在图书馆的狭长过道里，我收到人生中的第一份情书，很朴质但又满含羞涩，于是开始了第一次恋爱。在一个分手的秋天，遇到初恋，心中的阳光冲洗掉了流年最馥郁的茶香，那些煽情又动情的记忆，像电影画面一样冲出脑海。

这样走走停停的时钟，和那样深深浅浅的记忆都在纠缠中面带土色了。微风再次吹过耳畔，路过的人，他们都成了视线里遥远的风景。不知道怎么会，曾经那样的刻骨铭心，在颠沛流离的途中突然释然了，像当初那样喜欢的半夏，在念念不忘中开过最美的年华。

半夏，很美很美呀，但它却有毒。

我们疲于青春，却累于美好

现在不同于以往，我们的青春可能在十五六岁就一夜拔高了，十七八岁，那些自定义的蔚蓝天空，早已凝结了心中最美的流云。

学着电视剧里的男女，追逐像他们一样的恋情，尽管过程很曲折，但结局完满，或者过程一帆风顺，结局却惹人落泪。或多或少，我们都把最隐秘的心事，交给了那个叛逆的年纪——穿格子衫、帆布鞋，捂着耳朵任凭大人雾雨雷电，塞粉红色的信纸到别人的课桌，顾忌班主任的目光而躲在角落。

那年的他，还很不成熟。额前的刘海时刻朝一个方向甩着。你喜欢他的孩子气，喜欢他因为说爱你而目空一切的样子，喜欢在闺蜜朋友一致的打趣中享受那份拥有的甜蜜，喜欢在你生理期到来时看他无微不至的影子。也许，那时的他其实很无知，他不知道为什么你不能在特殊时期着凉，不知道为什么你会变得喜怒无常，但他还是要佯装成一个大人的样子，信誓旦旦地不让你受伤。你沉溺于他努力营造的假象中，并乐此不疲。

那年的你，以一种良好的感觉自居着。你觉得身边的人都羡慕你有一个时时刻刻以你为中心的人陪伴着，你觉得老妈与老爸相守一生的爱，都不如你短短数日得到的多。你觉得他虽然成绩不算好，但是却能将篮球打得如神话一般，或者他有全校人人都羡慕的歌喉，他的街舞跳得潇洒帅气。你们在高摞着以为老师看不到的书后面短信来往，你们每天都可以见面，却还要时时刻刻想着对方。你开始在他给的宠溺中变得渐渐强大，开始以为全世界都在以你为中心而运转着。

后来在优越感的驱使下，你开始精心打扮自己，穿衣戴帽，都和别人有了明显的差异，走在人群中，即使没有他你都觉得自己是岁月刻意选中的一朵花。你开始有意无意地对他发脾气，开始抱怨他越来越不重视你，开始责备他不像当初一样对你。你们开始隔三差五地闹别扭，事后总等着他来道歉，有时他真的生气了，你又像一只犯了错的小兔子，在他面前忐忑不安。

有一天，你无意中发现，某个女生身边的那个人像极了他，于是你悄悄地拨通他的号码，他一声不响地挂掉电话。回头，你找他理论，他说由于当时人多嘈杂没有听到。接着，你知道自己上当受骗了，就生气地左右开弓，甩出连空气都燃烧了的噼里啪啦的耳光。

之后，你们分手，各自删去了对方的联系方式，从此回忆像恶魔一样不断折磨着你瑟瑟发抖的心。你喝酒打架自甘堕落，你想着以自己最卑劣的方式去折磨他。久而久之，你开始学会恨，学会戒心，学会目中无人。当初你们阴差阳错地在一起，最后唱着一错再错的歌缅怀过去。

接着，你又开始了几场无疾而终的恋爱，分手以后深夜买醉。

于是，你成了定义在青春期的坏女孩，他成了设置在成长中的坏男孩。

后来你朋友恋爱了，你拍着胸脯要替她把关，你说你最了解男生了，是好是坏一眼就可以辨认。你在 KTV 里拿着酒瓶对着好友的男友说，有一天你敢对不起他，这个瓶子就是你的下场，说完，你囫囵将酒灌下咽喉，把瓶子摔得粉碎。喝至深夜，你和朋友相拥着说醉话，你一直说男生没一个好东西，但是放心，谁敢对不起你，老娘就和他拼了！朋友泪流满面，因为眼前这不确定的幸福里，有你，也有他。

你一路成长着，见识着各种各样的场面，也邂逅着各式各样的人。当初，你和最好的朋友坐在星空下憧憬，你说，以后我们都要找个有钱人。朋友说，不对，我们要找个有钱的好人！你看着她，笑得像爷们儿一样酣畅。

你有了工作，在陌生的城市。时间再也不由自己掌握，单位里钩心斗角，同事间尔虞我诈。你忽然很怀念很久以前的天空，那时自由飞翔的小鸟，现在早已孤单地找不到北。你开始在不夜的城里怀念过去，怀念招摇的学生时代，怀念你第一次爱的人。多年以后，当初的伤害早已随风而逝，你肯怀念的只有星空下那些美好的誓言。

在偌大的夜空中，星星疲倦地眨着眼。一个人站在天桥上，吹夏日徐徐而凉爽的风。在转角处，你突然遇到了当初的那个少年，四目相对时你们坦诚微笑。如今的他，已是一个孩子的爸爸，他问你，可好？你点头；你问他，他说，还可以。转身离去的时候，你听到他对身边的孩子说，念初，拉好拉链，小心着凉。

念初。是的，他和你一样，都念念不忘着当初。

三月早春，徘徊在陌生又熟悉的校园，白桦沙沙地点数着过往的冷风。老同学聚会——十几年过去了，除了岁月在各自的面庞刷下沉稳的白皙后，爱恨全然抛弃。谁也不再因为年少时曾经闹过的矛盾而局促不安，谁也不会因为当初的爱恨尴尬难堪。

我们一如既往地念叨青春，虽在很久以后感到疲惫，却依然记得，那份累，对于曾经的美好来说，不值一提。

尘羽

落入尘埃的花，悄悄安静了。

六月在光影错落的花堤上布满棉质的幽香，时间精妆梳洗后，留下了季节很长很长的尾巴。我听到了，那年高三，时钟嘀嘀嗒嗒地漫过耳畔，许多遗忘光阴的梦悄悄苏醒。而我们一样，想着想着就热泪盈眶了。

此时，我站在大学悠长的走廊里听风，擦肩而过的是昨日长烟素阳，没有那么大的暴风雨了。这个季节过后，便会有很多洁白的羽翼飞过，有些青涩，有些冗长，不过还和昨天一样熟稔。

不知不觉，别离了高中已然四季，旧时的钟声不再，再也看不到那些熟悉而匆忙的身影。老师的谆谆教诲仍在脑海里拖起长长的一串涟漪，可是当初的少年，却已惶然消失在落地窗洒满朝晖的视线里。原点，没有白衣翩翩，没有面庞忧郁，只剩下成长与时间僵持不下的死局。

昨日高三，我们薄衾素食，围着讲桌思索同一个问题，老师的眉头踌躇成瓜果飘香的田字，手里的讲笔划来划去，划出黎明，划出暮雨；

昨日高三，值班的大爷熄灭了最后一盏走廊的灯火，我们还叹着气一门一门地数着没有做完的功课；

昨日高三，花树云影下倏尔少了很多奇形怪状的睡姿，蜂蝶寂寞了，停在窗口，没有人再张牙舞爪地去驱逐它们了，它们苦思冥想，却百思不得其解；

昨日高三，小城里的商店夕阳没有落尽就已打烊，电影院门口的小贩不知何时就都纷纷撤回了家中；

昨日高三，那些写满稚气的情诗全部被我们锁进了抽屉，家长再也不用费尽心思地请能人巧匠去打开我们的密码锁了，我们停不下手中的笔，他们却要在旁边担心焦虑；

昨日高三，保安的工作轻松了很多，他们不用时时瞅着哪个角落有跨栏而逃的网客，也不用在晨鸡未鸣前就哈欠连天地起来盯梢了。时光在爬山虎流不尽翠绿的阴凉里马不停蹄，而成长在锦年阡陌上开出一路回忆。

今天大一，我们踏着朝阳寻找异世的色彩，撑起梦想的长篙探游神秘的书海；

今天大一，我们把十六岁的梦想折成纸飞机抛向云端，然后听天空悠长的赞扬；

今天大一，格子衫、碎花裙映出了我们菩提般安静的青春。我们站在成长的路口回望，看到高三挣扎的样子不禁莞尔；

今天大一，文艺晚会的舞台上我们歌舞飞扬，七彩的泡沫里飞出诗歌一样的愿望，我们像一颗颗小小的星星，在流年倒影的苍穹里倾情演绎；

今天大一，我们看到球场上神话般投中一个漂亮的弧形球，嘴角不禁微微上扬；

今天大一，我们在花间小巷里重新拾起昨天的回忆，想着昨日一起奋斗的面庞，忆着昨日一路相扶的臂膀……拨通号码后热泪盈眶。

时间悄悄降临，许多春花秋月就在成长的驿站偃旗息鼓了，我们再也不像往日，去专心地记下一段月光，然后流泪叹惋。昨天的确还有些醒目的花没有开尽，但是衣柜关上后，就被悄悄遗忘了。

成长带走我们太多的偏执，少年花事，只留下烛光月夜和消瘦的影子，我站在落日余晖的残幕里，听时光弹奏出清脆的音符。

而你知道的，在飞翔过后，我们都将把羽毛寂寞在尘埃里，那时候只有你的微笑，只有我的目光，重逢在一起，天空才会降落一场写满我们故事的雨。

一场缠绵馥郁的暖雨。

又见一场春暖花开

仿佛一场迷失。

高考已经过去一段时日。现在站在熟悉又陌生的走廊里，上课铃浑然失势，在它声嘶力竭过后，再也看不到慌乱奔走的人影。我捂着嘴巴轻笑，怕被时间看到自己的不矜持。

原来有些回忆还是温暖如初的。

我看到了教学楼东端的歪脖子树，它还静静地沉思在那里，旁边是曾被我们滴满蜡油的跑道，还有食堂门前被踏出人字形的草坪。彼时，修草坪的老大叔手托着胸口大喊，别踩小草，可是最后一个字还没有发音圆润时，草坪早已没有人影了。那一年，我们十六岁，犯了错后总会露出一排排洁白的牙齿，所有的恬不知耻都仿佛可以被年少轻狂所包庇。

雨过后，我想很多东西就被洗涤干净了，盲目，冲动，傲慢与偏见。

我始终没有弄明白自己为什么会那么喜欢雨天，二楼阳台的积雨一圈一圈地涌向排水口，顺着半截破碎的下水管不断地跌落到地上。也许这就是年华吧，当初义无反顾，顺着开花的时节节节拔高，直至走向没落。可就在青春渐行渐远的时候，雨还是来了。

我会在阴天的时候想起很多故事，有些是发生在我们身边的，有些距离我们很遥远。一只大翅膀的蚊子趴在窗纱上，它是那样小心翼翼地躲避着潮湿带给它的伤痛。换作平日，我定会伸手驱走它，可此时，它突然让我悲悯了。我不知道下一刻它的命运将如何？或者，它自己也不知道。

对面屋檐下的一排红色砖块被雨水拍打着发出很奇怪的声响。试想，如果那些噼里啪啦的洗礼夺去的不是它们被尘世包裹的外衣，而是真真切切的青春的话，它们作何感受？伤恸？无奈？还是心甘情愿？

有没有一种感情叫作心甘情愿呢？

我们和昨天有那么多没有交接清楚的心事，可终究是无法再去讨回了。看着很久未联系的人突然闪动在手机屏幕上，会有一瞬间的惊讶，可惊讶过后很快便是不安了。难道是出了什么事？青春期的我们总是很敏感，敏感到脆弱而又叛逆，害怕听到谁谁谁被感情伤害得体无完肤，却又一直觊觎那份神秘的感知。

好在，成长会看穿真相。

那些耳熟能详的歌词同样洋洋洒洒地昭告着我们越长大越孤单。操场上仍旧可能有前胸贴后背的跑步方队，但是队伍里没有你了，也没有我。城市与城市之间隔开的不是距离，而是变质在距离里的故事。

我很庆幸自己有过童年，可以和老师、父母肆无忌惮地吵架顶嘴；我也怀念自己有过少年，可以骑着单车去追自己喜欢的那个女孩；我同样庆幸自己成为攀登青年，可以穿着洁白的衬衫，站在夕阳冗长的堤岸上欣赏自己被涂上暖色的青春。现在云销雨霁，枝头的翠绿已经涂满过道，而我不知，谁会在下一秒的绿荫里与自己相逢。

照片墙已经被黏满了标签，那些被光阴淘汰的过去还历历在目。当初自己执拗着要留出一方空间来放置这些故事，但现在回想起来不禁潸然。青春是无法安置的对白，只有声音和画面，却无从记录。

有一段时间，自己突然爱好收集一些旧物。旧，总有一种质朴的感觉，不让人眼花缭乱，也不让人贪婪迷恋，我喜欢它们被时间蒙上的尘土气息。偶尔拿出来欣赏，有扑棱棱的古色古香。抑或，很多人都是怀旧的，都喜欢在头涔涔的奔跑中，回眸那一路错过的风景。

安静地过了一夜，我把那些旧的照片重新张贴了一遍。木木打来电话说，他考上了自己理想的大学，他看见了那些梦想已久的风景，蓝天，白云，偌大的科技馆，浩瀚的图书室，还有我们一样憧憬过的美好明天。

我鼻子一酸，泪珠就滚了下来。是的，不管光阴多么迅猛，我们都没有忘记走在那条路上时的约定，这是青春留给我们的又一场春暖花开！

Part 3

遗落在时光里的喃喃

回忆，总美得令人窒息，但真正丰富多彩的却不是那些青春作梗的故事，而是自己忧伤的心。人总是要在青春的年月感知孤单，在孤独的结尾告别青春。我们在看一路的风景，只是因为对于那些所经历的抑或即将经历的感情来说，我们都只是匆匆过客。

晴雨荒途，我若遇你迟暮

我在时间的羽翼上画下寂寞的句点，感觉念想朝生暮死之时，它还在悲哀地走着。

就像那些整饬在表盘里的眷顾，我不知道过了午夜，谁还记得流年给过的梦，伤痕累累。也许，所有的喧闹都会因时间的骚动而归于平静，午后黄昏，遁入无形。我只是想把你走过的绿肥红瘦记录为忧伤，你若同意，我便执笔。

想不起在哪个下雨的晴天遇见，手足无措，至此再难割舍。思念一个人，荒芜一座城。回眸之时，所有的街市在苍白的脉络里滞缓呼吸；别离后，故事缄默在荒途，我在想与你重逢。

在孤独的时候书写，在空白的时候听歌，不去在意清浅的时光恣意蹉跎。可以串连成线的分子，除了想念还有沉默。若在行走的时候，不与人语，孑然地幻想极光，幻想落羽，谁坐落成谁无法逾越的角落，那我又能在谁的念念不忘里安生？

可怕的后来啊，只能任凭回忆在兵荒马乱的时间洪荒里倒戈。

曾喜欢的八月天空，晴朗与蔚蓝生死相恋，我就站在一个旁观者的角度，站在素白的光阴中央。却不曾想，与你同行繁华成了一场盛大的梦。我在南柯一梦的途中丢弃了所有执念，只念你微笑，宛若春风。

札记琐碎的笔触，认认真真寻思一遍，曾是一瞬的美好此刻像被封锁的火药，我不知道该用怎样的心情去点燃，让它们爆发成夜空五彩缤纷的焰火，红色刻骨，紫色铭心，蓝色倾倒浮生。

走在夜色中看不夜的橱窗，小布熊端详着彩色的烛光，我岑寂在不安的落花前想念你起舞的身影。雪花和彩带缠绕着圣诞夜，我没有火柴，并非刻意妄弃仅剩的温暖，你离散的过场，一世苍凉。

在躁动不安的年纪，总有一朵花开倾国倾城，为了这种冲动，循规蹈矩的我们变得不可理喻。我也一样，我在想念擦肩而过，在想念空城落月，在想念，你！

再次在晴天的广场上看雨滴坠落，我把慌乱深处的灰暗记忆涂上耀眼的琉璃蓝，毫无防备的青春就这样破涕为笑了。风过了，雨过了，记忆凉遍，我还记得那蓝色的温暖漫过心田。

我这样轻信，落叶在不属于自己的季节里纷纷脱落，篱笆下的野草瞭望着铁路尽头拉长的孤独，放弃一眼，便失万年；而你和我，都将在急切的成长里，查无此人。

你呢，你是否相信？错过以后，我们便在这迷乱的荒途上，再无瓜葛。

晴雨荒途，我若遇你迟暮，是否可以把冗长的思念化为眼泪入土？轻风过耳，你若转身回眸，我们是否会在短暂的相拥里，生成永恒的眷顾？

而此后再去张望，既无关你，更无关我！

花裳

忽然，离那场花事很远了。

影子惊乍地背对着阳光，还有一个旅行包。泡沫从颓旧的老楼拐角处飘来，凋落成没有温度的笑容。

十八岁之前，我已经开始迷恋那件花裳。大人们说，穿上它能感到全世界的幸福笼罩着自己。我说，我不要全世界，我只要这世界的一个角落，给予我安静和快乐，就好。

窗口的晨曦再也没有那么突兀了，它们整齐地望着我的格子衫、碎花裙。我想，它们不会理解，我精心准备一番便要启程，去寻找一直埋藏在心中的惊羡。选择一些，往往要失去一些，我对着窗口即将道别的风景，静默不语。

楼梯的弯道又落了一层薄尘，我的脚步没有惊扰它们，正如我们天天相见。此刻过后，它看不到我了，我也看不到它。推开门是风居住的街道，离尘世那么远，却又静默在尘世里，一言不发。

很早的时候，我想过一个人去远方。循着地铁线，循着锈迹斑斑的铁轨，蒲公英落满发际，然后开出它们想要绽放的形状。介乎于这些琐碎美好的印记之间，我是不会拒绝的，抑或是不忍拒绝。

现在，我惊诧地笑了。前方很远吧，我仅仅迈出了第一步。

九爷的纯白色猫咪慵懒地睡在小区的摇椅下，阳光正在娇羞地拨弄着它的胡须。它没有理会这一切，只有当我走近时，它才懒洋洋地眯着一只眼睛看看我。这个时间，这个地点，这个熟悉的现在，它是唯一一个送我离开的朋友。

一个人的心事是孤独的。

我没有把那些带着薰衣草香味的衣服都带上，它们会沉甸甸地积压在我的意念里，像这个季节最早的一叶草绿。春天，曾那样期待过；现在，它和我一样在成长，并随心所欲地漫步。终于有一天，我一个人在心悸，我怕落后于它。谁都知道，许多许多美好可以荒芜在流年的不知所措里。我要冷静，清醒，保持行走。

车站，人影攒动。离别是疼痛的。我终要站在时光抹不平的泪痕里向着一切熟悉的存在道别。成长并不是无关痛痒，可的确相见不如怀念。

原来，时间可以选择。当你决定追逐自己的影子时，它会一直伴着你，无论忧伤与恸楚。前方的路很远，背负起美丽的心情，才会忘下流年里一直追随的兵荒马乱。

青春总是一场不可规避的灾难。我忘了十几岁，自己静静地站在阳台上看着路过的小男孩，羞涩地红了脸。现在，路过那么多人，他们都在雨季的允诺里化为泡影，再也找不回当初的羞赧了。有时候，试着去怀念每一场清欢，但在遗失的风月面前，回忆显得那么苍白无力，于是，只有远方了，远方。

现在，我在路上，摒弃了所有温柔的念想，还有一些痛和疲龛。我要去寻找花裳。

下雨了，路过的那些小树在絮絮低语。以往，我听不懂它们的自白，现在亦是如此。微风拂过发际，带着久未邂逅的冰凉。它告诉我，这其中的每一丝嫩绿都是一星希望。尽管在现实面前，灌木丛有着不为人知的忧伤。

电线在雨的舞蹈里迷乱了，影影绰绰。一辆急速驶过的卡车带起了淤泥里的污秽。我看着散落在鞋子和裤脚的点状物，茫然无措。春天，也会有意想不到的挫折吗？狼狈，辛酸……

我坐下来，看着镜子里自己灰白的脸色。然而，镜子突然笑了，它说，继续前进吧。

我把背包里带的唯一一件粉红色裙子换上了。小鸟叽叽喳喳，我暂时庆幸得到了它们的肯定。作为报答，我把剩下的半片面包留给它们。不管远方如何，你总不能忘却，在你茫然时那些给过你自信的眼神。

黄昏的时候，云销雨霁。我有些迷恋这样的晚晴天，夕阳洒下幽郁的红。脚下的土质，温软了，不再刺脚。过路的樵夫很惊讶地看着我，他说，小姑娘，你怎么一个人能来到这么远的地方？你不怕迷路吗？我说，我要去寻找花裳。花裳？花裳！

……

没有人知道花裳的行踪吗？或者它有一座天然琉璃打造的洞府，或者它仰卧在千年高寒的冰洞，抑或它只是被遗落在风尘荒漠里的一袭地衣。有没有人和我一样在寻找它呢？没有方向，漫无目的地找寻。

走在暗夜里，许多快乐销声匿迹了。下午的炙热已明显让我感到不适，我可能在夏天来临前就生病了，现在寒冷，孤寂。

安静的夜晚，月光带走了我额上的高温。醒来的时候，有一只青蛙，它瞪大眼睛盯着我，说我侵占了它的栖息地。是的，也许只是一抹阴凉，都有事先拥有它的人，流离失所是过客的悲剧。

风抖了抖落在肩膀上的晨曦，然后说，继续前进吧！

我走到了另一座城市，除了蓝天和白云，剩下的全都是陌生。

陌生总归是好的，至少眼前是新的景象了，没有熟络，没有厌烦。新奇成了第一份劳累的补偿，无色无味，却充满诱惑。

盛夏，我只捕获了一个背影，而这以后的所有季节都是那么匆匆。偌大的荒原，我在找寻着孤独的梦，而它也在孤独地徜徉，我们不知道会在什么时候、什么地点碰头。

落叶带走了秋的盛宴，我听到了罗布泊轻柔的呼唤，这的确是远离尘世的境界啊！现在，我决定丢下困惑和疑虑，让它们在信念的路途上从此消失。

忘了这是哪个季节，我看到了明亮如镜的湖水，我看到了泥泞缠绕的沼泽，我看到了浩瀚无垠的大海，我看到了热烈深沉的沙漠……但，我没有看到花裳。

花裳。花裳。

海滨的游人错乱了我的浮生，我想在这年华的中途，自己应该牢牢地拥抱宁静。这时候，身边路过一个小女孩，她说，阿姨，你帮我拍张照吧！

我微笑着按下快门，冬天就这样逃逸了。

这是海拔最高的一座火山。我站在山脚下，体会着难以言喻的悲凉，不知道为什么，已经快要忘记当初的意念了。

身后有人摇了摇我的胳膊，我惊讶地转过头去。

奶奶，你知道花裳在哪吗？

花裳？花裳！

原来一直有人在寻找它，我突然丢掉手中的拐杖，微笑着对她说，走吧，让我们继续前进！

一纸桃花，半瓢夏

我爱上的时光，喃喃轻语，留下一盏清茶淡韵，涂抹幽静。深夏，浅夏，风姿绰约；深思，浅思，桃花舒卷。

可以将之定义为宁静，一种淡忧冲不破的神宁，一种浓愁浇不垮的心静。意兴阑珊时，拾捡只言片语的文字，把它们从早已逃遁的空门挖出，便如获至宝。仔细酝酿一番，甚至可以发现一些高于情志的雅趣。

文字有时的确可以排解忧伤，但我却不忍以自己的晦滥私情去亵渎其纯净的灵根。看着一纸跳动的音符，像片片飞舞的桃花，在尘埃落定时散发出它们独特的馨香。这于沉思者是一种指引，于病痛者是一剂良药。我想，它们是每个季节独有的情韵。

对于夏季，我一直怀着觐见阳光的崇拜心情。有自己忘不了的十八岁，蝉鸣悠然，树影婆娑，教学楼传出的琴声抚慰着一些人年少的心事。可那个季节却要分别，我们空洞地审视着对方，不想路途遥远，只想何时再见。渐渐地，一些人，一些事就生生脱离了我们的视线，留下一段长长的思念，洒满星光，摇摇曳曳。

秋风起时，我们已坐守着两座城池。北方的大雁，想念南方的云水，巍峨倒立的塔影；南风的笃静，想念北方的落叶，旋转轻盈的舞姿。仅此一别，一纸的桃花，又已凌乱。

一直到蓝天的娇容变成一张灰色忧郁的脸，季节的尾声才在这里戛然而止。想念他的那座城，烟柳画桥，自己的微笑则伴着挂满枝丫的落雪沉沉下降。冷空气入境的时候自己还伫立在风中，心中苦思冥想着，希望找到一些回忆为自己取暖，心中默念：你若安好，便是晴天。

时过境迁，春风挥舞剪刀的时候，人间已过四月天。那缓缓断声的离歌，那入土即化的思念，都凝成一场春乏，蒙头酣睡。天空苏醒的片刻，即是一生中最难忘的瞬间。那时，将是另一些人的相遇，未来留给他们尽情演绎。

我们能做的呢？不论时光如何肤浅，都笑着迎接，等一场涤净铅华的梦，落满一纸桃花，留下一季香氛。那时，我们都将情愿泼翻半瓢微笑，等待盛开的夏天。

春又来看红豆开

在漫无目的行走的时候遇到一个人。

城市的夜色被五光十色的华灯分割得残缺不全，能在喧闹的天桥上不被匆匆人流带走的，除了徐徐不止的风，还有一颗不知何去何从的心。

忘记从什么时候开始，自己喜欢上了踽踽独行，在夜幕下浮华而又宁静的陌生道路上踌躇地踱过又彳亍而回。像盛大空虚的星天不属于任何虔诚的观星人一样，一座城市的风姿绰约也不归属于任何拼命回忆的人。

尽管你和他曾经擦肩而过，微笑回眸，浅浅相识，直到痛切铭记。

遇到这个女孩的时候，她正戴着一副深红色的耳麦静立在天桥的栏杆旁。行人急促交织，她却岿然不动。就这么简单的一幕却令我心中一怔。出于同龄人的敏感，我臆断她的怅然若失是因为爱情。

二十岁的年纪，我们大多人已耳闻目睹过青春，浅尝辄止过花事，无论按部就班地相遇还是时空错乱地分别，最后都会在印象中深埋下影子，静待尘埃落定。

我走到她的身旁，静立不语。她没有转过眼神来看我，却很平静地说出这样一句话：最肯忘却古人诗，最不屑一顾是相思。

我们本不该相信爱情！

她很肯定地把我归为同类人。也难怪，在凉薄侵袭的冬夜可以不觊觎温暖，抱枕酣眠，却孑然选择怀抱寒冷的人，一定关乎疼痛！

与她站了良久，却没有多言语。我离开的时候，她回过头来微微一笑：谢谢，再见！

后来又来过几次，在天桥上吹着杂乱的风，看行人久久穿行不止，但却再没有看到她的影子。

十二月接近尾声的时候，我回了一次家。

火车一路驶向夜色，在平稳的旅途中侧躺着看一本没有封面的杂志。杂志里大多是关于情感的故事，来来回回，不知道有过多少人翻阅。也许有的人曾为那冥冥中存在的真情留下过眼泪，至少我是这样。

夜色浓重，掀起窗帘的一角向外望去，一些飞速闪过的影子渐行渐远。在那些参差不齐的寂静里，偶尔闪过点点温润的灯光。列车每到一站都会传来乘务员温馨的提示，我从那一波上来又下去的人眼里，找到了一种回归幸福的平静。

列车上有这样一对情侣，女孩穿着单薄，男孩不忍，最终执拗的女孩还是接受了男孩递来的外套。她索性脱下鞋子，将脚丫子放到他的怀里。彼时，他们四目对视，柔情似水的微笑里流泻出倾城的温热。

下车的时候时间尚早，与我并肩而行的是一对迟暮的夫妻。

老头的腿脚不灵便，每走一步，拐杖都要在地上砸出很大的声响。老妇很耐心地搀扶着他，并不时地用手帕小心翼翼地擦拭着老头嘴角流出的口水。拥挤的出站口，旅客们却很自觉地为两位老人留出一道宽阔的路。

从年轻的情侣到年迈的伴侣，我仿佛看到了一种美丽的约定。而这种约定，在荏苒的年华里终被诠释成彼此的地老天荒。

我不确定身边有多少这样温暖的故事，但每当回想起来，都会不知不觉地惊艳于曾经一瞥的美好。自己在十七岁那年喜欢上一个女孩，后来因吵架分手；十九岁的时候再度遇到爱，但是短暂的热恋过后却换来了满地悲凉的回忆。那以后，我本与天桥上的女孩一样，感觉爱情于我，再没有可观的色彩。

毛阿敏在《相思》里这样唱："最肯忘却古人诗，最不屑一顾是相思。守着爱怕人笑，还怕人看清。春又来看红豆开，竟不见有情人去采，烟花拥着风流，真情不在……"

抑或我们本不该操之过急地去定义思念。时间在一个不固定的点上，一直向着方圆蔓延。一路走来，看到的一幕幕逐渐让我心生安宁。在静好的时光面前，想想那些懵懂的过往，自己突然忍俊不禁。如果再有苦于爱情的人路过，我会用这样一段春暖花开与之交换；如果再有痛于青春的人途经，我会把如此掷地有声的一段故事说与他听。因为我相信，红豆生南国并不遥远！红豆开时，春天便来。

如若再次行走，与天桥上的女孩相遇。我想她会微笑着指着轻泻满城的月光，温暖地说：春天来了！你看，红豆开了！

午间，花正好

想必是不会爱花的。

看到层层洗过的阳光打在这些不知名的花叶上，像婴儿啼哭般无可奈何。每朵花都兀自开着，混合着空气里泥土的气息。它们太过随意，而我又太过刻意，就像朝不及夕的过客在年深日久的存在面前显露的无所适从。

曾想，少年时光我便像一颗漂泊不定的种子，带着对天空与晨昏的偏见，随遇而安。每邂逅一抹绿色，总能感觉呼吸里带着致命的花香，它们太过妖魅，太过浓墨重彩！而我，清淡得像一壶月光。

旧院里开过这样一株玫瑰，深粉色的花开到荼蘼，无论远近只要感觉夏天的鼾声此起彼伏，就能嗅到它简单的脂粉味。外婆最小的女婿来过，见到此花，便感觉整个家族都是花朝月夕。外婆常说，爱一个人，像爱一株花，既简单又困难，而我常常一无所知。年少的光景，淘到对任何弱小都嗤之以鼻，无人窥视处，月明星稀，乌鹊南飞，枝折花落。

我坚信花的存在就是徒乱人意，它离季节一步之遥，与我却一无牵挂。我还是我，向往七点钟的阳光，向往夜短天长，像一颗自由游弋的石子，散落在风的田字格里暗自吟唱，又在四季的绿肥红瘦中默默品茗。

七岁以后，离花远了。偶尔拾起，不是在浮光掠影的文字里，就是在别人头重脚轻的碎语里，我感觉不到它沙沙生长的声响。从此，彼此像尘世中的两粒沙尘投闲置散，我不念花，花亦忘我。

年少的月光漫过堤岸，青春与年月像两株仰慕阳光的芭蕉般肥瘦不均。外婆走在寒冷的夜里，我的眼泪从眼角漫入心底。至此，距故乡远了，回忆吹弹可破。我在盛大的天宇下，研习星星出没的痕迹，很多人在旧年里，陌生又熟悉，熟悉又陌生。

高考时，自己像一名忠勇的士兵般在人生的战场上拼死苦战。时过境迁，我再也不因为当年的不堪而去忧思了。而是为了梦想，踽踽独行在一座又一座陌生的城市，漫无目的地行走着，漫无目的地见证着，漫无目的地酝造并破灭着。

居无定所时害怕着颠沛流离，举目无亲时念想着温声细语。像庭前的花一样，孤独，沉默，但又倔强。在一个下雨的夜里，透过一道道闪电的深蓝色的光，看到不受重视的生命，才发现原来自己与之一样。

有一年，亲戚送来一盆马蹄莲，清雅美丽，我把它置放在阳光深处，有一搭没一搭地去瞅瞅。它开着淡白色的花，只短短数日就再见不到影子了。消闲时忽然意识到可能是自己冷落了它，便隔三差五去浇水施肥。如此，花尚且未开，大抵它的坚贞不输于人。

上网时无意看到大规模有关于花的图片。闲来无事，便一一浏览。它们姹紫嫣红，婀娜多姿，有的星星点点地散步在齐整的花田里，有的清静恬然地浮在碧水上，有的鲜艳夺目地招摇在风中，有的支离破碎地散落在琴键上。细细观察，才发现，每一种花的构造都迥然不同，它们像是生来就要完成不同使命的使者，高洁而神圣。你不会猜出它们精致的容颜下藏匿了怎样的秘密，那也许是关于奉献的方程式，也许是关于生存的密码源。

后来又闻悉很多关于花的逸事。武侠小说里，把冰山雪莲视为救命药剂，科幻世界里用花的汁液提取生命，穿越剧里必有一个以花命名的女子，肥皂剧里男女相遇都关乎着春暖花开……

于是，我相信，这是一种冥冥注定。

去年朋友结婚时，婚礼上很大一捧百合花让我倾慕不已。我能感觉到它的特殊意义，七月的天空，云淡风轻，空气里弥漫的欢声笑语缔造的将是两个人白首不离的结发情义。我一直微笑着赞美，像聆听一个圣洁的故事。爱一株花，像爱一个人，从此百花齐放，千千阙歌。

寂静的晌午，阳光透过帘子，将婆娑洒在木制的桌面上。斑驳陆离的光影里，洒满让人沉醉的美好。阳台上的花悄悄地开放了，惊鸿一瞥时我的惊讶无声无息。

它看我时，像我看它时一样，目光正好。

想必，我是爱这花的。

听星星说话

十七岁以前，总感觉这个世界的步履太过蹒跚。

有时候星星满天，却看不出什么形状来，久而久之，不再对天空向往。入学后，夜显得更受青睐。被时光折磨了一天的身心已然接近半昏迷，眼睛闭合之间星光早已茫远。

忆起儿时，黑夜总是令人恐怖的，仿佛时间和空间受了禁锢，没有外物能突破的一种猖獗感。而很多大人嘴里的魑魅魍魉就大多出现在黑夜。这大概就是大人们为了哄孩童入睡，编造的故事有血有肉，活脱脱在孩子们记忆里留下的阴影。

夜，就成为了被疏远的孩子，眼里闪着泪花，孤寂却无从说起，被离弃的感觉让它变得更加沉默不语。

我也有过这样的疑问：星星是否是黑夜的眼泪呢？

或许很多无声的东西，都会有自己的感情，这黑夜也不例外。

那时却又很难给孤独下个定义，后来索性把星空寂寥的夜归为孤独这部书中的一章，把它埋藏在生活的最底端，自己宁愿在烈阳下奔跑，也不愿在黑夜里挣扎。

青春侵袭时，有过这么一段经历，独自背上小包带着满身稚气到另一个城市闯荡漂泊。未来，无论如何描绘，呈现在脑海的都是一张白纸，自己概不知道老式的站牌将给自己指向何方，滚动的车轮也闷声闷气，所有的距离就这样忽近忽远，搞得心中的指南针迷乱了方向。

然而那辆执着的列车也徐徐入夜，自己的心情突然乱成了一团乱麻，慌乱，恐惧，无奈，迷茫！忽然那么地想家，忽然那么地想逃脱黑夜。

拐出小巷是老王的酱油铺，昔日忙于生活的妇女总会把那里围成一方闹市，然而现在却不知老王身在何方，酱油铺也木愣愣地钉了木板，从此封锁了里面的一切杂香。犹记那时，夜色作梗，老王店铺外的灯光友善地通往远方，自己循着灯光奔跑，逐渐摆脱了层层包裹在身上的夜色，摆脱了夜空中鬼魅般眨着的眼睛。

有些记忆，无论岁月怎样摧残和风化，都脱不干其中的湿意。也许是黑夜保留了儿时的水分，让记忆在此岸的星空下渐渐融化。

现在的日子，很多都是跑在针尖上的，害怕惹祸上身，害怕被世俗蒙蔽，所有一切都是匆匆忙忙的。

白日里，城市的交通瘫痪，空气污浊，形形色色的潮流、疾病马不停蹄地入侵，能静下心来喘息的机会很少。就这样想到了夜。

仿佛三生三世的茫远一下子都被拉到了眼前，生疏变得亲切起来。心情躁动的我独自在夜空下呼吸晚风，暂时抛开一切踌躇和烦恼，原来夜景这么美好，星光这么甜蜜。

学习、工作消耗了自身大量的养料，然而只有这样静美的夜空能弥补了。站在桥头遥望滚动的霓虹，周身的燥热渐渐退去，微风习习，清爽的感觉从大脑传到各处神经。不去感伤今日的忙碌，也不担心明天的风雨，总之今夜只听星语。

星星真的会说话，不信？你听……

花开了，出去走走吧

与整日奔波忙碌的人群不同，我属于四肢懒惰、五体不勤之人。自己总感觉，外面的世界大而荒芜，与闺中的阳光茂盛、时间清澈相比，则相形失色。

母亲常常碎语，外面的花开得艺术，开得奢靡，若不亲眼相迎，错过的又将是一顿美好。我把被子盖过头顶，任时光的水流淌过神经末梢，在呓语的边界回环旋转。

睡到自然醒刚好，若是中途被闹铃或是别人的碎碎念吵醒，必将给整天的心情挂上灰蒙蒙的感叹号。当初，我以之为独特的一种性情，和朋友聊过以后，他们的同感油然而生，我惊讶半晌，原来世界的某一种存在程序里，还有如此癖好相同的情谊联盟。

我曾静想，自己的生活方式是否美中不足，或者是否有比这一种安然更为值得赏目的机缘存在。但是想来想去，还是被肌体吝啬了一把，体内没有热爱运动的脂肪供以燃烧，思维里也尚且查证不到具有创造力的细胞诞生。于是，我在宽泛的自定义时间里上下打量，几番轮替，昏昏欲睡。

偶尔一个阳光静好的天气，自己端坐在茶几前翻翻杂志，看看新闻，听听唱片上各种老式的情调，便是一种物尽其用了。

渐渐被一种单一的生活模式所囚困，日渐丧失勤奋的理念。看到生活频道报道的种种不健康症状，然后埋头在网站里深入浅出，直到感觉压抑时才发现不好，原来懒惰的毛病早已让身心备受煎熬。

读村上春树，发现他在中年以后选择了大量做运动，一个人跑了第二十四届马拉松，然后写作，然后生活，然后理性地驱逐慵懒。一个好的导师也许会影响你的一生，这种影响，潜移默化。

开始早早起床，洗漱干净后，把洁净的面庞朝向太阳。八点钟的阳光，正如孩子温暖的笑容一样泼洒下来。早餐前，去跑步，路程由短及长，慢慢地发现，身体内所藏匿的毒物正被自然界有条不紊地祛除。开始学会爽朗地大笑，学会和打太极的老爷爷漫谈健康，学会在午后拿出被子去晾晒，学会帮母亲买菜洗衣。

时间在有了方向感以后突然快了起来，再也不会感觉二十四小时那么漫长，再也不会感觉睡觉是唯一的救世主。漫步在林间，牵着刚洗过澡的大狗，枝丫间传来悠然的蝉鸣，抬起头，片片绿叶把照下来的阳光分散成婆娑的花纹。每走一步，都感觉自己是在与上帝进行着心灵的对话。诚然，我没有放弃治疗。

夏天到来之前，地平线还是认真地贯彻在脚下，树和人的影子一样高大。阴天时，屋檐滴落潺潺的雨，蔷薇花开着小小的口子，吮吸甘露。没有哪一种存在，可以比你眼里的这一切更为闪闪发亮。

无论忙碌与否，不妨抽点时间来细数阳光。温暖如斯，明媚绵长，还生活一张干净的脸庞，你会感觉，万物美好，你在中央。

花开了，出去走走吧。

在花的世界相遇

——读《花田半亩》

“我要在最美的时刻，被你看见，被世界看见。所以，我这么珍惜。生命是偶遇和意外。我愿意幸福。我只愿意幸福。”

首次惊艳于这美丽痛心的文字，是2013年的秋天。北方的天空收去了澄澈的蓝，飞鸟归巢的路突然在深度下沉的霾色中变得灰暗。我在心情晦涩不堪时开始想家，想念路过的熟稔笑脸，想南方静立在清晰视线里的电线杆，想本已决定终身守护但却半途糜烂的情感……

正感觉时间在偌大的夜色里停滞不前，而自己又不知何去何从时，意外地走进了《花田半亩》。我本无意染指偶遇，却发现书中的那个女孩，正以一种绝美的生命步伐向自己款款走来。

《花田半亩》是田维的日志，是一个处于病痛折磨下的女孩坚强乐观的全部心事。书中的内容阳光静好，记述了她对青春的赞美，对生活的热爱。著名作家梁晓声先生为他挚爱的学生写下题为《咏蝶》的序言，其中写道：“经常与死神波澜不惊地对视的人，是了不起的人。”而现在，我们只能在她那些静美的文字中，去缅怀她的崇高。

田维确实像一只勇敢的蝴蝶，在生活的凄风苦雨里翩翩起舞，寻找明亮。她飞走的瞬间，扑灭了生命的一叶灯火，却给我们留下了丰硕的花田。

“我多想，在一个结了冰花的晨早，醒在你的梦里，我们都是留恋人间的天使。万物美好，我在中央。”读到这个片段的时候，我真的仿佛置身其中。用心细想，我们的生活本来就应该是清澈如水的，没有人打扰，没有世俗和纷争的吵闹，安静地躺在一个温馨的早晨，阳光铺满脸庞，身边的一切都欣欣向荣，而你是它们美好的中心。

在她《曾经》一文中，说出了这样的一句话：“当曾经回来的时候，请带我去添一两件新衣，请陪我在光亮的小街上漫步，请让我靠在你肩上在湖边沉沉睡去，请与我挽着手臂再上山去，请同我一起感谢所有那些勇敢的天使们。”读到这里，我的面前浮现的是她快乐而阳光的影子。在病痛不断侵袭的时候，她只是怀揣着如此简单的想法，只想和过去一样做一些平凡却快乐的事，只想见昔日一起的友人，只想简简单单散步、爬山，只想和快乐勇敢结伴而行，同时，她不忘对过去的感激。这让我们麻木活着，却又庸碌无为的人如何深思。

“心存感激地生活吧。我们来自偶然，生命是最宝贵的礼物。爱你所爱的人，温柔地对待一切，不要因不幸而怨恨和悲戚。无论前途怎样凶险，都要微笑着站定，因为有爱，我们不该恐惧。”我想这句话应该是田维整个人生的写照，她在生命之火一点点熄灭之前，仍友好地对待同学，友爱地对待家人，她时刻在感谢她的母亲，并微笑着安慰那些担心她的人。在别人的记忆里，她一直像一只快乐的小鹿，没有抱怨，没有忿恨，没有自私和冷漠。而我们大多数人都活在抱怨中，上学时抱怨学校，工作时抱怨老板，回家后抱怨父母。与田维相比，我只能更加深悟重于泰山与轻于鸿毛之别。

2007 年的夏天，田维离开了。当时她还在上大三，一个年轻的生命骤然陨落，她用乐观的态度谱写了一首人生的赞歌。活着的时候她选择一个人面对疼痛，把微笑送给每个人；离去的时候她的精神羽化成蝶，飞舞在温暖明媚的花田。

田维真的让疼痛开出花来，真的用一只眼睛去流泪，而用另一只眼睛拥有明媚和微笑。她的故事浓缩在五十万字的文字里，当我们打开时，却发现光芒照遍了全世界。

我想此刻的你，应该如同彼时的我，被一种力量深深震撼着。我想，今后的我，今后的你，都要将这种力量始终不渝地传递下去。不为什么，只因万物美好，我在中央。

皈依

我就这样皈依了吗？是的，心甘情愿。

多么喜欢这种感觉，澄清的，像水底蹿起的泡沫，在清凉的泉眼上突然炸开一层色光，素色却透明。

这是冷艳的情感，干净干脆地结出了冰晶。我在想着，此时我便像仍在襁褓里的婴儿，性子顽劣，为了肚子空瘪而又不自知的感觉哭闹不止。然后眼前出现了我们该用一生去珍惜的身影。她将我抱起来，给予微笑，赐予乳汁。天知道，我竟一下子破涕为笑。直到多年以后，我们，我，仍旧期盼见到那样温暖的笑容。每每想到她时，我们的烦躁才一层层蜕变脱落，心情大好如晴。

在渐行渐远中，我将之定义为“皈依”。

这种感觉诚然是神圣的，有亲近不疏离的意蕴。在心里，我们有过各色各样的梦想，去远足，去涉险，等到真正站在梦想的领地时，满怀激动。其实我们都一样，都是“物质短暂的情人”，却是远方忠实的信徒。

生活总让我们怀揣着希望慢慢习惯失望，那些不尽如人意的结论也曾一次次张牙舞爪。最后，人被世故打磨得圆滑了，再也没有了青春时的棱角，回首时，眼泪潸然。

我不喜欢这种循环！这是臣服，而不是皈依。

皈依是最终的高度啊，是心甘情愿地依，心甘情愿地顺。

我时常会选择春天出去郊游，亲近大自然。有生机的场面，总能赢得诸多赞赏，开了一树的桃花，落了一夜的春雨，脚底踩着松软的土质，连心都深陷下去不愿挣扎……我想，再也找不到这样的沉溺了吧？

而夏天，总能窥探出你久藏内心的火热。你若想得到一份清凉，怎么能拒绝皈依呢？有一段日子，我曾疯狂迷恋夏天，迷恋它混血儿一般干净的皮肤，迷恋它碎光般迷人的眼睛。带着一架单反，往返于城市与乡村的街道、花田，捕捉那些足以抓住眼球、净化心境的瞬间，沉醉其中，不知归路。

夏天的夜晚更能蛊惑人心，满天的繁星，分明是对夜色的挑逗。萤火虫自是吃醋的料，非得拉帮结派地与星空叫战。夜，是智慧的，它把这些纷扰以天地相隔，所以一切就和谐了，静谧了。在这样静美的帷幕里，一切都愿皈依吧？你，我，还有安静远去的季节。

秋天的潮水是汇聚起来的思念，悠远的天空，深蓝成青春里的远方。在海天相接的地方，总有光，总有帆，总有希冀与梦呓。我总是不愿在这样的深远里走失。因为不舍，不舍晨雾与晚霓，不舍埋藏在林间落叶里浅薄的脚印。那些微风是陪着友谊一路走来的。可就在原点，时光的原点，有些人还是走散了。捡起一片片残缺的落叶，在那半边的残黄里拾遗，想那些日子，想那些人，亦想那些事。但愿我们的心事还是那么不言而喻，但愿我们都在这样绵长的季节里皈依。

我站在冬日的长堤上，很久很久，纹丝不动。

有雪花落下，在脸颊上亲吻，化开，这是爱情的温度，让人垂恋，不肯离弃。北方，是比烟雨还浪漫的远方了，雪白会在你茫然时让你安静，让你突然爱上这一切。

像爱情一样地深爱。

几个孩子欢快地追逐晴空下的肥皂泡，公园的长椅静静地坐着微笑的老人，她怀里的猫咪慵懒地眯着双眼，一条可爱的小黄狗对着它不停地吵闹……

我皈依了，皈依了！

如果还有一些明亮

十一月走到一半就戛然而止了，我被孤独的心事叫醒。这季的风不会再有糖果的味道，寒冷像磨得锃亮的冰凌穿过神经。窗外刮着风，只是不知来源，不知去向。

大概是个伤月吧！

抬起头来，眼睛在惺忪过后还是不争气地合上了，肩膀靠着墙壁，直到肉体被寒凉穿透才知道时间又淌过不少。窗户对着一片无名的湖水，雾气升腾起层层朦胧。这种不透明的膜距离眼睛很远，却离心那么近。

美好的事物总是短暂的，我的脑海里渐渐浮起一些琐事。有时不敢去回忆，总觉得虐心。秋千、院落、石板、花坛、留言板、电影院，这些都缄默了，我能从它们的惴惴不安中，感觉到恋人已去。恋爱的年纪倘若真的擦肩而过，回忆为什么仍在蠢蠢欲动呢？

带着记事本去上课。我不知道老师在讲得抑扬顿挫时，却忽然发现一个孩子在记录一些与课程无关的内容后会怎么想，但这一章节的故事终结后，所有的心事都可以封存了。记事本可以平静地躺在一个无人问津的角落，不被发觉，不被揭穿，不被传讯和招摇。张扬的年代不在了吗？可能还在吧？但自己的心事若不封存密实，又有谁能在漫漫长夜里安稳睡去呢？人，总是有意无意地隐藏自己，以防遍体鳞伤。

若是生活从容淡定，我想我是大可不必依赖闹钟的，八九点钟的太阳很迷人，但是六点的安静同样温馨。起床后，沿着小园，听花草抖落一身的露珠。看到晨跑的人我很是不解，他们怎么能倦于睡眠呢？但我又想，若不是被忧伤侵袭，谁会拒绝这样的安稳与优雅？这也许只是我的偏见，总不能让一切都沾满忧郁。

我想，我还是个孩子。

我还会喜欢热闹，喜欢和众人莫名其妙地哄笑，喜欢在小小的存在面前患得患失，喜欢在不被注目时自闭不语，同样也会在众人认为有趣的事物面前不解风情，会在很高雅的存在面前发出不合时宜的俗语，会泼别人冷水，会在不了解实情时就迁怒于人。

也许这些都会过去吧，落叶入土，无尘无埃，多久之后又会消弭殆尽呢？

偶尔接到很久未联系的朋友来电，惊喜过后便是不安，对方无助了，惆怅了，抑或郁闷了，自己都不知作何安慰。我们都会在青春的时候遇到伤痛吗？此伤仅为成长，不为铭记。我不清楚亦不想清楚在这一路上会遇到多少人和事，由陌生渐变熟悉，又由熟悉变为陌生。

我们都会在俗世里变得卑微吗，会因颠沛流离而丧失斗志吗？

会因伤痕累累而不复高傲吗？会因无人问津而自暴自弃吗？会被感情的吉光片羽瓦解成断壁残垣吗？会被理想的丰腴庞大压制得无法喘息吗？真的，谁来告诉我们这些令人心悸的答案。

季末将至，母亲发来消息嘱咐加衣，我仍在经过落叶的花园，经过热闹的食堂，经过安静的图书馆，经过慵懒的教学楼……离冬天还远吗？其实自己早已感觉到东风过耳了。

我确定我不是恋上忧伤的孩子，只要还有一些温暖。

对啊，只要还有一些温暖，只要还有一些明亮，我就还是会选择走在风中，一直一直地行走。

一枚青春，一叶忧伤

有时候，静静地坐在窗前，面对着窗明几净，总想把外面世界的故事融在自己的笔端。阳光下奔跑的孩子、被电线缠绕得精疲力竭的风筝、美容店里姑娘们的笑容……哪一瞬间没有青春的色彩？

有时候，回忆洋洋洒洒地遍布莽原，文字却孤单寥落地几笔勾勒，其实不是心中没有想法，而是我们的青春太过庞大。几年前，或者我们还是孩子的时候，我们的梦想有多美好，看着飞天的鸟、戏水的鱼都能惊羡好一阵子。可是，当青春染上了岁月的蛊，忧伤也就不再苟且偷生了。

回忆，总美得令人窒息，但真正丰富多彩的却不是那些青春作梗的故事，而是自己忧伤的心。人总是要在青春的年月感知孤单，在孤独的结尾告别青春。我们在看一路的风景，只是因为对于那些所经历的抑或即将经历的感情来说，我们只是过客。

上小学的时候，我们也时常因为漫画书或者玩具车的诱惑而虔诚地追求分数，可到最后，班里总会有一两个人的成绩超过自己。屡战屡败的分数，和最初的愿望常常背道而驰，我们回到家里，接受的不再是鱼虾鸡翅，而是父责母怪。慢慢长大时，才发现那些都是岁月积淀下来的累累伤痕，青春，也许从那时开始就不再明媚了。

到了初中，我们开始把时间锁进自己的抽屉里，再加上一把牢固的锁，钥匙放在别人找不到的地方。那时，我们偶尔会在上课遐思，偶尔会在历史老师感叹政局动荡时发出一声莫名其妙的笑，偶尔会看着前面斜对角女生的背影发呆。幸运的时候，老师会当你痴呆症复发；不幸的时候，粉笔头会准确无误地射中脑门，然后留下一个哪吒三太子式样的额斑。在同学们横七竖八的爆笑中，你悻悻地朝他们竖起中指。那时的青春，满满装着的是暗恋与希冀的种子。可是，在想法不受保护的情况下，青春只能静静地沦为一场悸动，就像浅浅的乡愁一般，你在这头，而我在那头。

再年长一些，我们要为高考备战。虽流落在异地他乡，却时常会因为没有了父母的耳提面命而暗自窃喜。上了高中，你会发现，老师在班会里总要加进一项不能早恋的议程。那些一早萌芽的心事，在春风沐雨中节节拔高。表白，在青春期里显得不再疯狂，而那些被异性原谅了的冲动，却成了埋藏在心中的墓冢。很多时候，我们在感情上的挫败感会给我们带来压抑，带来不甚明智的举动。时过境迁以后才发现，原来流年中那些泛滥成灾的情愫，都是青春里一道明媚的忧伤。它是青春的结，是青春的疤，也是青春的祭奠与觉悟。

大学校园里，情侣像二月梨花。在对过往的回忆与深思中，眼前的感情似乎更为真切。在晨光熹微中，你静静地站在树下，等他来晨读，然后把温度刚好的奶茶递给他，你们在彼此静守的晨光中汲取着美好的知识。放学后，你们还要在广场的中央看喷泉，看天上的星星闪烁在流泻的水帘中，异彩纷呈。你们再也不顾中年人的偏见，在长椅上牵手拥抱，然后深吻。

转眼，大学四年飞速流逝，你们却又因为工作的需要或者其他更多的原因而分隔两地。后来，在长距离与长时间的双重消磨下，你们的感情开始萎靡，开始营养不良，最后瓜蒂相离。二十出头的年龄，已经不再准许你把不满和悲伤挂在脸上了，你得忙乱地找工作，你得违心地对领导点头哈腰，最后甚至连回忆都成了一种奢侈。然后你才明白，原来韶华就这样远去了，到最后真正相恋的却还是青春和忧伤。

老了以后，我们安然地坐在藤椅上，看着小花猫瞅着鱼缸一动不动，看着小狗在追逐迎风而起的蒲公英，然后听到邮递员敲门的声音……这些，也许都是青春没有路过的，或者说从未觊觎过的，许多年以后才发现，其实只有平凡才是最好的快乐。

在年华马不停蹄的奢侈中，我们一路奢望，那些经历的人和事依旧是鲜活的样子。其实，每种感情都是最深的记忆，而在一路成长的忧伤中，我们得到的却是久违的真谛。

一枚青春，一叶忧伤。忧伤是青春的叶，青春是忧伤的果。

碎念美好，温暖苍老

我一直怀疑自己不是一个虔诚的文字爱好者，总是说自己对文字有种莫名的好感，却没有一部拿得出手的作品供人观瞻。为了验证自己生性里到底有没有多疑的基因，我把困惑讲与一位年长的老作家听。前辈德高望重，只赠予我如此八字：碎念美好，温暖苍老。

前辈说，写作与生活一样，无大小之分，生活是在点滴中品味甘甜苦涩，写字写文同样如此。并非长篇的东西，洋洋洒洒，才是可观的，反之，有时浓缩的才是精华。首先，你要明白，你是爱文字，才去撰写文章，一字一句都源于心声，又何必强求形式上的浮夸呢？要记得，碎念，同样美好！

后来回想前辈的教诲，感到的确如此！生活的每一处阳光，都洒在零星的角落，不是繁多就能完整，自己能在纷杂尘世中寻找到片刻的安心，温暖足矣！

记得旧时，在阳台上种植过一株极普通的植物，开粉边白底的小花。有段日子，对它甚是倾心，关照有加。可直到其花落叶枯时我也不知道它的名字。之后怀念，感觉揪心，想再找寻几株同样的植物，却时运不济了。

和朋友提起那份念想时，朋友坦然：权当碎念，留在记忆里吧！任它经历凄风苦雨，起码曾有那一瞬间的美好，在你心里还是春暖花开的样子。

曾经最让自己重视的有两件事，一件是旅行，另一件便是记录心事。青春，也许就意味着上路，我曾梦想自己可以徒步走遍大江南北、万水千山，可又发现到了该去实现时，却困难重重。现在，我在行走，可到过的地方少之又少。也许不善发现，自己总感觉那些陌生的地方，一样会在憧憬过后变得熟稔。自我偏执地遐想，见多识广未必是善事，但见过以后的心情却不可不写。

岁月静好时，竟慢慢发现，自己在热爱远方的同时，同样感受到漫流心底的故乡的清泉。

喜欢家乡的初冬，白霜满地。夕阳隔了烟囱将橘黄铺满霜雪，那些亮晶晶的冰花，成了冬天最奇幻的生机。喜欢家乡的盛夏、蝉鸣和笛声交织成歌，奔跑追逐的孩子深藏在绿肥红瘦里，从来不见长大。以后每逢想家时，就会想起这些时光铺垫的碎语，它们让我流泪，却暖到心窝。

在故乡读书那几年，时间像是换了大功率的马达。我在仓皇的求知年代里结识了很多难以忘记的面孔。自己时常会在夜深人静时去回忆彼时的年少轻狂，明媚处嘴角上扬，忧伤时托腮闭目。有些人，伴着清浅的记忆，在时过境迁后默默消散了；有些人，却站成了生命里永恒的树，时不时地在你经过时抖落半城的春色。

别离故乡很久，只要听到地道的乡音来电，还是会忍不住感到惊喜。寒暄与谈笑，不论对方的言语轻俏还是深沉，结果都是一样的忍俊不禁。也许自己已经从俗不可耐的规则里顺利潜逃了，风一来，花就开，借着温柔的只言片语，处成了意境撩人的美好。

站在天台上，吹徐徐夏风，为挽留一个城市的记忆，按下快门，为铭记一场爱恋静默不语。我想自己与这世界一样，正在各种陌生的眼光里，变成行走在时间里最美好的一抹碎念，温暖地诞生，温暖地苍老。

遗失在月光里的吉他

很寂寞吧！

早过了春季，夏天姗姗来迟。雨落在迟暮里，绵延了数日。等待月光的除了我，还有寂静的十八岁。

若是早些年，捕捉了那些美好的影子，现在也不至于惘然。现在，我突然喜欢上了月光，冷清而热烈。是的，就是那一抹月光！

很久以前，我喜欢独立行动，不是一意孤行的那种，可是却深深地喜欢上了孤注一掷，把所有的信念寄托于偏执，只相信终点和远方。

远方在哪里，很远很远吗？

很想把自己的情感扎束，不让凌乱的思维越界。年少与成长紧密衔接，却隔着深不见底的距离，有高度，也有深意。曾经，为了求得别人的赞赏和认同，争辩得面红耳赤；成长以后，慢慢懂得，各抒己见是最优雅的矜持。

有那么一天，我想在月光里寻找一把吉他。

这样的想法并非莫名其妙产生的。试想，一个宁静的夜晚，月光皎洁，袅袅动听的音乐从月光里传了出来。四周没有人因为这种奇妙鼓掌叫好，好安静，好安静！

感谢那样静美的时光，我们可以在年少的安逸里做着幸福的梦！长大以后，也许幸福又改变姿态了，但总没有年少时得来得理所应当。

想着那些蹲在小河边数蝌蚪的孩子，认真，缜密，不知不觉被光阴激起的水花打湿了衣角。兴许他们还不自知，水面倒影出的脸庞一天天在除去青涩，褪尽稚嫩。如果发现了呢，有没有人会忽然惊悸？有没有人会望而生畏？

总会路过一场场的花事吧，矜持与悸动，喧嚣与孤独。阴天的时候，你会不会站在车棚的一角东张西望，等待一把为自己撑开的油纸伞。有时候，雨水打湿发髻，你还是执拗着，不肯错过门厅前最后一个人的影子。坚持的时候，青春是鲜活的样子，没有负重，没有苍白。

和月光一样呀！

月光总像一些诗意的珠子，串起喜忧交集的珠帘。晚夏，没有星星，没有萤火虫，没有荷塘，也没有尘埃，但是许多人却把宁静交付于这样的夜晚了。“床前明月光，疑是地上霜。”霜里也许会有音乐，会有安抚与慰藉。

不知道是谁把成长绣成了月亮的模样？

离开那段紧张的复习光阴已经很久了，可我仍旧不时地回想起同桌的你，想你上课时酣睡的样子，想你被老师揪耳朵时怪怨我的表情。

现在，我还是会和以前一样，笑得前仰后合，但笑容里逐渐没有了月光，只有冷清与潮湿了。白桦的叶子飘飘洒洒地落了一地，晨曦安静地淌过，我还站在这样安静的早晨里不去合眼，因为我怕，怕就这样丢失了所有的想念。

青春在记忆里浅歌的时候，没有辛酸离殇，但当一切打马而过的时候，幸福也就营养不良了。过去，无论多少奢华多少快乐都被光阴洗刷得一穷二白，或许走着走着就忘了，该什么时候动身去寻找月光里琴声。

是的，谁还在寻找那把月光里的吉他？

现在，它静静地遗失了！

一滴哭泣的雨

雨是谁在哭泣，风是谁的泪痕。风雨凄凄的日子，盼望谁在这朦胧里相逢。

梦中轻舟，渔灯寂寥了深秋。舟中轻吟，歌声静默了街头。红枫片片，哪一叶可以倾诉衷肠？流沙莹莹，哪一粒可以流尽思念？

托梦深秋的雨，仿佛每一滴都哭得伤神。曾几何时，该去挽留她的一抹冰冷？文人愿把她拟作一条朦胧的彩虹，或许不单单是因为她动态的形，更在于她楚楚动人的神。若不是跳动的泪光，谁又能称她为柔弱中外带的孤伤！

凭栏远游，看着茫茫人世。一个飘向远方的神色或是一句残缺不全的嘱托，借着雨中孤飞的轻燕，许多情愫已经不动声色。无论浮沉，无论恬然，哪滴雨可以惊起睡梦中的涟漪？

撑一盏纸灯，或檐下、或廊中，简单地听听牡丹的声音，不必迷溺于纸质风韵的夜景。大多时候，缠绵是静默的借口，于是我们可以窥视这雨中的花蕾，可以想想雨中挣扎飞起的纸鸢，这又是怎样的一种梦境？

偶尔，放目远望，夜幕浓重的纸窗，穿透了屏障。雨是轻步来的，袅着身子化作一朵朵无人问津的忧伤。多数时候，对于说不完、道不尽的解释，她是不会兴奋与愤怒的。漫天针花，飘浮与沉降岂不是灵魂与内心的纠缠？

雨，终是无声的。即使是沉舟侧畔的重复，或是铁马冰河的孤独。倘使爱到深处，痛到心口，眼无泪，心无尘。她只愿静看流云飞渡，忖思红树漫舞。没有哪一夜的冰霜，可以冻结她毫无愠色的风度。

想起一个人，记起一阵风，一滴雨便是一种深沉。没有什么伟岸可以用清纯说话，没有什么寄托被沉默打翻。乱云撩叶，纷扰了慌乱的季节；霰珠尽落，却当不起千层烟波。也许，唯有一种宽博，可以纳入生活。

润物无声，随风入夜倒是道尽了她的魅力。只不过，美轮美奂的烟中楼阁、巧夺天工的廊宇亭榭更是她的衬托者。可以用一种审视的目光感受一种落魄的惆怅，但是谁又能用一种迷惘的心态去忖度一种睿智的力量？直到看尽万千的花开花落，她也不会惊慌。

于是，在这夜里，揣着平静的心寻找一种忐忑的生机。雨是谁在哭泣？风是谁的泪痕？风雨凄凄的日子，盼望谁在这朦胧里相逢，盼望谁相逢！

一莲幽梦

我，不是江南的人，却时常做着有关江南的梦。

多少次徘徊在时光的缝隙，总能感觉到一股柔柔的清风，浸着氤氲的水汽，甜甜地扑面而来。我不懂陶醉是怎样一种高深的境界，但总能感觉到这温婉里带着与血液相融的分子，渗透皮肤，一直融化在心里，让人感觉麻酥酥地痒。

记起江南的印象，总是水做的一方梦境。如花的女子，似水的空气，朦朦胧胧的月光，倾泻在一片淡绿色的微波上，一切仿佛都是灵动的，姑娘眼眸里的波痕，男子嗓子里的温润，让人难以想象到粗鲁的场面。就算强行捏造一份躁动，也会被眼前的花香冲淡于无形。

听友人谈起南国，心里的弦就不自然地被拨动，发出一声沉闷的渴望。多少寄情于山水的骚人墨客，渔樵于江渚之上，面朝山水，春暖花开，挥毫泼墨，清新洒脱。我总是在暗地里默默仰望，默默觊觎，默默酝酿，希望有一天，江南的烟波可以载着我，迎着春风，大醉一场。

在一段生动的语句里看到一处关于莲的描写，印象不太深刻，心思却被那朵莲生生扯去了。

莲花生在水性的江南，“红掌拨清波”，倒是这样的诗句用在莲花身上更为妥帖。那纤纤的红酥手，扶起碧波里的一抹娇羞，不骄不艳，不俗不素。文人笔下的莲花也美不胜收，诗人余光中曾这样写过：“夏末秋初，已凉未寒，迷迷漾漾的雨丝，沾湿了满地的香红，但不曾淋熄荧荧的烛焰。古人涉江采芙蓉，所思在远道。看来，这芙蓉的妙处，不仅是装点在人间的一眼芳华，更是挽结在心间的一朵奇葩。”

于是，莲花不仅撑起了我未来的梦，也唤醒了我年少的心声。

听外婆说过莲，年幼时总把它幻想为一块年糕模样的软糖，方方正正的，上面撒满了芝麻，偶尔还幻想着它裹满奶油，味道出奇的诱人，于是总盼望得到一朵莲，得一缕勾起口水的香氛，但不知岁月冲破的无知是否会因贪吃的年月而感到羞赧？总之，心里对莲的钟情仍一如既往，甚至又深了数尺。

在乡居住的时日，土屋面山，我们日渐被土气蒸熏得顽劣。土生土长，与水火不容，我想我内在的木愣愣的情感也是缺乏水汽造成的。有时感觉自己成了一尾鱼，在脱离了绵柔和温婉的水后，只有凭空挣扎的份。好在莲花没有生长在土里，这也许是自己由衷热爱莲的另一个理由。

说爱不需要理由是荒唐的，但真正要找一个倾慕莲的理由却又很牵强。莲有太多的外在，也有太多的内质，不容细说，也许会是说不完的好。“出淤泥而不染”，不错；“香远益清，亭亭净植”，也不错！莲着实生长在污秽里，它不懂得娇生惯养，不懂得矫揉造作，亦不懂抱怨自己的出身。污泥虽陋，却是孕育灵魂的场所；腐殖虽败，却是塑造精华的境界。外部的环境给它施加了巨大的压力，更给了它一种神奇的动力，这些你懂得，我懂得，却有很多世人懵懂。

江南的雨，细软软，温绵绵的，洒在一池青莲上，洒在一塘烟波上，而它的最终归宿却是落在了无数文人雅士的心头上。江南人士亦好，江南游子也罢，江南梦客也好，当六月的艳阳洒满燥热的时候，当高远的晴天满布乌云的时候，当远方的月亮蒙上细纱的时候，当人生的道路扬满沙尘的时候，当未来的日子充满迷茫的时候……他们都会想到这神奇的地方，想到这涤净灵魂、清洗燥热的地方。

一场落雪，天寒地冻，万里冰封，我不愿自己的思想也与这万物一般长眠一冬。我想找一个属于自己的地方，没有喧嚣，没有浮躁，没有繁华，没有斗争，仿佛一个烟雨巷，仿佛一个莲花渡！

做一个莲花渡里的人，做一个拥抱江南的梦，不载世间的一切消沉，只载这一船清风，一莲幽梦……

Part 4

时光清浅，思念悠远

我想，其实我根本没有恨过他，我们的存在，也没到水火不容那种程度。只是，时间在我们相遇时设了一堵墙，在相知时渐渐取缔。也许有一天，他会和我一样深知，无论泾河或者渭河，当一条河流老去时，便会干涸整个村庄。

隔着阴天嗅见阳光

我和冯筱筱是铜墙铁壁似的挚友，所谓“铁杆朋友”，正如老师即将用粉笔头给她脑门添上一笔浓墨重彩时，我提前将她拉醒；中午食堂抢饭时，她把排在队伍尾巴上的我一把拉在最前面，任别人的眼睛闪着噼里啪啦的电火花。

从初中到高中，我们俩的座位一直挨着。用她的话来说，我比较顺眼，所以可以和她分一杯羹。她一直以为坐在倒数第二排靠窗户的位置，是上天对她最完美的奖赏。地理位置的得天独厚，让她上课睡觉时可以发出舒坦自在的鼾声，可以在某个班体育课时放心大胆地窥探帅哥，可以拿着镜子晃最前面的学生，看他们回过头时傻了吧唧的表情。

冯筱筱是集男子汉气概于一身的女疯子。妈妈常担心我和她混在一块会毁了我的淑女气质，我嘴里承诺着再不与她来往，可是每当她的口哨声准时在楼下响起，我就会以五花八门的借口，逃避严苛的妈妈。

冯筱筱的穿着与我相比，是高贵华丽的。她说，女汉子也得貌美如花，不然那些心怀叵测的男生会躲你十万八千里。她这丝毫没有逻辑的“名言”，我真听不出她是想要与男生接近，还是想远离男生。但是无论逛街还是逛公园，她总是昂首挺胸地走在我的前面，用她的话说，是替我阻挡不怀好意的眼色。

我素来以为冯筱筱是讨厌帅哥的。她说过，那些长得五行缺金木火土的男生，水分太多了，娇滴滴的想想就让人站立不稳。所以，她让我和她保持一样的立场，看见帅男就吐口痰。我满脸无辜地说，这样不好吧？

冯筱筱这样说了，也这样做了。但是结果却不像我想象得那么刀光剑影。她吐痰的那些男生，大多是学校里有名的“草”，那些草们看到花吐来的痰，权当是得到了利于生长的肥料。他们在一起攀谈的时候，我总是三缄其口，然后事后朝着她悻悻吐舌。她说，没事的，偶尔和他们挤眉弄眼一番，就当是强者对弱者的一番同情了。

有段时间，冯筱筱可能是对弱者同情过度了，竟在地理老头的课上缺席。地理老头顶着植被稀疏的“山头”，厉声地喊我起来。他说，冯筱筱胆子变大了，竟然敢在太岁头上动土？回来转告她……地理老头的话还没说完，她就出现在了门口，并声音洪亮地说：太岁息怒，怎么敢呢？您头上的土若再动的话，就完全成了沙漠啦！全班人笑得涕泪横流，地理老头无言以对，就草草以一句“大人有大量”结尾了。

回来以后，她坐在我的旁边，明显心不在焉。我问她出了什么事，她一口吐出八个完了完了。紧接着我知道，发生的事情对于不近男色的她来说，真的完了。她说，不知道为什么，我看到三班那个“白露为霜”，总会有一种特别的感觉，那感觉说不清道不明，可如果让我一天不见他的话，就会毒发身亡。

“白露为霜”是校园传说中对白晓飞的别称。他长着俊俏的瓜子脸，只不过脸色苍白如霜，学校里很多女生都莫名其妙地喜欢他，可是他却真的不近女色。

我趴在桌子上，眉毛堆成八字，附和着神色慌张的冯筱筱说，完啦，完啦！她急了，就一巴掌把我的头按在她的怀里说：“什么完啦？赶紧帮忙想办法啊！”我于是装出一脸苦瓜的样子，瘪着嘴对她说：“此毒无解，若不让情郎舍身，七日之内必定毒发身亡。”

“七日”，她满脸认真地看着我，“你说的是不是真的？哦买噶，谁来救救苦命的我啊？”我和前桌面面相觑，看来她真的是喜欢上人家了，陷入爱情的人都没了理智，她咬着七日不放，我和前桌都陷入一种无可奈何的模式之中。

不同于我，冯筱筱是敢说敢做的人，当天下午就单枪匹马地蹲点在三班门口准备伺机而动。后来回来时，面无表情；我问她结果，她面露喜色；替她鼓掌时，她又一声不吭。这件事，直到毕业以后，我都不知道结果。只是，在后来的那段日子里，冯筱筱缺课的频率更加严重了，我时常看见她在白晓飞的身旁静静地走着，安静得像变了一个人似的。

大学以后，我很遗憾没有和冯筱筱继续分羹。她靠家里的关系去了上海，我想那里繁华，也应该是她这种快乐向上的人所处的江湖，而我去天津上了大学。大学时，沉默寡言的我，因为遇到了一个自以为会是陪伴一生的人而变得阳光起来。我在校园的礼堂听他演讲，在自习室的走廊和他拥抱，夏天的时候去看香山红叶，冬天的时候跑去赏趵突泉。他在大学里极负盛名，像昔日的白晓飞一样。我会因为他的一次得奖而傻笑三天，会因为他的小感冒而愁眉不展。身边的好多同伴都说，我们是极相配的组合，以后一定相伴终身。我虽面无喜色，却早已心花怒放。

大学毕业以后，我万万没有想到，我们的感情会无疾而终。他离开的时候，我们都流着眼泪。他说，再怎么完美的爱情，也会被现实凌驾，我们之间以后隔着一千五百公里，而且道不同不相为谋。当时，我脆弱得像玻璃纸一样，感觉整个世界都能轻易地洞察我的悲伤。从那以后，我又恢复了死一般的平静。因为那件事，我给自己留了三年的疗伤期。三年以后，我勉强进入正轨，又开始了日复一日的工作。

有一次出差去上海。我胆战心惊地拨通了冯筱筱的号码。别离这七年来，我与她联系很少，怕她换了号码，再也找不到她。

电话里，她满口抱怨：你个死三八！七年换了几个号，换了也不通知人，现在怎么想起了诈尸？在机场看到她的时候，她比当年更漂亮了，只是性子完全和当年一样：她说，你个没良心的，我这个号本来不再用了，但是一想到哪天你个小娘子忍不住寂寞来找老娘，老娘收不到那不是害了妹子你。

我被她煽情的话扯下一串泪来，她说这么大了还哭？想想当年我们是怎么往那些帅哥面前吐痰的。

我忍俊不禁。她拍了拍我肩膀，你来了也好，这么多年老娘一个人住，怪无聊的，你既然来了，就多住些日子，陪老娘回味一下当年。

一个人住？我问她，你不准备结婚？她嘿嘿一笑，结个屁婚，连你也联系不上，老娘结婚了，谁给哄孩子？

她的家在闹市，高层大厦，夜幕降临时，能看到美不胜收的夜景。我说，真好啊，单身贵族！

她接起来说，你以为老娘真的没人要啊？

我“哦”的一声，故作惊讶地望着她。她说，你来！

“你看，隔着面前这条街的那一幢高楼，就是从上数第九层，你知道那住的是谁吗？”

我说，难道是默多克？

她抱着双臂抛来一个笑眯眯的眼神：猜不到吧？是“白露为霜”！

啊？

我忽然像想起什么似的，问她：对了，当年你们究竟是怎么一回事？

她满不在乎地说：他拒绝了我，但是我没有放弃。当时，他说，感情会因许多意外变得不堪一击的，我们在一起，不一定会幸福。

我说，原来，男人在一定意义上比女人还要实际。

她接起来说：“他当时说：‘我们在一起不一定会幸福。’‘不一定’不同于‘一定不’，这就说明还有机会，或者换个方式去爱，会让爱更完美。”

她说，因此，他来了上海，我就跟来了上海，他住在这里，我就做他的邻居，他结婚生子了，我就和他太太成了朋友。

我满脸惊骇，不相信地看着她，我说，难道你愿意为了这份没结果的爱，孤独终老？

她说：“爱，不等于拥有，站在一个无人觊觎的角度静静守护，这已是一件幸福的事了。不是吗？看着他家庭美满，和谐幸福，你怎么能不开心呢？再告诉你一个秘密，他当年是喜欢你的，但是同样因为他那胡诌八扯的爱情观而没有去惊扰你，这件事，你不知道吧？”

我顿时茫然，站在夜上海隆重的静美前想着那些孤独的心事。

我给阔别四年的他发去信息，我说，你还好吗？

短信铃声振动在朦胧的夜色里，他说，很好，只是有点想念。

冯筱筱走过来拍拍我的肩膀，走吧，下楼逛夜市去，外面下雨了，爽得很呢！

我哈哈一笑，把她的头压在我的怀里，像当年她欺负我那样。她追着一路小跑的我，嘴里不干不净地骂着：你个小兔崽子，胆儿肥了啊，敢在老娘头上动土！

或许七年以后，我和她一样，深深地爱上了那个下着雨的夜晚。因为，那无拘无束的夜色里，雨滴轻轻落下，像滋润万物一般，落进了我的心田。而我们一样，在流年深不见底的迷惘里，隔着阴天，就嗅见了阳光。

捧起月光，倚你一世绵长

我的妈妈是月月

“妈，我的牛奶……”我气急败坏，眼前的一摊子杂乱无章，这样的好事只有他能干得出来。

“妈，我的牛奶……”他含着泛白的手指，涎水源源不断地从下巴滚下，我知道他的伎俩，他又要闯入到我的怀里了。我随即一闪，他肥胖的身子就躺在了地上。

妈妈出来时，他整个人在狼藉里打滚，牛奶与面包的混合物沾得满身都是。妈妈火冒三丈，拿起鸡毛掸子要打我。他一急：“妈妈、妈妈，快躲在傻猫这里！”

妈妈无奈：“爹，您不能老这样惯她，她迟早要骑在您的头上！”我朝着妈妈悻悻地吐舌头，他就学着做，妈妈一跺脚，扔下鸡毛掸了，摔门进了里屋。

我装腔作势：“傻猫，快起来啦！”他伸出手要我抱，我懒得理他。坐在沙发上看电视，屏幕里的樱桃小丸子逗得我前仰后合，他看见我笑就拼了命地狂飙音量，笑得阴森恐怖。我意兴扫地，咣当一声甩上门出去了。

下午两时，小区门口不时传来笑声。他老爱搅合别人下棋，人家说：“我跳马！”他就跟着喊：“马，马，驾！驾！”人家嫌他吵，就一挥手："一边玩去，傻子！"

他跟着犟："你是傻子，我是傻猫！"人们被他招引上了乐趣，就戏逗他："哎，傻猫，我问你，你知道你的爹叫啥吗？"

他摇头。

"那你知道你妈叫啥吗？"

"我的妈妈叫月月。"他喊得老高，生怕别人笑不破肚皮。至此，小区里的所有人都知道了，金傻子把十二岁的外孙女当作妈妈。

是的，七年前他还是唤我"宝贝月月"的外公，而今天他已经喊我"妈妈"喊过了七个春秋。

一切都归罪于那场无情的车祸，他被医生诊断为老年痴呆，看着他大把大把奢侈地流口水，妈妈悔恨地摇头不已。

傻猫搞得我众叛亲离

知道我有个疯外公后，小区的孩子们都躲得我远远的。他从卫生间的一尺方窗里探头出来，东张西望片刻就仰天长啸："妈妈，回家吃饭！"一群孩子毫不留情地嘲弄我："月月的外公金傻子，天生有个金嗓子，隔着天窗喊傻子，一老一小两傻子！"

我气得大拍胸脯，一捡石头他们就已经跑得老远了。被捉弄得头破血流的我在冰凉的水泥地上摆大字，傻猫傻乎乎地跑来，二话不说也躺下，摆的大字比我的还生动活泼。看着他惊世骇俗地丢人现眼，我一溜烟跑了十万八千里。

他在身后气喘吁吁，跌倒又爬起，肥胖的身子没一分钟就裹满了泥巴，我被搞得哭笑不得。一群孩子们又大嚷大叫：“疯外公，傻外孙，赛起跑来慢吞吞，外公掉，外孙笑，公孙两人呱呱叫！”

在快要疯掉的边缘喘息的时候，傻猫干了一件惊天动地的大事：他死死地勒住一个男孩的脖子，边勒边打人家的屁股，嘴也不闲着，一口一句新鲜词：“秃子，你敢欺负我妈妈，我打你屁股开红花！”

那男孩子吓得屁滚尿流，拉着大人找上门来。妈妈连忙低声下气地道歉、赔不是，最后还赔给那个经常欺负我的男生五十元的精神损失费。

我和傻猫蜷在角落里傻眼了，妈妈恨铁不成钢地指责他：“爹，您看，让您再惯她，如今惹祸上身了吧！”

傻猫不懂什么是惹祸，他把无辜的求援眼神抛向我，我抱肘一哼：“妈，这回可全怪他！要不是他，就不会出这事儿！”

傻猫居然认得路

上了初中，傻猫还是屁颠屁颠地跟在我身后，寸步不离。我恼羞成怒，常常早走十五分钟，用五分钟的时间甩掉他，然后用十分钟的时间绕远路。

有一节自然课，老师讲得津津有味，学生听得兴致盎然。讲到老鼠打洞的原理时，教室的门就咔嚓咔嚓地响了。全班 102 只眼睛齐刷刷地射向门口，十秒钟没到就从门缝里钻进一个灰不溜秋的东西，有人大喊："妈呀，老鼠！"

老师过去一开门，他的身体就顺势滚落进来。原来是一个抱着烤红薯的人，我一看是他，急忙找了个桌角藏起来。同学们笑得没心没肺，老师一惊，亲切地问他："大叔，您找谁？"

他把红薯紧紧地抱在怀里，生怕眼前的一群生人跟他抢。他结结巴巴地说："我找月月妈妈！"

老师有些丈二和尚摸不着头脑："您说要找一个孩子的妈妈？可我们这里都是孩子呀，没有大人！"

他抠抠鼻子，欢喜地补充道："我的妈妈是月月。"

老师被搞得云里雾里，班上的一个知情的同学大声说："他是苏晓月的傻外公，是个疯子！"同学们豁然开朗，班里由最开始的鸦雀无声变成天翻地覆。

说起来还得感谢傻猫，那一次他让我当众出丑的结局不是让我身败名裂，而是让我名声大振：学校校报上，不知是谁发表了一篇题为《感人的红薯》的文章，搞得同学们声泪俱下。甚至有的同学还特意跑过来询问他的病情，让我沾了满脸的金光。

令我意想不到的是傻猫竟然认得学校的路，而且雷霆万钧地直入我的根据地。事后我问他，他竟然说是嗅着我的味道来的，我的身上有种蕉蕉的味道——他唤香蕉为蕉蕉。我半信半疑，难道他会江湖上失传已久的"千里探味神功"？

坐上轮椅的冰糖葫芦

在高中择校的时候，我被搞得头晕目眩。不争气的成绩只能宣布我是一颗受制的棋子，在二流高中铺就的网格里跌撞。妈妈是再也不愿意多滋事了，她让我自己做决定。小学一年级就因为择校问题忙得外公焦头烂额，最后搞出终身痴呆这么个名堂。每每谈起这件事，妈妈都要垂头丧气半晌，然后不断地重复一句话："要是当初不让您去，现在就不会这样了！"

我漫无目的，只好听同学们推介。傻猫流着口水爬过来，眼睛扑腾扑腾地眨巴，他说："妈妈，傻猫也要去读书！"

他这句话满含幻想的成分，在父母的双重劝阻下，他委屈地妥协了。我被安置在十里之外的一所高中，路程远，上下学都要坐公交。上学时他裹着棉大衣送我到学校门口，放学时他就站在小区门口的电线杆下等我，日久天长，一根纯钢的电线杆都被他靠歪了。

一个寒雪纷飞的早晨，他由于身体臃肿不便，又滑倒在冰天雪地里。再出来送我时，他就被拒在公交车外了。根据规定，坐轮椅的人是不准上车的。母亲推着他，一步步跟在公交车后，不知过了多久，再也看不到挥手的影子时，我的眼泪不禁悄悄地滑下两颊。

放学时，他依旧老远地喊我妈妈，怀里掏出的糖葫芦红得诱人，但他没舍得吃一块，哪怕是舔一下都没有，但我是知道他很喜欢吃冰糖葫芦的。

我上了大学，他学会了算术

上了大学，我就在那个城市销声匿迹了。给家里打电话时，他常常赶在妈妈之前接电话，一接起来第一句话就是："妈妈，你是不是不要傻猫了？怎么这么久了，傻猫都没有见到你？"

我心平气和地告诉他："傻猫呀，我怎么会不要你呢？只要你每天掰着指头数一个数，数到三百六十五呢，我就出现啦！"

后来听妈妈说，他老是缠着妈妈教他数数，每个数都会学上数千遍，但到了第二天就全忘了，还得从头来。我听了，心中憋得慌就打电话告诉他："傻猫呀，你不用学数数了！这样吧，你每天至少要吃一碗大米饭，吃到家里没有米的时候我就回去了。"

没想到他真的吃光了家里库存的大米，用他自己的话说就是吃了一百二十八碗米，没想到他真的学会了数数！妈妈说："他下肢的骨头快要坏死了，恐怕得截肢。"我的眼泪簌簌而落，他一个人，没有我在身边，截肢那该有多么痛苦啊！他会晕厥的。

有你这个孩子在身边就是够了

傻猫过七十岁寿诞，我没有回去。大大的蛋糕面前插满了鲜红的蜡烛，烛泪流尽的时候他也没有吹掉蜡烛，他说要等我回来一块许愿。

我在电话那头放一段录音器录下的话："疯外公，傻外孙，赛起跑来慢吞吞，外公掉，外孙笑，公孙两人呱呱叫！”他很快就学会了，而且还在吃饭的时候大声地喊，喊着喊着，寻不见我的影子，他就沉默了，很乖很乖，不打闹，也不乱叫。妈妈说，他有时候静得可怕，一个人在拼命地回想以前，但往往是想着想着就睡着了。

傻猫老了。结婚后我和老公一道回家探亲，他已瘦成了一把柴，头上只剩几根稀稀拉拉的白发了。母亲说，一个八十多岁的残疾人，他生存在这个世界的唯一动力就只剩下心中的那份爱了。

而我知道，我就是他心中全部的爱。老公问我是否愿意要孩子时，他正把头抵入我的怀里。彼时，他已经说不清话了，但我仿佛还是在他苦涩的泪水和口水结晶里，听到了这个世界最甜蜜的声音：“妈妈，妈妈。”

是啊，此生有你这一个孩子，就足够了。

我是你眼里流不尽的泪

三个月，丫丫哭得没日没夜。她捏着自己干瘪的乳房，无奈地叹气。墙纸上的两个宝宝白白胖胖的，而她怀里的丫丫却瘦得皮包骨。丫丫对奶粉没兴趣，她心里的弦就被丫丫的每一声哭叫牵扯着。

她想起了自己妊娠那会儿，肚子不怎么大，却是足足产了两个小时。产婆很认真地告诉她，放弃孩子吧？难产会给她带来生命危险的。她的被牙齿咬破的嘴唇上，血珠在一颗一颗地滴落。但是她拼命地摇头，要求产婆一定要想方设法让孩子平安出生，不管付出怎样的代价。

产婆语重心长，孩子以后会有的，可是万一你有了危险，以后的一切就都完了！她不管，眼里只是泪，只有信念在闪动。

三岁时，丫丫患上了扁桃体炎，遇上感冒就会不分昼夜地高烧。一个瘦弱的身子蜷成一团，她紧紧地把她抱在怀里，一刻不停地打电话求助。凌晨两点，大小医院门窗紧闭。她发疯一般跪在医院的大门口大声叫嚷。值班的门卫同情她，冒着被惩罚的危险帮了她。候诊室里，她心急如焚，整整念叨了九九八十一遍菩萨保佑。

医生放下听诊器，满脸沉郁地告诉她，你怎么不早来？现在已经不能再耽搁了，再不做手术，孩子会有生命危险！她双腿一软，瘫在了冷清幽暗的过道里。医生转身的刹那，她又发疯般地站起来拼命摇晃着医生的双臂，医生，医生，无论如何，你一定要救救她，她是我的命啊！

医生扶起下跪的她，让她放心，她保证孩子会平安地完成手术！她听了，眼泪簌簌地落下来，溅起了满地的尘埃。

六岁，丫丫到了上学的年龄。她忙里忙外，花了很多钱把丫丫安置到一所知名的小学。她不放心从小身体羸弱的女儿，每天都要按部就班地接送。门房的老大叔夸丫丫懂礼貌，她站在门口自豪地微笑。但是丫丫的班主任王老师却说，丫丫这孩子有多动症，而且耳朵也不怎么灵敏，有时手脚迟钝，别人做完了作业，她还没有动笔。她听了心里一阵翻滚，但还是微笑着给丫丫买了糖葫芦。在私下里，她偷偷地给丫丫的几个同学买了漂亮的发卡，要她们玩的时候带上她。

每次考试下来，丫丫卷子上总是大大的零蛋，她满怀诚意地上门拜访老师，求老师不要责罚孩子。老师不懂她的做法，但懂得她是一个母亲。回到家，丫丫满脸沮丧，把试卷一抛就看起了动画片。她默默地抚摸着试卷上驴唇不对马嘴的答案，心里的风浪一浪高过一浪。休息前，丫丫过来坐在她的腿上，轻轻地告诉她，妈妈我不明白，我的成绩这么差，为什么老师总要夸奖我？她眼里流淌着慈祥的目光答道："孩子，你一点也不差，要相信自己！"丫丫在她的怀里睡熟了，她眼里的泪不禁在女儿一起一伏的鼻鼾中滂沱而下。

十二岁，丫丫的生日那天，班里来了很多同学。在吹蜡烛许愿的时候，胖虎打岔，哎，丫丫，你爸怎么没来？丫丫快乐的脸一下子变得阴沉下来，她把质问的目光投给妈妈。丫丫妈妈的脸一下子红了起来，赶快上前打断孩子们的发问，说丫丫的爸爸在外地工作，有事回不来！

但是丫丫自出生以来也没见过自己的爸爸，以前妈妈常对她说爸爸是在很遥远的地方当干部，等丫丫长大了，就能见到他了！可是班里有的孩子却说，丫丫是她妈妈捡回来的野孩子，丫丫没有爸爸。

这次说什么丫丫也要听到爸爸的声音，她要在电话里告诉他，她想他。她不由得变了脸色，她不想让孩子知道事情的真相，不想让她知道孩子的爸爸抛弃了她们。她还是一个孩子，还受不了这样的打击。

丫丫整夜地守在电话前，等待爸爸的电话。她看见了心疼就找了自己远方的一个表哥帮忙。那晚，丫丫听到一个成熟饱满的声音，是那么的温暖，那么的和谐，她抱着久违的幸福在梦里欢笑了好久。

丫丫睡熟时，她把被子轻轻地合上，然后望望天边的牵牛星，长长地叹了一口气。梦里的丫丫在不停地喊着爸爸，她守在床前，泪水伴着月光倾泻了一夜。

十八岁，丫丫的成人礼。此时的丫丫已不是当年那个瘦弱的小女孩了，她长着大大的眼睛、修长的睫毛，有种闭月羞花的感觉。而她为了让丫丫接受更好的高等教育，四处奔波操劳，鬓前的华发怎么也掩盖不住眼角的皱纹了。

丫丫上了大学，学了画画。其间要背上大大的画板和画具到各地写生，她知道自己在外地总会失眠，却决定一步不离地跟着她，照顾饮食，照顾起居。但这样的做法让丫丫感觉在同学们面前抬不起头来，更何况她不像其他孩子的父母那样光鲜亮丽。

她明白了女儿的心思后，便答应女儿回去了。实际上，她仍在暗地里关注着丫丫的一言一行。女儿从山坡上滚落下来，扭了脚，淤肿清晰可见，她为了不让女儿生气，只好托人买来药膏送去。女儿在电话里报喜说，妈，今天发生了一点小意外，有个好心的人帮助我解决了，您老就不必牵挂，不必担心了！我在外面一切都好，就是有点儿想家。她听了频频地点头，频频地说是。女儿话里的想家不管是真是假，总会惹来她满眶的眼泪。

二十六岁，丫丫出嫁，在辉煌的教堂里，一个风度翩翩的男子轻轻地在额头上吻了她。在婚礼的最后一项中，证婚人要他们各自对自己的父母说出内心最想说的话。丫丫轻轻地走到她的身旁深深地拥抱了她，然后对着数千观众大声说道："我是一个单亲家庭的孩子，但是母亲给了我全世界人都无法体会到的博爱，我会用生命去爱她！"

在雷鸣般的掌声里，她的泪再也控制不住了。原来丫丫早就知道了这一切，她在逆来顺受的岁月里，听到了这个世界最动听的天籁。

分手道别的那刻，丫丫双膝下跪。她把丫丫搂在怀里，满怀歉意地说："孩子，妈妈对不起你，让你从小生活在委屈和苦难里。"丫丫微微一笑："妈，您怎么能这么说呢？我是您的命啊，要是您对不起我，我能有这么好的命吗？"

是命，是命！

春的脚步渐渐远去，在微风路过一坡又一坡的嫩绿里，雨滴来了。远去的车轮不断地把思念拉长，在一点一滴的潮湿里，丫丫听到，小雨对微风饱含深情地说："我是你眼里流不尽的泪！"

月亮人

月亮下站着一个人。

外婆在世的时候，他很少露面；外婆离开的时候，他经常出现。

我只见过他一面，他不会说话。母亲说他是一个不称职的乞丐，一般的乞讨者都是得到便会满足，但他不同，他从来不要人们施舍的财物，只希望得到一口饭，残羹冷炙、剩饭凉汤都可以。可哪怕这些他都不白要，不管哪家给了他食物，他都会默不作声地帮助哪家。虽然一只胳膊不灵便，但浇浇菜园，捡捡地里的石头，还是可以完成的。

外婆虽然贫穷，但乐善好施。他踩上外婆的门槛时，外婆从缠身半辈子的病痛中挣扎起来为他熬了粥。此后，外婆的水缸总是满满的，因此舅舅们也不用在工作上分心。

外婆总说他是个苦命的孩子，上天对他不公，夺去了他的左臂，还让他不能和正常人一样说话，社会也不容他，让他一生都在流浪。

母亲不知道他流浪的原因，外婆也不知道。

漂泊到镇上时，他不再漂泊。很多人猜测是因为镇上的那所破庙给他提供了容身之处。外婆在晴日里挣扎着起床，在豌豆糊里放上母亲带去的芝麻，然后拄着拐杖走一两里的路程给他送到破庙。白天，他通常不在庙里。外婆说那里潮湿得厉害，蟑螂和跳蚤都嫌难熬，也不知道他如何忍耐。

好多次徘徊到外婆家门口时，他都犹豫再三不肯进去。外婆说他是个自尊心很强的孩子，他是担心外婆会留他住下，之前好多次外婆的好意都被他生冷地谢绝了。

但是不知道为什么，外婆还是一次次地为他送饭；也不知道为什么，外婆总不想让他发现每天停留在破庙前叹息一阵的那个影子。

那次，外婆很惊慌地给母亲打来电话，是你们送来的灵芝？母亲否认后，外婆绝食了好一阵子。她的担心没错，是他得知外婆病得厉害，才想到了这滋补的灵药。可是要得到两块灵芝，他承担和付出的又将是怎样一场不可名状的艰辛！发生这件事以后，外婆心痛了。

外婆病危前，舅舅一家和我们一家都赶了回去。那时候，舅舅发现有人在墙外偷窥，便决定捉贼。谁知外婆用平生最大的力气责备了舅舅，并让我们把牛奶和面包送出去给他。但是，我们出去时，他早就跑了，无影无踪。

外婆在坎坷的命运面前从来没有流过泪，但是那次外婆哭了：他太可怜了，无依无靠，又不能说话，有几次我在朦胧中看到他跪在我面前，他眼里有泪，但嘴里只能“额吉，额吉”地发音。

外婆走了，她的遗嘱里提到他，并要求我们把赡养她的东西按惯例带去给他。后来，我们再回去时，却再也没有见到他的影子，只是外婆的院子依旧整理得井井有条。我们知道他在躲着别人，在他的灵魂里，只有外婆是他一生的怀念。

外婆说的那句话我懂："额吉"是蒙古语"妈妈"的意思，但长眠于地下的外婆却从未知道。他的内心世界里，孤孑无依是多么巨大的灾难，但外婆给了他心灵的慰藉，给了他灵魂的寄托。

再回去时，我们变为墙外那个瞭望的人，淡淡的月光下，一个孤孑的身影在呆呆地仰望着星空。

我明白了，院子里的他在想念月亮里的那个人，月亮也一直在想念着院子里的那个人……

外公的羊圈

一

我是幸运的。

我常常暗自庆幸自己的童年有过一段在镇子上生活的经历，这是许多城市孩子无法感知的。

按时间推算，那座镇子也算得上历史久远了，四面古老的城墙就那样年复一年地围护着镇子的祥和。我的童年就是在那座镇子上度过的，确切地说，一切有关于童年的回忆都会在那个小镇的波澜里激荡起涟漪和温馨。

二

外公是在镇子上生活了一辈子的人。他做过麻绳匠，也干过水泥活，但根本的身份却还是一个普普通通的农民。我虽不是在镇子上出生的，可不到三岁，也就是打从开始识得花红柳绿、鸡鸭牛羊之日起，童年就真真切切地被抵押给了小镇，后来还是成长将我赎了回去。但是，留在我灵魂深处的那个深深的烙印却再也无法磨灭了！多少年以后，我还是会回首，会记得那个常驻在生命中不肯远去的小镇，它深深地埋藏在了我的内心深处。

外婆在世时喜欢到镇上的市场赶集，专拣我喜欢的菜买些回来。从外婆家到街市也有一段距离，外婆买菜的时候从来不许我跟着，她担心顽劣的我钻个空子就给弄丢了。当然，让我乖乖就范的条件也是很苛刻的，外婆必须在回来的时候给我带一串糖葫芦，否则就算抽干黄河水也补不回我的眼泪。

估摸外婆快要回来时，我就一个人爬上东墙边的草垛上张望。那时，东边住了户姓柳的人家，南瓜蔓总会爬过一米高的土墙延伸到外公院墙的红豆架上来。只是我不知道这纠缠不清的藤蔓究竟缔结了怎样的情缘。在我东张西望半晌还没有看到外婆的影子时，我总会耐不住性子跳来跳去。那些草芥和秸秆大感心情不爽，就干脆一股脑儿把我抛下去。那样我会稳稳当当地滚落在外公的羊圈旁，四只大眼羊幸灾乐祸地瞪着我，两只小羊羔干脆不理睬，傻蹦着直往母羊的肚子底下钻。

外公的羊圈是用栅栏围起来的，南边的一堵墙通到头也就插了几根桩子围着，因此，我摔下来时隔壁柳家的小女孩对此一览无余。那时，扎着两根麻花辫的她就会痴痴地笑。我赶忙爬起身来维护小男子汉的尊严，说，你笑什么笑？再笑小心我过去揍你！谁知她笑得更加放肆，还不服输地说：“有本事你从羊圈里钻过来呀！”

我站在原地傻了眼，她一溜烟跑开了。而那四只羊像看了一场无聊的话剧一般，垂头丧气地低下头去继续吃草了。

后来，她拿着自家的黄瓜跑过来找我，还说要和我玩。谁能知道，烂俗的年少，我们竟因为一根黄瓜结下了长久的友谊。

此后我得知，她叫陈梅青，是隔壁柳公的外孙女。她父亲一早就失踪了，而她母亲在生她的时候也因难产过世了。她自幼生活在外公外婆家，是靠着喝羊奶长大的。当时她只有九岁，说起这些时却只是淡淡地皱了皱眉。我无法揣测自己在那种情况下该如何坦然地处事，但也正因如此，在别离的年月里，我深切的内疚和无法弥补的自责也愈演愈烈。

外婆是喜欢小孩子的，在看到我有了新朋友的时候，她也不必时时刻刻盯着我了。只要院子里的鸡犬没有口干舌燥到停止叫嚷时，我俩就绝对还在她的搜寻范围之内。

因为我俩的缘故，梅青的外婆也很少大叫大嚷了，只有到了吃饭的时间，她外婆的声音才会穿过外公羊圈那层厚重的瘴气传到我俩的耳廓。每到那时，梅青会很紧张地拍掉身上的草渣和土尘往家里跑，迟到片刻都会惹出她外婆的火气来。慢慢地我了解到，她外婆对她的严苛是源于她的出身，她外婆一直认为她是她父亲的孽种，是克死她母亲的凶手。甚至有时候，梅青还会遭到拧耳朵拧胳膊这样的酷刑。而这样的结果，都会在她委屈地哭过之后化为无形的泪痕。

这，是我不懂的。

三

梅青受过气以后，会红着眼睛来找我。外婆就嘱咐外公去东门外（那是离家最近的一间小商铺）买一些消肿的药膏回来，然后由外婆亲自替她敷在伤口上。我就在旁边安静地坐着，也许那一刻就是我人生中最消停的时候。看着梅青干燥的脸颊映出的道道红印，我会不由自主地把手里的花生让给她。看到她开心地笑，我也就跟着她尽情地傻笑起来。

笑，总归是好的。寒冷袭尽，溽热败退，我俩的笑声也久久地回荡在那个院子里，这是谁也夺不去的清欢。

冬季来临之时，天空铁青着脸。外公从很远很远的地摊上买回了柿子。那是我酷爱的水果之一。那时候，镇子里的人在冬天生的还是火炉，我会和梅青睁大眼睛静守在火炉旁，等待着洗冷水澡的柿子褪去晶莹的冰块。

我常常会迫不及待地去挑大个头的柿子下手，外公也在一旁不断叮嘱我别吃太多，别吃太多，胃会受不了的。可年少就是固执，就是贪婪，一直吃到全身打冷战都舍不得放下。记得那时还因为吃柿子闹过几回肚子，母亲得知后就再也不准我碰柿子了。想必这样的禁令是丝毫不起作用的，到了馋虫作怪之时，外公还是得跑好几里路。真是乐死外孙，累死外公。

梅青也喜欢吃柿子，她的眼珠子会时常停留在外公墙壁的画纸上。那时外婆会打趣地问我俩，你们最爱吃的水果是什么呀？我们就同时将手掌拍向画纸上的大柿子，然后不约而同地笑。那时候，我的手心就静静地扣着她的手背，仿佛那两只小手下扣着的就是一个最温暖的春天。

在开春的时候，我是要到镇子上的小学读书的。刚开始，梅青不知道我被父母接走了，仍旧每天早早地等候在羊圈的那头；等不到我时，她就会一个人低声地和羊说话。有一次等累了，她竟一个人靠在栅栏上睡着了，后来还是外公在放羊出圈的时候才发现了她。

我不在的时候，她时常会到外公的院子里来。外公一个人搓麻绳时，她就在旁边很耐心地帮忙递麻线，有时她会低声地问外公，为什么有的女孩子不能上学？

外公通常都是用含混的话带过——长大以后我才明白，那是他对晚辈保留着的一份悲悯的爱。

星期天我去外公家的时候，她仍旧在外公的羊圈旁等我，看到我回来，她迫不及待地用同样的问题来问我。看我答不上来，她就会失望地叹气道：“可惜，我外婆说女孩子读书没用，不然我也要和你一起去上学!”

面对此情此景，我往往会木讷半晌。大多数时候，我也会为她讲述学校里的一些好玩的人和事，说完我们俩就在一起没心没肺地开怀大笑。不知不觉，在羊圈旁待的时间长了，身后的大羊以为我俩在密谋什么诡计，就招呼也不打地咩咩叫起来。它这一叫，更是激发了我俩更大的童心，我俩便悄悄地避开外公的耳目，躲进羊圈里逮起了小羊羔。

小羊羔的动作往往很敏捷，一发现有危险就在羊圈里开始乱跑。它一跑，我就在后面拼命地追，我一追，梅青也会跟着追。母羊顿时显示出了它的老当益壮，在羊圈里放开约束地乱撞。我们两个人与一群羊，就这样歇斯底里地在羊圈里展开了拉锯战。有时，我俩侥幸地抱住了小羊，它就扯开未发育完全的嗓门乱叫。我和梅青就挤眉弄眼地互相祝贺战果，只把它的叫声当作是一种娇滴滴的呼救。大羊发现情况不妙，只好缴械投降，待它乖乖过来的时候，我们就会趁机抓住它的乳房。可是，在记忆里，我们挤过好多次羊奶，却从未挤出一滴奶来，到最后反而被母羊后蹄弹起的羊粪糊了个满身满脸。外公听见响动出来的时候，我俩早已狼狈不堪、面目全非了。

四

到了镇子上集会的时候，很多外地的商贩会赶来促销，这也是每年镇子上最热闹的时候。我比梅青大两岁，因此无论走到哪里她都乖乖地跟着我。渐渐长大后，外婆不再担心我俩走失了，也不会一步一追地紧随着我们了，因此我们就有了更为自由的活动空间。向外公讨上几毛钱，我俩就欣喜若狂地奔向集市，集市上的许多东西，足以让年少的我们看得眼花缭乱。

挤到有晋剧看的地方，我俩就一人买一堆糖果，然后静静地欣赏台上的那些大花脸表演。其实，看戏自始至终也没有勾起我们多大的兴趣，倒不如说是那样壮观的人群吸引了我们。我至今记得梅青剥开糖纸时的画面，她悄悄地流泪了。问起她的时候，她就说想到了她的妈妈。她的外婆曾告诉她，她妈妈小的时候很聪明，总能用各式各样的糖纸缝制出彩色的蝴蝶，可是她却连自己的妈妈一面都没有见过。

我默无声息地拉着她往回家的路上跑，其实那时，我手足无措，更不懂怎样去安慰一个哭着的小女孩。

集会过后正是甜菜丰收的时节，靠近外婆家的一个食品厂大院里，每年都会收购甜菜。人们赶着牛车或者开着三轮车浩浩荡荡地奔赴在那条通往食品厂的坑坑洼洼的路上。彼时，满载的车厢里总会有一两捆或者更多捆的甜菜经受不住颠簸而跌落车外，这也就意味着我们这一群“拾遗”的孩子将会受到上天最实惠的眷顾了。不过，与其说是道路坑坑洼洼，倒不如说是年幼的我们诡计多端——其实早已在“大敌”来临之前，我们就把石块和土块撒满了路面，最后的结果也自然是“运筹帷幄之中，决胜千里之外”。当一个个战利品“横尸沙场”的时候，我们活像一匹匹脱缰的野马般从四面八方呼啸而出。

也就是在那年，梅青屁颠屁颠地跟在我身后收获战利品时，一不小心摔倒在路上，从此她的额头上就留下了一道长长的伤疤，我也因此被母亲训斥了很久。可是没想到，就连这样的日子也很快淡出了我的生活。

我上初中时，父亲去了外地工作，母亲为了照料父亲并让我接受更好的教育就毅然决然地迁到了外地。我走的时候同样没有来得及和梅青道别，我们童年的故事也就此中止在外公的羊圈旁。

在我初中毕业的那年，突然传来了外公去世的噩耗。我们全家人哭丧着脸赶了回去。那时候，梅青在羊圈的另一端红着脸张望，却始终没有和我打声招呼。我看到她已经长得很高了，只是脸庞并没有多大的变化，她那时是害怕打搅了我，她知道我内心的悲怆。

在那以后，我就再也没有见过梅青。高中毕业以后，我和母亲一道回去给外公外婆上坟，趁此机会我特意去隔壁找过梅青，但她外婆冷冷地说，那个败家女早已嫁人啦。

我惊愕地问："您说什么？她已经……已经嫁人了？"

她外婆不带好声气地回答："这有啥吃惊的，不嫁人还嫁给鬼啊？"

五

外公过世以后，院子也就荒废了。靠着南墙的羊圈只剩下了空荡荡的几根木桩，上面被杂草掩埋得无法落脚。

我孤零零地站在几根木桩前，思绪一片混乱，童年的场景历历在目，而现在，我突然不安起来。

梅青。她不知道自己名字的真实含义，我也不知道。

那年，我不懂自己大夸特夸上学的快乐会对她造成怎样的影响，但每当我奢侈地用她一个又一个羡慕的眼神来填充自己膨胀的虚荣心时，她就会陷入无限的憧憬之中，那是理想带给她的虚幻和现实给予她的刺痛。我想，年幼时也许我们谁都不知道谁会为谁留下难以名状的心伤。我，只能用这样的话来安慰自己。

她嫁到了一个穷山沟，还没到真正适婚的年龄就一个人背上了人生的重担，而我们则就此别过。我想那段只有我们俩拥有过的童年，也许是我送给她的最卑微的贺礼，但这对我来说，却是人生中最奢华的回忆。

晚风来的时候，夜静静的，没有星星。

听说，梅青一直在等着，等着看一场美丽的流星雨……

二号天空

搁浅的风筝，变成忧伤的记忆，丢失在很远很远的天空。

七岁时，我不幸被一场怪病缠身，病魔妥协时，原来健康强壮的我只剩下二十一斤皮包骨。

那时，他坐在窗前不停地叹息，窗外的天空由鱼肚白变成落日红，烟灰掉落在他长满老茧的手背上，几秒后，他的手背出现血红的痕迹，我在一旁害怕地哭。

他不回头，也不管我用裹满泥巴的脏手委屈地揉两只眼睛，直到红肿。母亲出来，看见动静结合的场面，愤懑地把手上的面团摔向鸟笼。于是，黄雀受惊地聒噪，我受了惊地号啕大哭。他不再吭声，关上门，寂静的画面停留在他转身的那一刻。

母亲的脸色由绯红变得苍白。在她席地而坐的时候，我立刻抱紧她耷拉在茶几上的手，艰难地吐出几个字："妈……妈妈……您……您别……别哭……"

母亲泪眼婆娑地把我的头搂进她的怀里，用力地抚摸着我干瘦的脸颊。她的手在不停地颤抖，我不由自主地抬起头望着她的眼睛。那时候，我发现她泪汪汪的眸子里，蕴藏着和大海一样温柔的蔚蓝。

她说："毛丫，你会好的，妈妈要你以后做演讲家！"我一个劲地点头，但想起小鹏他们说的话之后又失望地连连摇头。小鹏和原丽之前对我讲，舌头打结分为两种，一种是美丽的蝴蝶结，另一种是丑陋的毛毛虫结。而我属于后一种，以后会没有人愿意和我玩的。

听了他们的话，我哭得天昏地暗。这时候，父亲从屋里跑出来，嘴里嚷着些难听的粗话。那群孩子就幸灾乐祸地跑开了。

父亲追了几步又返回来，看着满脸泥水混合物的我，生气地抛下一句："哭，就知道哭，你怕别人欺负就好好说话啊！说话有哭这么流利，我看看谁还敢欺负你!”

之后，我把父亲说的话带到母亲的耳边，母亲便爆发了千年难遇的怒火。她戳着父亲的鼻梁声嘶力竭地喊：“毛丫再怎么结巴也是我的女儿，你不稀罕我们母女就离开这个家。我们母女还有活路可寻，没有你，地球照转不误!”

我躲在一旁瑟瑟发抖，却不知父亲转身离开后，那一摊被母亲打翻在地的奶渍里，从此留下的是他最冰凉的一个脚印。

七岁半，我还没有真正从阴影里脱身出来，却又背上了另一副沉重的枷锁。原丽拿着她爸爸送的一个漂亮的蝴蝶结出现在我们面前。东东从一群人羡慕的眼神中看出了我的茫然，她说：“期期，你让你爸爸给买一个比她好的不就得了!”

小鹏惊乍地说：“你们还不知道啊？毛期期的爸爸在半年前就失踪了呢!”

我期期艾艾地哭着回家，把大家笑我没有爸爸的话告诉母亲，母亲听后脸色阴沉，过了几分钟后就镇定地说：“明天，妈妈给你找个叔叔！从此以后，你就把他当作父亲。”

我不懂母亲的决绝，只是含着泪花小声地问：“妈妈，爸爸真的再也不会回来了吗?”

母亲茫然无措地摇头，然后捂着鼻子轻声地抽咽。那一刻，我还无法了解母亲内心的所思所想，也不懂得她溅落满地尘埃的泪滴又蕴藏着怎样的无奈和忧伤。

总之，那件事发生之后第三天，父亲来过电话，母亲在电话这头哭。我只听见母亲在电话里的最后一句话："孩子会慢慢长大的，等她明白的那一天，或许你还活在这个世界上吧！"

你是黑夜的星星，同一方星空下，我找不到属于你的光明。

父亲真的没有回来，母亲臂弯挽着的那个陌生男人告诉我，此后我将与悲戚为伍，不再童真。

母亲仍旧日复一日地料理家务，只是语气温柔了很多，她时常说："毛丫，有了叔叔，你的病就有了很大的治愈希望。"我不懂话中的意思，从此更加沉默。面对别人善恶不明的笑意，只能以冷面还之。我默默地吞下流言，忍下委屈，埋藏伤悲，像浮萍一般在风雨中浮浮沉沉。

闯入我们生活的另一个男人，却像一棵开满花的摇摆在风中的小树，不断地播洒芬芳。母亲可以淑贤地做好每一道菜，然后让他去品尝。我在旁边冷眼漠视，那个男人就不断地给我往碗里夹菜。我分不清这是一种谄媚还是关怀，但在真正意义上，我并没有把自己看作一株向日葵，也不想觊觎阳光和温度。

我承认父亲的离开，给我埋下了冷漠自私的种子，并在岁月的豢养下慢慢生根发芽。我时时谨慎地怀抱着它们，从不肯轻易被外界的阳光融化。

母亲说："毛丫，你要记住了，你叔叔很快就会帮你治好结巴的，你要高兴一点。"

我佯装微笑，然后默默关上门，呆呆地望着天空出神。

那样纯净的蓝，谁能听懂它的心声。天空是孤独的，冷暖自知。

此后，小鹏和原丽都把自己最喜欢的玩具带到我的卧室。原丽说：“期期，我们一起玩吧！放心吧，我们以后不会笑你啦！你的新爸爸那么有钱，一定会帮你治好结巴的！”

日后，和其他孩子们在一块玩的时候，这样的话语也多次听到，当初充耳不闻的我开始被年少的虚荣和不服输所压制。有一天，我对原丽说，等我病好以后，就再也不是毛毛虫了！

自那以后的夜晚，我很少把头伸出窗外，我害怕星星，害怕它们闪烁的光明。

十岁，我坐在叔叔的敞篷车里抱着可乐打嗝，校门口同学们不由得向我投来羡慕的目光。他们羡慕我新款的连衣裙，羡慕我名牌的兔子发卡，也羡慕我可以同时玩好几款不同游戏的学习机。我任性地蔑视这一切，谁也不理会。

年华风驰电掣地驶过时，我的长发凌乱在风中，耳畔一掠而过的是季节的残声，最后风平浪静。

拿着抱枕蜷缩在沙发里的我，看着电视里的孩子快乐地和自己的父亲一起玩乐，眼泪就忍不住流了下来。五年前，一个储存记忆芯片里的男子，曾用满脸胡碴在我的脸蛋上温柔地触碰，痒得我咯咯大笑。我把他的手指含在嘴里，不断地用牙齿咬，他就装出生疼的样子，供我放肆地笑。接着他说，小毛呀，有这么一个老帅哥陪你玩，你得快乐一辈子！那时，分明感觉我们之间盛放着一个锦绣的春天，一切都在春暖花开。

五年后的今天，我却背负着无言的沉重上路，多少的痛痒与自己无关。听外面的欢乐演绎为悲伤，幻化成黑夜难以澄澈的眼睛，很多纯真的记忆在岁月阴风的吹刮下节节败退，我能做的只有冷眼旁观。

母亲的执着让我变得更加肯定未来，过去在冥冥中都将成为回忆，无人问津。

十二岁的生日酒宴上，叔叔大伯都来了，我在倔强地等一个熟悉的陌生人出现。母亲把长寿面端到我的面前，然后一本正经地说："过了这个生日，你将迈向成熟，接近更美丽和遥远的人生。"

遥远，是的，无论过去还是未来，心底那些无法陈述的风景都将变得遥迢。

天空的一角阴霾，积成一朵雨做的云，原来，我是你蓄势待发的伤悲。

医院。挂号的人排成一条见首不见尾的河流。母亲站在我的旁边，一边为我擦汗，一边为我递水。我像是要参加一场前所未有的盛大战役，只是没有腥风血雨。我是孤独的战士，在心神恍惚间等待胜利的曙光。

翻来覆去地挣扎，麻醉感在剧痛深处若隐若现。病房里，我舌尖上的口水大滴大滴地坠落，不能说话的时候又突然感觉这个世界好热闹。

术后，医生谄媚地对母亲说："手术很成功！调养一段时间，你女儿就能和正常人一样讲话了！”母亲很感激地握着医生的手，之后从医生的手中接过一沓需要签字的费用单。彼时，我以一种谨小细微的感觉察觉到，原来所谓的人情冷暖都只不过是人民币这种神秘力量的投影而已。偏执也好，短见也罢，我淡然地面对这一切，一语不发。

出院那天，叔叔开车来接我们，在半路我下了车。走过那个熟悉的公园，我突然想起，那棵开花的丁香树下曾经站着一个颤巍巍的女孩，她踮起脚尖嗅闻夏天的味道，突然她的身后出现一双有力的手，将她高高举起，在温暖流泻的花雨中，他们笑出了一场明丽的光华。

现在转身，世界没有杂声，也听不到空落的回音。也许，十年后的今天，我们陌生如云泥，再无瓜葛。

转入新学校以后，我开始变得孤傲冷僻。初中已是告别幼稚的年纪。在另一座不属于自己记忆范畴的城市默默彳亍，我感觉到天空突然遥不可及。母亲打电话说，要多吃饭多喝水；叔叔说，没钱就记得往家里打电话。我在静享阳光雨露时，还是觉察到了不一样的温度。

渐渐落败的成绩毫无保留地宣布：我是这所高级中学的一颗败子。校长无奈地和叔叔说，这是最后一次给她机会，当然这样的话已经在量变的基础上，开始质变。

在夜店浮光跃金的奢华中，我一杯又一杯地吞噬着红酒，多少发丝爆炸的姐妹对我叹服，那时，已沉醉不知归路。

就在我放肆地挥霍青春时，总发现某个角落躲藏着一双奇怪的眼睛，那神情有悲愤，有凄迷，也有怜爱和惋惜。

被学校勒令退学的第二天，校园广播上列数了我的斑斑劣迹，并以此为戒，向全校的人发出警告。母亲站在学校门口，看着我扬长而去，不由得泪流满面。我在众人的失望中，带着幼稚和桀骜走向一条不归路。

在一所宾馆工作不久，我就因手脚慌乱激怒了客人。面对客人迎面而来的巴掌，我发了疯似的将手中的啤酒全部泼在客人的脸上。客人要动手的刹那，老板进来了。

最后，客人在我和老板的共同致歉下才平息了怒火。打这以后，我想我在宾馆是无法立足了，砸了老板的场子，到头来还要老板跟着丢人。按照员工奖罚条例，我要被扣除一个月的工资，合同上也写明了如有下次是要触动法律的。可是，结局出乎意料，我除了平安无事，还被同事竖着拇指称赞。

我不知道该怎样去评价命运。在自认为走进人生低谷的那一段时期，我变得木讷不堪，不愿多想，也不愿多说，语塞和呆滞让人无法理解。可就在那一段时期，我遇上了木风，他是那样一个安静而阳光的男生。有一天他对着夜空说："期期丫头呀，你没发现最近天宫有变吗？"我摇头。他说："十万天兵天将围查月宫，听说嫦娥私自下凡，没想到最后还是被我撞见了！"

我扑哧一笑，他说我的微笑是一个乍暖还寒的春天。

后来，我把一路走过的故事讲给他听，很多时候他可以和我发生共鸣，我们渐渐产生了情愫。十七岁的盛夏，我们走在了一起。

在白鸽起落的过道里，我和木风聆听盛夏的花语。但是，没想到会在转角遇上他。

十年过去了，在岁月的精雕细琢下，他满头骄人的黑发已经染上了霜雪。从他放弃教学的那一天，鼻梁上的那副眼镜就已经与他的命运格格不入。记得我七岁时就被医生诊断为弱视，而那时他仿佛很欣慰地说："谁让这是遗传呢？"

隔着五米的距离我们相望。四目相对时，一种岁月无法解释的沧桑和陌生笼罩全身。他木讷地站在原地，我径直拉着男友离开，那一刹那，我无意间发现他的下肢一瘸一拐。

回去时，我和木风大吵了一架。我也不清楚自己为什么会情绪暴动。他的出现，使时光一瞬间原路返回了数千轮回，有些画面至今历历在目，可是已经潮湿成无形的伤悲，蓄势待发。

站在悲凉的一角回想，凝视万年的忧伤，我们擦肩而过的时候，你在二号天空孤独地守望。

收到匿名信是在星期二的下午，打开信纸，我辨别不出是谁的字迹。信中提到我和木风，还劝我和他分手，说他是不可信任的男子。

我冷笑着把信撕掉，然后挥洒在空中，那风中飞舞的落花像冰冷的雪花一样飘零在我的心灵上空，我忽然感觉凉意从生。

从上次遇到他以后，木风对我的态度就有了明显的转变，他不再专心致志地听我讲哪位名人的糗事，也不再无微不至地关心我的饮食起居，而且见不到面的时候，连电话也变得少了起来。终于，我拿起手机决定向木风问明缘由，可是电话那端传来的却是关机的提示音。

那一夜，独自一人泪流满面地徘徊在大街上，手中黑暗的手机屏幕抹煞了我所有的信念。感觉惶恐，感觉孤单，甚至感觉这个世界上没有他，我就变成了黑暗中的一株小草。我也终于知道，自己并不是那么强大，那么自尊，那么热爱自由，我也需要依靠，需要眷顾。

第三天下午，一个陌生的手机号闯入了我的视线。按下接听键后，电话那端传来木风的声音，那一刻我突然哭了，似乎所有的委屈终于寻到了可以发泄的源头。他说，你先别哭，听我把话说完。

接下来，我便得知他因公务上的事情只身去了外地，在火车上被小偷洗劫一空，等到下了车找到朋友的住处才给我回了电话。

以前没有遇到过类似的情况，我连忙焦头烂额地为他想办法，最后只好把自己除了基本生活费之外的所有钱，都给他汇到了他所提供的他朋友的银行卡上。电话里，他一再感谢，还说作为一个男生到头来反而要女朋友来照顾自己，这真令他感到难堪！

可是，从此以后，他便音信全无了，那个号码也停了机，他的准确位置我更无从得知。总之，他像水蒸气一样，从我的世界里蒸发掉了。

那天晚上我一个人出来喝闷酒，因为怕被老板发现，只好找了离工作区较远的一家餐厅。二十一点一刻，酒精分子肆虐着整个包房，仿佛包罗在一切空间和时间里的生命体都在痉挛，接着窒息。我把不争气的手机狠狠地摔向地板，然后趴在餐桌上昏昏沉沉地睡着了。

大约晚上十点半左右，我在潜意识里翻了一下身，突然隔壁包间里传来的一声笑把我从睡梦中惊醒，那声音像极了木风。我急忙起身，呼吸也不由自主地急促起来，直到第二句谈话传来时，我的判断差点让自己软瘫在椅子上。

电话里，我并没有得知他回来的消息，可是……

掀起帘子，一个陌生的女子正依偎在一个男子怀里，而那个男子正是我牵挂和担忧数日的木风。我的意念顷刻崩溃了，只感觉赤裸裸的伤痕留在了心底。我不知道自己该做什么，于是就顺手拿起眼前的塑料质地的椅子向他们掷去。当饭局被稀里哗啦的破碎声搞砸后，我们的感情也告以终结。

我的怒火一发不可收拾，木风冷冷地瞪着我，什么也没说。原来，他在每个女孩面前都是那么伪善。我拿起巴掌向那个女孩抽去，他一把推开了我。我问他为什么!？他却头也不回地拉着那个女孩离开了。我没有追出去的勇气，那一刻，我感觉全世界都背叛了自己，全世界都抛弃了自己。

晚上十一点二十分，烂醉如泥的我被别人搀扶出了餐厅。当我再次睁开眼时，昏黄的灯光刺得眼睛生疼，我发现自己的额头被纱布裹着，四肢冰凉。

一个熟悉的影子安静地站立在我的旁边，他的眼睛里有浑浊的东西闪闪发光。我固执地转过头去，不去看他。就这样静静地躺了几分钟后，我听到他离开的脚步声。

他出去后不久，我挣扎着起来，发现自己正身处一间幽暗的地下室，推开门，正对着的就是我暂时工作的那家夜店。万念俱灰时，想起给母亲打电话。摸裤兜时，才想起手机被自己摔坏了。一个人摇摇晃晃地踯躅在马路上。夜风缓缓吹过，周围的一切都随着我暗自沉沦。

第二天，在宿舍醒来时，猛得听到楼道传来吵闹声。有同事慌慌张张地说："小毛，快去看看吧，你男朋友和一个中年男人打了起来！"

在人群聚集的大厅前面，我看见木风和他厮打在了一起。我傻傻地站在原地，不知所措。直到他们两人被保安扭送到派出所时，我才从惊慌中醒来。

母亲听说出事后，匆匆忙忙地坐着叔叔的车赶了来。他正裹着纱布安静地睡在病床上，床头上母亲紧握着他的手。我麻木地呆立着，往事一幕幕浮现在眼前。

叔叔推门进来，把一大堆水果放下，看着病床上的父亲，眼睛里流露着异样的光。母亲让他坐下，然后我们三个人静静地守候。此时，我才忽然发现，原来世界上最漫长的时间便是等待。

其间，母亲把我唤出去，语重心长地告诉我："毛丫，你已经长大了，许多事情也该懂了！其实你不应该一直恨你父亲，他所做的许多事都是为了你！”

我一头雾水地盯着母亲，她的眼角很快湿润了。那一次我得知，叔叔原来是爸爸在教书那几年的一个同事。他们的关系很不错，后来我被病痛缠身，不幸的是父亲因常年超负荷工作落下了腿疾。医生告诉他的时候，他并没有和家里人说，怕连累这个伤痕累累的家，后来他选择了独自离开，带着我们所有人的误解和憎恨离开。

后来叔叔介入了我们的生活，从他决定帮助父亲的那一刻起，母亲就配合着这场戏。面对叔叔的帮助，父亲一直感激涕零，所以这几年，父亲一直在拼命地干活挣钱，为的是有一天能够还上欠叔叔的债。

我不知道，父亲腿疾因救治延误而落到了换假肢的田地；我也不知道，他背负着肉体和心灵上的剧痛还要拼命受累；甚至不知道，他把房子租到我工作所在宾馆的对面只是为了守护我。那次，我把酒泼到客人脸上所闯下的乱子，原来是父亲花了很多钱做担保才让我留下的。

病床前，父亲平静地醒来，用一只没有被绷带缠着的眼睛深沉地望着我，想说什么可又晕睡了过去。医生说，他伤了动脉，失血过多，还要输血。在化验血型的时候，验血单上的信息让我语塞不堪。父亲的血型是 B 型，而我清楚地记得，上次检查血型时，我的血型是 A 型。

母亲没有觉察到我眼神里含混不清的情感，我看了看他们，然后捂着嘴巴跑了出去。

父亲出院后就被看守所的人带走了，因为他主动去找木风，已经构成了蓄意伤人罪。我们去派出所看望他的时候，他一言不发。最后，在我快要转身离开的时候，他深深地喊出了两个字——期期。

母亲说："期期，你是你父亲一生的心血和期盼，他不忍心看到你受一点伤害！"

而我从叔叔那里得知，我是父亲在西藏支教的那几年，从山沟捡回来的女娃。当时父亲没有孩子，他在菩萨面前发誓，一定要照顾好我，让我接受高等教育然后回报社会。

那一夜，窗外没有风，雨夹着茉莉的清芬洒满全城，空气中飞舞的尘埃静静地化为归梦。

再去探望他时，他的两只眼睛失神地凝望着天空。我微笑地喊他爸，他突然转过身来，目光里混合着破碎的光芒。

半晌，他开口了："期期，爸爸对不起你，这些年来没有好好地照顾你，现在你长大了……"说着说着他哽咽起来。

我把刚剥开皮的荔枝递到他的面前，他的嘴唇微微翕动着却久久没有张口。我故意任性道："老毛啊，有这么个小美女喂你吃，你得快乐一辈子！"

他矛盾的眼神里混杂着分辨不清的思绪，抬起头叹息道："期期，爸爸在你小的时候答应过你，要带你去海边看落日，看美丽的天空。可是现在，头顶的这片天……”

我欣然地打断他：“爸，其实这也不错！只要有老毛在小毛的身边陪着小毛，哪里的天空都是一样美丽！我们头顶的这片天空，它是在独特的场合下幻化出的奇迹，我们就叫它二号天空吧！”

父亲慈爱地看着我，蜡黄的脸微微一动：“丫头，你什么时候变得这样口齿伶俐了？”

我哈哈大笑：“谁叫这是遗传呢？”

他轻轻地把头枕在我的臂弯，我用面巾给他擦掉了眼角的泪。那一刻，我体会到了一生从未有过的坦然。

母亲进来时，我把手指轻轻地放在唇边，示意她父亲已经睡着了。母亲轻悄悄地走过来，然后露出欣慰的笑容：“期期，你看！早些时候我就说过吧，你爸的睡相和你一样，都像个孩子！”

当一条河流老去时

我很少在文字中提及父亲，或许因为生长这么多年，我对他一无所知，也或者我们根本就是泾渭分明，永远不会在同一地平线上看到太阳升起。

二十年以后，我已经是一个理性和感性错综交糅，愤世嫉俗又奢望美好的矛盾体了，但我一直没有在我和父亲的情感上瞅出一点可以雪化冰融的端倪。从刚刚记事，到学会忘事，我始终以躲避的姿态幸存着。有他在的地方，我便销声匿迹；有我的地方，他一定查无此人。我们像磁铁的同一极，小心翼翼地互相排斥着，永远也不奢望谁能主动掉个头，然后我们南北相吸，血液交融。

我听说过很多子与父不合的案例，但是演变到美苏冷战地步的确实罕见；有的父与子干脆刀剑相向，这也可以理解。我们还没有敌对到一山不容二虎的程度，却又以永远沉默的状态，互相对峙着。

我有很多朋友，女的暂且不谈，俗话说父亲和女儿是上辈子的情人，这辈子既然能光明正大地在一起了，又何必闹丑剧；光说男的，他们除了可以和自己的父亲称兄道弟、桃园结义外，还能把酒话桑麻。我在他们面前，拒绝提起自己的父亲，这个习惯从小的时候就养成了。别的孩子把爸爸送的玩具、买的生日礼物拿到班上显摆，而我从来只是淡淡一笑，却无人知道这淡定背后隐藏了多大的悲哀。或者，如果我当时没强大到可以忍住眼泪的话，如今一定不会有勇气将这些遭遇悉数抖落。

从小到大，父亲对我的“言传”很少，大多在我犯错的时候会让我接受“身教”，他以一个“权威统治者”的威严震慑着自己的家庭，以至于他的统治地位，永远不会被家里的任何一个人僭越。在我成长的二十年里，每当我对安逸过分憧憬，一不小心忘记该做的事时，总会看到他眼神里的“诛杀令”，忘了从什么时候起，我开始形成了一个习惯——无论何时、何地，一旦即将陷入荒疏无度、万劫不复时，便会给自己猛然来个悬崖勒马。

我慢慢发现，我和父亲之间好像已经默默地形成一种契约，而且有一天，我开始习惯抑或开始自然而然地接受并履行这种承诺了。在外吃饭的时候，我的谦虚礼让会让他人赞叹不已；看书写字的时候，身子坐得像一棵白杨；时常会按时作息；在外求学的时候，也不因一己私利与人争风吃醋；当别人面红耳赤之时，自己还能泰然处之。我慢慢秉承了父亲自成风范的把式，这种影响似乎是潜移默化的。

我开始一个人为了学业东奔西跑，开始磕磕绊绊地追逐自己的理想，开始在陌生的城市和陌生人熟练地交流，开始学会用审时度势的眼光剖析问题。我未经事业，未染职场，却有着无比强大的信念去开拓自己的前程。

高中毕业的时候，校长在主席台上热烈致词，表扬的学生名单里没有我，但我还是看到他站在角落里展现的坚毅神情；大学择校时，我并未有骄人的成绩，并未可以在众多的学校里游刃有余地选择，相反我只能上不入流的学校，但是他却送了我短短的四个字“自己选择”；之后，我一如既往地敢爱敢恨，敢对讨厌的人和事不屑一顾，敢在知识和阅历丰富的前辈面前大声说出自己的想法，甚至到后来，我连讨厌的人都没有了。这是父亲告诉我的，做好你自己，如果你眼里放不下别人，或者又太放得下别人，那么你就不是你了。

在我心目中，父亲没有渐老的趋势，在他那威严神采的庇护下，他的年龄仿佛已对时光产生了“免疫力”。我也一直以为时间不会再跃跃欲试，他铸造的城池不会在光阴的攻势下沦陷。但当有一天，他开始骑车摔跤，开始频频听不清别人说话时，我才知道，他这棵大树终于开始陷入了年轮的纠葛中。

现在，我仍和父亲话不投机，词不达意，但是我能感觉到他目光里锐减的反对。当我和他一前一后走在大街上时，总能感到他的喘息像即将到来的秋天一样，深沉却又急促。我想，其实我根本没有恨过他，我们的隔阂也没到水火不容的那种地步，只是时间在我们相遇时设了一堵墙，在相知时则渐渐取缔。

也许有一天，你和我一样深知，无论泾河或者渭河，当一条河流老去时，便会干涸整个村庄。

春深花落，陪你听风唱歌

五分钟的时间，我看到站牌旁忽然消失的人影，顿时方寸大乱。

她身子弓成一个胖乎乎的皮球，蹲在那里。我三步并作两步地走过去准备说她，她转过头来慈祥地看着我："多像你小时候啊，那么勇敢，摔倒了也不哭！"

被她扶起的小男孩，机灵地拍拍身上的尘土。一个妇女很友好地向她道谢以后，拉着小男孩走远了。她一个劲地朝着我笑，表示她做了好事。

我做出一副无可奈何的表情，拉着她的手走向林荫深处。

一路上，她吵着闹着要帮我拿些东西，我说："妈，您就歇上一会儿吧，这点东西难不倒我的。”她听到我不耐烦的语气，伸出来的手像受了“炮烙”一般缩了回去。

这是她第一次来这座城市。靠着自己的艰难打拼，好不容易可以安身立命，我本来打算工作稳定以后，再接她过来。谁知她在电话那端唠叨个不停，一定要过来看看。我知道她担心我的日常生活无人料理，上了年纪的人身子骨不再那么强健了，因此我隔着千里在电话中和她约法三章：“好，过来可以，但是来后要安静地待着，什么都齐全，不要您操心。”

客厅厨房不规律的噪声，很轻易地就撕破了母子间事先说定的“条约”。她完全不顾长途跋涉的劳累，一溜烟的工夫，杂乱无章的房间就被收拾得井井有条。妻子悻悻地向我吐舌：“本想给你做爱吃的菜，被妈赶了出来。”

三个菜炒上来以后，妻子和我面面相觑。番茄炒蛋味道具备了，但是颜色却让人不敢恭维，鱼香茄子味道淡了很多，腐竹拌藕辣得舌尖冒火。她一边往妻子和我的碗里夹菜，一边语重心长：“平日里，你们俩工作忙，得多吃点，要把身子照顾好！健康是一切的本钱。”妻子装出眉开眼笑的样子，我一个人默默走到厨房加了一碗水回来。但被辣椒呛到以后，我终于开始了抱怨：“妈，市场上番茄便宜得很，您不必节省，再说了，盐价早下调了。还有，这是哪里的辣椒？怎么放那么多？”

她缓缓地放下碗筷，顿了一会儿说：“妈不知道，下次做饭前先问问你。辣椒是家里带来的，农民的东西地道，货真价实，可没想到辣着你了。”

妻子意识到了什么，碰了碰我的胳膊，接着吃了起来，我也没再说什么，将就着拿起碗筷。

下午两点，妻子先出了门，我也到了上班时间，家里就只剩她一个人了。我特意叮嘱她，一个人无聊可以看看电视，累了就去休息，千万别一个人外出，这地方很难找，一不小心就会迷路！她不住地点头，接着跟着我下了楼，一直目送着我的背影离开。

一下午的光阴，我心里惶惶不安，真怕她搞出什么乱子。晚上回到家里看到她一个人安静地睡着了，心里顿时踏实了不少。妻子晚我一步进门，看到熟睡的她，把食指放在唇边示意我别出声。她说：“晚上的饭，咱们来做，让妈多休息一会儿！”

我和妻子三下五除二默契配合，晚饭很快搞定。叫醒她吃饭的时候，她失神地坐在那里：“什么时候回来的？怎么不叫醒我？说好晚上要给你们煲汤喝的。”

妻子很耐心地坐在她的旁边：“妈，您累了一天了，这点小事我们来就好了。”我把盛好饭的碗端在她的面前。她好像坐立不安，不一会儿又倒去半碗，说自己吃不了。看到她席间茫然的样子，晚饭后我便陪她静静地站在阳台上看星星。

我说：“妈，您是不是想着家里？爸一个人不方便的话，您就早点回去吧？”她转过慈祥的脸，很小心地替我拉上外衣的拉链，说：“你爸方便得很，这不，他也催促着我来看你们俩。你现在忙，赚钱又不容易，请假扣了全勤奖就不合算了。过段日子记得抽空回去看看，院子里的丁香花已经开了，小时候你最爱丁香花了，风一来，你说它们在唱歌。”

我淡淡一笑，也不知道是喜是忧，是憧憬是怀念。工作劳累的缘故，我早早地休息了。夜深的时候，我听到房门开了两次，我知道，她又来习惯性地为我盖踢开的被子。

第二天早上，她起得很早，平时我和妻子本来是不吃早饭就去工作的，今天例外地喝了她熬的粥。出门前，她还是把我送了下去，多少年来，她的倔强是任何人都说服不了的。

中午进门前，我想以她的性格，肯定又早已备好了午饭，但是回到家时，却瞬间被惊呆了。她一个人坐在沙发上，目光呆滞。妻子让我看卧室的壁画，那上面本来是装潢时精心设计的一些手绘图案，结果她以为是污渍，费了好大周折用水清洗不掉后，又用抹布使劲擦，最后整得面目全非。更让人难过的是，在清洗过程中又碰着了相框，我和妻子的结婚照就这样无辜牺牲在她的好意之下。

我木讷半晌，对着满脸无辜的她大喊：“妈，你都干了些什么？”

她想说什么，但又咽了回去，一个人站在阳台上发呆。妻子从楼下买回来的午餐，我丝毫没有胃口，她看我不吃，就连筷子也没动。

晚上，我还没有下班，妻子慌慌张张地打来电话：“妈留了纸条，说要回家了。”我急忙打车奔向了火车站，在熙熙攘攘的人群中好不容易找到了她。她蹲在候车室的供水点旁，狼吞虎咽地吃着一碗泡面，我的眼泪不禁涌流而下。

我走过去，在她的面前蹲下，还是一味抱怨的口吻："妈，您怎么走之前也不打声招呼，多让人担心呢！"

把她送到进站口，她像孩子一样和我挥手告别。临行前我把随身携带的二百元钱塞进她的口袋，她堵在上车口朝我大喊："工作不忙，记得回家！春深了，花要落。"

我大声回应着："知道了！您路上小心，别睡着了！"

回家后，我脱掉上衣递给妻子，妻子却向我投来惊讶的目光。原来，我的上衣口袋里竟塞着鼓鼓的一包东西，打开一看是一沓很旧的人民币，上面特意放着几片未干透的丁香花瓣。

我急忙打电话向老板请了假，一路飞奔着跑下楼。

火车驶入夜色，我在困顿中却没有一点睡意。没想到回家的这条路，在若干年后会变得如此漫长而又陌生。

走下火车，迈入温暖的黎明。我知道，春天深了，花正凋落。风一过，整个世界都在唱歌。

乡愁是一枚久飘不落的叶

故乡的老屋前，有三棵形状不一的古树。它们有点像槐，但从未开花；有点像榆，却又像盘虬卧龙。就在这相距不远的三棵古树上，珍藏着童年的我最奢华的一个期盼。

幼年时，父亲外出打工，回家的时候并不多，但每次回来都是一个值得期盼的节日。母亲会很神秘地告诉我，今天你要听话啊！听话了，就会有糖吃。母亲的话，直接告诉我，我可以在老屋前的古树上等待那个归来的身影。

父亲每次回来，都会给我带大大小小、花样繁多的糖果。它们晶莹剔透，躺在手心里，甜到心窝里。父亲抱我的机会很少，一是我们见面的时间就少，二是我害怕他那浓密的胡碴扎疼脸颊。

父亲回来的那天，外婆也会过来。记忆中，那天全家人都在忙，父亲打水，烧锅，压粉条；母亲捡菜，淘米，拌饺馅；外婆在烧得火烫的炕头上守着做作业的我。那时候，我不懂，为啥父亲一回来，母亲就要做一顿几天都吃不了的饭菜。

父亲回来的那晚，也是全家人无眠的一夜，好像沉默寡言的父亲总有无数的话要在那一夜说完。小时候，我不懂父亲的摸爬滚打，也不懂生活的举步维艰，但我总知道，母亲会在那一夜哭红眼眶。

母亲是个坚强的人，父亲外出后，她总能一手把家操持得井井有条；唯一稍显脆弱的时候，就是父亲每次要离家出行的时候。那一天，我们全家人都会在古树下目送父亲，他总是把我使劲抱起，然后又轻轻放下，那几秒钟，我能听到耳边呼呼刮过的风。

父亲走出去很远，还是会一步三回头，而母亲总会面带微笑，笑着笑着就流下了眼泪。那时候，我不懂一个送别的场面，为啥非要搞得凄凄惨惨，难不成再不见面了吗？

父亲走后，母亲会把当天的日历折一个小角。之后双手抱起我，认真地看着我说："你要好好学习，爸爸下次回来，你要拿出一百分给他看！"我拼命地摇头，然后又懵懂地点点头。

父亲外出的时光，我安然长大，母亲渐渐衰老。多年后，我外出读书，每次走时，古树下只留下母亲一个人的身影，我一步三回头，每次回头时，都见到母亲始终在微笑。若干年后，我开始外出工作，而父亲也终于可以回到故乡。每次我回家要走时，他们俩会一起到古树下送别。视野里，父亲佝偻了，母亲驼背了，他们再也不像以前一样可以有力地把我抱起，然后让我听到耳边呼呼刮过的风声。我仍旧一步三回头，他们依偎着笑，皱纹里刻入岁月的风声。

多年后，我在一个不属于自己的城市安家落户，并在奔忙的生活里喜忧参半。多年后，再回家时，总能听到飞速刮过耳畔的风卷起一个时代的恋恋不舍。牵绊，像一片久飘不落的叶，在风中打旋。我终于明白了当年父亲离开时，为何母亲会微笑着流泪，也终于理解了为何父亲一回到家，母亲就要做一桌几天都吃不完的饭菜。

一眼万年，一步天边。此生的亲情，像刻在生命里的一种契约，总是在等待一个人的回归。生命里刻骨铭心的爱，都会在隐忍中默默牵绊，在牵绊中温暖明媚。

那些牵绊我们的故事，必将会像飘于风中的薄叶，终会等到一场永久而圆满的落叶归根。

苏醒的面人

隔着面点城的明亮橱窗，我看到形式各样的中西式面点，花花绿绿的，像进了儿童玩具城。里边的一个面制的公鸡，让我想起了外婆。

捏面是藏于民间的一种独特的手工艺术，与艺人的心灵手巧息息相关。地地道道的面团，经一双巧手三下五除二地揉弄，眨眼工夫就变出了一个栩栩如生的活物。

当年外婆也是跻身此行的高手。我特别喜欢外婆蒸出的面人，捏成形的面团经过蒸笼片刻后就变得白白胖胖。小的时候，外婆常说，那些走了型的面人就像我一样调皮，不受水蒸气的熏陶，最后变成了坏孩子。每当这时候，我总要安静地坐在外婆的炕沿上，安静地看外婆捏面人，一边以手托腮一边问外婆，外婆，外婆，现在我很听话吧？这时，外婆总会露出慈祥的微笑说，现在你很乖，所以外婆要给你捏一只公鸡，让它每天都给你唱歌。

有段时间，我一直拿着外婆捏的面饽饽四处“招摇撞骗”。邻家的伙伴听说我有一只会唱歌的面公鸡，就舍弃了其他的玩伴一直陪我玩到深夜。幼时的心事那么固执却又那么简单，我和其他的玩伴宁可相信外婆捏的面人真的会唱歌，也不愿相信友谊是靠投合的性情与共同的爱好搭建起来的。

有年清明，外婆捏了许多小动物送我。我不知道当地为什么会有这样的习俗，但是那些上了颜色的玩物，确实让我为之庆幸了很久。很多小伙伴都羡慕我有那么多新奇的小动物，它们冷却干硬以后被用鱼线串在一起戴在脖子上，像戴了一条闪闪发光的项链。

当年，表舅妈一家和外公闹了很大情绪，我打心眼里讨厌他们。表舅的儿子来时，看到我脖子上戴着一串可爱的小动物，就哭闹着跟表舅要。外婆的慈悲心肠一作怪，我就只好含泪看着自己心爱的面人成了别人的囊中之物。因为那件事，我沉默了很久，外婆后来再为我捏面人时，我便生气地将它们摔在地上。直到后来，我再也没有要求外婆给我捏过一个面人。

多年以后，我时常回想起外婆给我捏面人时为我讲的十二生肖故事。子鼠丑牛寅虎卯兔辰龙巳蛇午马未羊申猴酉鸡戌狗亥猪，它们各自都有自己的本事。虽然排名稍分先后，却各得其所，在其对应的职位上各自发挥着重要的作用，守护着人民生活的祥和，保卫着祖国的繁荣昌盛。外婆说，其实人和动物一样，只要不去计较，学会宽容，就能和睦相处了。我问外婆，那为什么会有鸡犬不宁一词呢？外婆就笑呵呵地说，鸡和狗其实是很好的朋友，只是它们一见面就激动地大声嚷嚷，因此才给人们留下了不安宁的感觉。

离开故乡在外生活很久之后，我开始渐渐长大，也慢慢明白了外婆的用意。在她的世界里，没有一个值得生气的人，无论鸡与狗，还是人与人，只要心存余热，雪化后便是春天。可惜的是，外婆离世后，留给我的唯一的一只面公鸡，也在搬家的时候遗失了。旧时光里，我一直怀揣期待，等它真正开口唱歌的一天。尽管时过境迁，我发现外婆用一个并没多少技术含量的谎言欺骗了我的童年，但正是因为这样一个温暖的谎言，才让我在所有童年的玩伴里，幸福得简直有些荒唐。

橱窗里的面公鸡在这灯火闪烁的夜里苏醒了，它带着外婆的微笑，轻轻地唱着歌，一如当年外婆告诉我鸡犬不宁的含义。长大后我才发觉，鸡和狗真的可以是很好很好的朋友，因为它们曾有过和我一样会捏面人的外婆。

我想，我会珍藏这一份错觉直到永远，因为外婆留给我的，不再是一个遗失的面人，而是永恒的春天。

三十七度琥珀色

我一向对服务行业知之甚少，因此在好望角会馆应聘服务员，对我来说是一种意义重大的体验。

他的出现，让我感受到了一棵小草托出一片花儿的春天。

在会管的服务项目里，我了解到有一项特别的活叫作盲人按摩。这世间的人大抵如此，越是感觉新奇的事，越要一探究竟，而我也是其中一个。盲人按摩，该是怎样的一种体验？早已在我想象之河里激起了层层涟漪。

在客房部的工作便利十分有利于满足我的好奇心。我便尽可能多地利用空闲的时间去接触按摩技师。果然，没超过两天，我和他已经搭讪过多次。

他三十岁出头，单薄的身子看不出骨子里藏匿了多少雄厚的力道，面部轮廓清晰而鲜明，只有一只眼睛能看出生命闪动的光泽。而那只眼睛是琥珀色的，灵动里透露着温馨。

当我知道他可以模糊地看到近旁的事物时，顿时对他兴趣锐减。之后几天，他在空闲的时候也主动来找我，让我他给手机添加一些联系人。那些人大多是回头客，一厚沓的名片赫然昭示着他业绩不菲。

我随口问道："你的技艺不错吧？"他只憨憨地笑着，一深一浅的酒窝里盛满了阳光。

会馆里的管理人员甚至是很多服务员都对他不屑一顾。同在一个公司里干活，我想他们对他的冷淡大概只是因为他不善交际吧。在他二十四小时都纠结在脸上的笑容里，我看不出丝毫恶意。

我问他，你为什么愿意让我帮忙呢？他又憨笑一阵，手足无措地思虑半晌才挤出几个字：你是好人。

他这样的说法很令我震慑。人活一世，善恶难辨，连我都难断定自己是否可以和"好"字挂钩，他只短短地和我接触几天，怎么能妄下定论呢？

我说，你别轻易地相信世人，每个人都有自己隐藏的一面，在他们光鲜的外表下都可能遮掩着自私和邪恶。

他认真地看着我，当我的眼神触及他那灼热的琥珀色时，突然极不舒服，自己为什么要给他灌输太多的人事利弊呢？他的世界里存在信任，这也许是最美的风景。

给他存好联系人后，他高兴地向我道谢。看着他满怀激动地拨弄着语音导航，我也不明就里地笑了。

中午用餐的时候，我和他坐在了一块。在偌大的员工餐厅里，我看到众人的目光都聚集在我身上。我不理解，他们疑惑的眼神是对我感到新奇，还是对身边这两个盲人技师感到惊羡？只是，当焦灼感蔓延全身的时候，我才感知自己的做法欠妥。

原来，在方桌旁，除了我和满面春光的技师，还有一个头发花白的老妇人。她无精打采地倚靠在椅背上，嘴角不停地流着口水。我多次企图看清她的样子，但都被电光一般的眼神挡了回来。

下班后，小于无意中地和我提起中午的事。她说，你怎么能和自闭痴呆的老人坐在一起用餐呢？你不怕她咬你耳朵啊！我顿时一怔，倒不是因为小于的戏谑，而是想起刘海（按摩技师）的遭遇。原来那么多人不愿意关注他，却是因为他有一个患怪病的母亲。

当时，我也自然而然地把那个老妇人当作是按摩技师，因为她的眼里没有光泽，像蒙上了一层木炭燃尽后的死灰，但我却没想到，她的问题并不是出在眼睛上。

下午，我坐在吧台里看书，忽然听到刘海房间里传出摔打东西的声音，接着是刘海沙哑不清的责骂声。片刻安静后，刘海从房间里出来，左边的脸颊有明显被抓伤的血痕。

他看到我有几分惊讶，就抓耳挠腮地说："这个没事，是我自己弄的。"

我暗自发怵，这个世界还有心甘情愿弄伤自己的人？我悻悻地对他说，你不应该责骂你母亲，她的病已经如此，你更多要做的应该是体谅和承受。

他的脸在那一刹那憋得通红，想说什么却欲言又止。我看得出他是个敢于认错的人，只不过缺少更多的知识文化熏陶。我说，有时间的话我教你认识一些字吧，这对你来说或许能派得上用场。他不假思索地点点头，然后又是一阵残缺不全的傻笑。

会馆发放福利的时候，我在库房的门口看到他，可能是因为一箱橘子的原因，他和管理人员大吵起来。看到我进来，他立刻显出几分高兴，急忙跑了过来，让我帮他说说。

问明原因后，我才知道，按规定是每人只发一箱橘子，但是刘海死磨硬泡非要多拿一箱，管理员不许，他就和人家吵了起来。我心平气和地对他说，这个就是你的不对了！总不能把看似公平的事，让你给打破规则吧！他强词夺理了几句就不再争吵了，我看得出他神色里的不甘。

经过这几件事后，我悟出了他性子里的急躁和贪婪。人总是有缺陷的，尽管他的笑容澄澈透明。好在，他这个人勇于认错，这是活在当下，很少有人能放弃利益而平心静气做到的。

假期将尽的时候，我到经理的办公室申请离职。经理面带微笑地问我，在这里学到些什么。我不知如何作答，尴尬地说了句，我遇到一些有趣的人和事。经理继续问道，平日里，看到你和刘海走得挺近的，感觉他这个人怎么样呢？

我随口应答，他这个人还不错，挺乐观的，技艺也精湛。

经理会意地点点头，然后给我讲了一个故事：

那年公司委派他到乡下收购一些新鲜蔬菜，在一个叫威远乡的镇上他遇到了刘海。当时，这个年轻人视力不好，因为撞到了一个小女孩而被其父亲厉声责骂。

他当时同情这个年轻人的遭遇，年轻人手里提着的橘子被小女孩的父亲踢落一地。自己过去帮忙捡时，了解到橘子是年轻人专门为他母亲买的，他说他的母亲特别喜欢吃橘子。

后来，经理又打听到刘海的父亲早逝，母亲因悲伤过度而患下精神病症，他也因为年幼时的一场意外而失去一只眼睛。好在他有一手按摩的绝活，就被经理推介到了如今的好望角会馆工作。

我关上经理办公室的门，突然感到一阵难过，上天带给他那么多磨难，到头来他还要在别人的误解和不屑中面带微笑。那些以笑容掩盖着的艰难，却从来都无人问津。

回到吧台，刘海房里又传来砸东西的声音。我推开门进去时，他正紧紧地抱着自己的母亲。片刻，他的母亲安静下来了，他把剥好的橘子轻轻地喂到母亲的嘴里。我的眼睛再次触及他眼眶里的琥珀色，他平静地笑了。

在那三十七度体温传递的幸福里，温暖倾泻了一地。

大海记着一朵浪花的忧伤

唐姨有四个孩子。

十三年前，她孤身领着两男一女看似同龄的孩子来到镇上落脚居住。安身下来以后，开始卖力地干起做豆腐的活儿。

这道手艺是从她爹手里学到的。唐姨总是热情地和大伙说自己有个心灵手巧的爹，可是前不久去世了。街坊邻居咋咋舌，接着便同情或者恭维几句：到底是她爹的女儿啊，你看人家那手多巧，做出来的豆腐也香。时间一长，这样的话听起来便像鲁镇的人在捉弄祥林嫂一般了，而且在大街小巷被传为话柄：唐嫂的爹啊，那豆腐做得水灵，就像唐嫂的心一样啊！

说唐姨的心水灵，其实刚开始并没有带多大的嘲讽意味。从童年记事时起，唐姨的豆腐香就一直伴随着我，一直到离开家乡的日子，许多回忆都充满了豆腐香。唐姨最小的儿子年龄和我相仿，叫小宝。那时候，他老是从家里偷出豆腐来吃，却惹得我们几个大花脸孩子坐在墙角疯抢，抢得过火了，不欢而散，我们就也会以此为借口，疏远他。

儿子一哭，母亲就急。唐姨把大碗大碗的豆浆端在我们面前，作为陪小宝玩的条件和我们做交易。我们几个滑头得了便宜卖乖，于是唐姨做的豆腐脑、豆浆、豆腐干都统统成了维系我们友谊的牺牲品。偶尔这种不脸红的资源断竭了，小宝的眼泪就扑腾腾地掉在泥土里，伴随着我们远去的笑声变得冰冷。

然而当时，我们谁也不懂得这是建立在良心基础上的一种责任。

唐姨的大儿子，我只见过一面。确切地说，在镇上他的影子全加起来也没出现过几次，唯一给我留下的深刻印象便是他瘦得像是一只瘦骨嶙峋的猴子。唐姨时常会提起他，说他一出去就忘了回来，和他爹一样，走了大半辈子也不懂得回家看看，家里多好啊！

一块儿做针线活的大人们便不解地问：“孩子他爹大半辈子不在，三个孩子都是你一手带大的吗？”

每当这时，她都很激动，并极力纠正是四个孩子。

别人问起她另一个孩子时，她的目光就会变得灰暗。看到她要落泪，别人就岔开话题，不再问询。

唐姨做的豆腐只卖一半，从来不把另一半卖出去。人们纳闷，这么好的生意，为什么要关起门来不做呢？唐姨只是笑，从来不作任何解释。

后来，镇子里的乞丐越来越多，大有丐帮兴起之势。左邻右舍此时才知道，原来唐姨的另一半豆腐都施舍了乞丐和孩子们。

镇子里的治安渐渐有些混乱，县委书记视察时认为，镇子需要下大功夫治理，所以给镇子拨下很多款来。

但镇子里的人却开始埋怨起唐姨来，说她不干好事，招得满街都是乞丐，只有老汉、老太太们站出来替她说话。但是，这种伸张正义的声音很微弱，唐姨的耳膜逐渐有些招架不住了，就把心一横，决定关门不再做豆腐。

这样的结果只维持了两天，唐姨没了豆腐生意，镇子里的叫花子们就把目标迅速转移到其他人家里。其他人受不了了，只好上门向唐姨委婉地赔些不是，让唐姨重返江湖。

唐姨不会记仇，她看着我们一群围在门槛等豆浆的孩子，就忍不住磨开了豆子。我们一乐，她就跟着笑，一间豆腐坊顷刻之间便像迎来了一个春天。

但是后来又出事了。

一天夜里，镇子里的手电、火把交织一片，半夜三更鸡鸣狗吠。据说是一个外地人因偷窃被乡亲们发现，在群众们的穷追猛打下受了伤，后来又不知怎么被他侥幸逃脱了。

听见吵闹的声音，唐姨恍惚中开了门，没想到竟有一个陌生人突然夺门而入，可怜巴巴地央求唐姨救救自己，说自己是一时脑子发热犯了错，以后一定痛改前非！唐姨也是个心软的人，不知怎么就被眼前的陌生人说动了，便关了门让他躲在自己的家里。

但是，这个场面被一个村民瞧在眼里，他不顾情理地带着一大帮人进唐姨家捉住了窃贼，并经人们以讹传讹，就说成了这个贼是唐姨外出作案，被通缉多年的丈夫。唐姨含泪要求人们手下留情，最后她在口口声声的哀求下，人们才动了恻隐之心放了那人一马。因为这件事，唐姨特意给每家每户都送了很多豆腐。这么一来，那个窃贼难道真是唐姨的丈夫？总之是越发让人们猜疑了。

这件事发生以后，唐姨就真的没有再做豆腐，她从此自闭在家中，连门也很少出，还不停地在织些毛衣毛裤之类的东西，说要为远方的丈夫和孩子送去温暖。

我上高中那年，唐姨被她的女儿带出了小镇，后来居住在大城市里，而且此后我再也没有见到过她。记得临走时，唐姨特意上门来和母亲告别，并叮嘱我好好学习，还说我和小宝一样都是阿姨亲爱的孩子，阿姨会永远记着你的，还有你的母亲，她是个好人呀。

后来，知道唐姨得了食道癌，母亲大把大把地落泪，而我无意中得知，唐姨在去世前去看过一次大海。这是她一直挂在嘴边的一个愿望。她曾描述说蓝天下飞翔着白色的海鸥，蔚蓝的海面荡来咸咸的海风，一朵朵白色的浪花冲刷着礁石，发出悦耳的轰鸣声，像是绽开了的豆腐花……

母亲说，唐姨有四个孩子，但她终身未嫁，四个孩子其实都是捡来收养并一手拉扯大的。不幸的是，她的大儿子在一次出海时遇难了——她一直想念着她的儿子，并希望有一天，可以和自己的亲人走在同一朵浪花里……

如果天涯不下雨

玻璃杯又碎了，我惊慌失措地从破碎一地的透明里寻找你生气的样子。这一瞬间，恍如隔世！

你曾说，如果某一年某一天的某一个瞬间，我可以猜到你彼时的心情，你就告诉我一个我最想知道的秘密。然后让我保证，这个秘密只有天知，地知，你知，我知！

可我猜到的时候，你呢，你在哪里？

天涯和原地隔着万里晴空，而我的思念里，却下着恼人的毛毛雨。

一、有种秘密叫作日记

我不得不承认，武倩慧，你是我这辈子见过的最漂亮的女孩。如果我是男生的话，一定也像他们那样，即使天气再怎么炎热，也要潜伏在女生宿舍楼下等着与你制造一次偶遇。

在A大的门前看到你的第一眼，我就知道，你是上天派来惩罚我，让我不再神气的妖孽，同样，你也会是让许多路过的男生莫名其妙患上颈椎病的罪魁祸首。

天衣无缝的美艳啊，近乎沉沦！

在这沦陷与巨变的骗局里，我竟然险些失足。武倩慧，你知道吗？时至今日，我都只愿意相信你是造物主对我们这些善良的人撒下的一个谎言，你美得荒诞，美得残忍！而更令人窒息的是，我要在同年同月同日里，被分在和你同一个班、同一个宿舍里。

你记得我们同时站在宿舍楼下等待编排的那一刻吗？你就在我的前面站着。我忽然发觉，你的存在招惹了每一处空间里的光芒，而那些流动的元素和眼神，都是对你深深的赞美和诚服。

我悸动了，我忽然害怕自己青春的遮阳伞再也承受不了自卑的锋芒，害怕时间在我的头顶突然塌方，深埋掉我之前所有的自信与阳光。

可你的笑告诉我，我仍旧可以静美，仍旧可以旖旎，因为在下一秒的问候里，我们将成为再也分不开的朋友、闺蜜。

开学的第二天，我们就形影不离了。那时我还并不了解你，你聪明，善良，大方，美丽，又成绩优异。我一直不明白，为什么老天会赋予你这么多优点？而那时，我黏在你的身边，仅仅是因为虚荣啊！

他们会说，楚筱筱身边竟有那么漂亮的一个朋友啊！对啊，听说她还是×市的十佳美女之一呢，她因为学习成绩优异还多次被授予××的荣誉称号呢！

你知道吗？虽然我脸上的表情和你一样沉稳，心里却早已由羡慕转为嫉妒恨了。

你呢，你对这些丝毫不在意，你只会诚恳地说，筱筱，我们一起去吃饭吧，吃完饭我们一起去自习好不好呀！

在去自习室的路上，我们会经过一片池塘，那里有人工培植的水草和藻荇，还有五光十色的小鱼。你总会找一块空地把我拉过去，然后细数游过我们眼底的萌物。那时，我会偷偷注意你被微风撩起的裙摆、你白皙光亮的皮肤、你的弯弯睫毛……

有一次，我们在赏鱼的时候突然就下起了毛毛雨。我咬牙切齿地咒骂败俗的天气，因为我的一脸烟熏妆惨不忍睹。你看着我焦躁的样子，也开口数落起了天气的不是。那一次，我以为你和我一样讨厌雨天，讨厌这猝不及防的阴冷。

回到宿舍以后，你急忙把你名贵的外套披在我的身上，让我注意身体，小心感冒！而我却知道，你同样也只穿了件裙子，也被雨淋得全身湿透了。那一刻我真的十分感动，不为你的体贴，只为你眼里的一份不安与真诚。

我想再也没有什么能打败我们的友谊了吧，你甚至让我感到这仲夏的薰衣草香不再热烈了，和我们本来招摇的青春如出一辙。或许，不管时光多么摇曳不定，你都已经笃定在我心海里了，无可代替。

在深夜的台灯下，你提笔凝神，像安睡在时光里的小星辰一样。我侧过身子看着你，你急忙微笑着掩住本子。那一刻，我故作惊讶。而你却会心地告诉我：我在日记里，记录着我们每一天的心情，这是秘密哦，不准偷看！除非某一年某一天的某一个瞬间，你可以猜到我那时的心情，我就会告诉你，我写下的故事，当然这个故事只能天知，地知，你知，我知！

我说，武倩慧呀，你真的变成镂刻在我宇宙里的一颗星辰了！无论多么远，多么久，都让我感到温暖、明亮。

二、有种友谊叫作疏离

我原本以为，有了武倩慧这样的闺蜜，我便有了这个世界上最完美的相遇，可是灾难还是降临在了大自然的规律上。

这个规律和滥俗的偶像剧一样，就是一个完璧无瑕的美女身边，一定会有一个不折不扣的帅哥陪伴，这样的搭配被称为天造地设。

那是开学的第二个月，暑气和刚开始相比并没有折旧多少。令人咋舌的热浪仿佛想榨干所有太阳伞下的娇艳。把伞控制得极低极低的我，冷不丁地和他撞了个满怀。

惊艳。

他是那样帅气的一个男生，面庞干净，五官清晰，紫外线在他面前似乎完全没有存在的价值。他开口了，声音像蜂蜜一样甘醇，你没事吧！

我忽然像被一堆从天而降的花瓣包裹了一样，樱花烂漫，玫瑰舒张，百合热烈，水仙清心。

当我真正被砸醒的那一刻，才知道掉在我世界里的原来只是烟花，短暂的浪漫，长久的灼伤。

我说过没事之后，他紧接着将手伸向了你：你好！我是安贝辰，很高兴认识你们。

你们？

他说你们的时候，眼睛却始终游离在你倾城的容貌上，我只是被冠上人影的空气。

后来。后来真是可怕的东西，你们就真的在一起了。他的执着让你感动，也让我们全宿舍的女生感动，但是我们更多的是源源不绝的羡慕。在追求你的一个月里，他每天早早起来，跑到十多里的“小城人家”买回你爱喝的皮蛋粥，他会在晚自习开始前半个小时就站在自习楼门前为你占座位，他会在全校人的围观下为你弹唱写给你的歌曲，他会为你……

而你说，我答应你，我们可以在一起，但是我们一起学习玩耍的时候，身边必须有筱筱的陪伴，我离不开她。

你离不开我！是的，我也一样不能没有你，我们曾发誓，要做一生一世的好姐妹。

刚开始，我们三人一起去看电影，一起去路边的小吃店喝豆浆，一起在水上公园的鸭嘴船里泼水打闹。他会在关心你的喜怒冷暖的时候顺便问问我，仅仅是顺带啊，我就满足了，我就激动了。

久之，有人就会在背后说，楚筱筱娇小玲珑，武倩慧和安贝辰高挑成熟，他们三个人穿上亲子装的话，一点也不违和呀！

我也慢慢发现，我的性格开朗调皮，而且还好动，在你们身边的时候，我真像个小孩子一样幼稚。幼稚啊幼稚，幼稚是不被青春饶恕的缺憾啊！

你完全不在乎别人怎么说，你还是会语笑嫣然，会指着我的鼻头说防晒霜又没涂匀啦。你的笑是那么纯粹，和雪落在红梅上一样让人陶醉。我不是肤浅的人，却时常会柔弱在你含着体温的微笑里。

距离第一学期的期末考试那么近啦，自习室的阳台上飘下了第一片绿里透黄的落叶。第一次，我在紧张复习的时候身边没有你，慌乱，失神，无助，烦闷。

之后我得知，那天你爸来市里出差了，因为情况紧急你没来得及和我说就一个人跑去找你爸了。一个人吗？不是，我很佩服安贝辰会时时刻刻都清楚你的去向，在你去找你爸的时候他也尾随去了。他怕你一个人危险，怕你在这座不熟悉的城市里迷失方向；我也同样害怕呀，但是那一刻，你身边有他，没有我。

当他冷静地出现在你和你爸面前，你惊呆了。他没有说明是怎么找到你的，他只是站在你爸面前礼貌有加地说：叔叔，您好！我是慧儿的男朋友！

你可能和你爸一样，都不敢相信吧？但他做到了！他的勇气让他在你爸面前光芒耀眼。你爸没有责怪你的隐瞒，更没有怪罪他的莽撞，只是很友好地说，很率真的小伙子呀，不错，以后两个人要好好地在一起啊，相互照顾，彼此关心。

我没有看到你当时羞红的脸，我却想象出了安贝辰得意的神情。是的，还有什么事能比得到父母的认可更值得骄傲和自豪的呢？

那天又下雨了。

我站在流水汇聚成溪的大门道前面，焦急地等着你的出现。淅淅沥沥的雨帘里，我看到这个城市突兀的身影、灰暗的光线、混沌的画面，还有斑驳在时空墙体上荒芜的孤单。

你出现了，和那个白衣胜雪的少年，你们的头顶上是同一把绣满爱之光环的雨伞，你们的世界温暖如晴。而我顷刻被落寞追尾，瞬间感觉，我的伞是聚水的尤物，在你们欢天喜地的干爽面前，我却被大水冲刷得面目全非。

我不知道自己躲藏了多久，我只知道，那一刻我的世界里没有光了。

回到宿舍，你向全宿舍的人打探我的去向，而她们都摇头。是呀，那一刻，我自己都不清楚自己身在何方了，我忘记了时间，忘记了誓言，忘记了一切光怪陆离的存在。我只看到脚下流淌着的水花，那是莫名的悲伤，逆流成河。

晚上回去以后，你满脸焦急：筱筱，你去哪里了？怎么电话也关机？你吓死我了！真是的，以后再不准这样！

那是你第一次抱怨吧，也是第一次没有真正理解，我笑容背后的僵硬。

我渐渐地开始逃避一些事了，你们在一起用餐的时候，我会借口事先吃过了；你们在一起复习的时候，我会说今天学得有点多，我累了先回去休息了。

那样小心翼翼的你呀，就没有发现，我们忽然丢掉从前了吗？

三、有种思念叫作惋惜

我从未想过，有一天我们的友谊会脆生生地败给时间。

在你生日宴会那一天，全系一半以上的人出席了，因为你的名声，因为你在学校的地位和声誉，更因为你出生的日子。

是的，你出生在情人节，这注定是一个浪漫的日子啊！

十八岁，我忘记了自己成人礼的盛况，却始终记得你的光耀。那是王的盛宴，而你就是万众敬仰的女王。

宴间，他坐在你的旁边，穿黑色西服、白衬衫，打领结；你洁白的裙子，仙女一样的发髻。我坐在对面，仿佛感觉自己出席的不是一个生日 Party，而是一场天仙配的婚礼。

你享尽了荣耀吧，在你起身以茶代酒的同时，我却一个人独吞了一瓶长城干红。两个小时过后，我趴在酒桌上不省人事。你不去招呼那么多的客人，却抱着我一个人流泪。我让你哭了，无缘无故，莫名其妙；你竟然落泪了，为我，为一个从来滴酒不沾却在宴席上称自己酒量包天的我，流泪了。

生日宴还没有结束，司仪还在台上不停地唱着众人给你点的歌。而你，却不在场了，你在众人寻觅的眼神中不辞而别，为的只是护送我回学校，给我擦拭完身子以后，把我小心翼翼地扶到床上。

我说，慧，谢谢你，有你真好！

你的眼睛当时就红了，你抱着我的手说，睡吧，醒来以后就不难受了！我闭上眼睛，深深地沉睡过去。

我不知道什么时候醒来的，当我睁开眼睛时，眼前全是你温柔的影子。你把温度刚好的白开水送到我的面前，我却因为一掀被子把你手中的杯子打翻在地了。

水洒了。玻璃杯碎了。如果我没有记错的话，那是他从普罗旺斯回来带给你的纪念品，你一直珍藏着、宝贝着。

我挣扎着起来向你道歉，你却扑哧一下笑道，傻瓜，不就是一个杯子吗？碎了就碎了！

故事的发展方向永远没有那么循规蹈矩。

你和安贝辰提出分手的那天，我们宿舍的人全都在场吧？偌大的舞蹈室里，大家都把下巴拉到了快要贴近地板的程度了。是的，没有人会相信呀，这突如其来的变故！尽管大家不知道原因，但是结果却是被所有人洞悉了的，因为你说出来的话，绝对不会收回。然后，你们就真的分手了，没有解释，没有挽留，只有你的满脸平静和他的满目疮痍，接着只剩下这个世界窒息一般的平静。

以后，我的身边就只有你了，不，应该说我们又回到形影不离了。

可是，你有没有发现，我们忽然不约而同地走在回不到原点的时光里，保持了一份缄默与矜持。

大二平静地过去，大三像是夕阳笼罩在一片避世的湖水上一般静谧而又祥和，大四恰似白驹过隙。

我们都在即将毕业的一年里奋力向上。考研的意志像洪水猛兽一样攻击着我们为数不多的光阴。最后一年里，你迅速消瘦了下去，站在我的身边，我仿佛感觉时光剥夺了你很多应有的光芒。你一直微笑着，用最纯洁的东西抗拒着光阴撒下来的风暴，你说，筱筱，我们一定会成功的！

最后一年里，我恋爱过两次，然后都迅速分手了。考研的压力已经让我没有时间和精力在爱情的天空下栉风沐雨了，我要考B大，和你一起，一起去完成我们的留洋梦。

但是，约定终究失真了，你离开的时候和出现的时候一样决绝。在毕业典礼分道扬镳的那一刻，我们甚至没有机会拍下最后一张合影。那天，你爸焦急地把车停在门口，然后载着你绝尘而去。最后你只说了句，筱筱，我要出国待些日子，以后常联系，有机会我们还会见面的！

你带走了所有，却丢下了我！丢下了那本被我偷偷地压在床垫下，写满我们成长秘密的日记。

四、如果天涯不下雨

“开学的第一天，我遇见了筱筱。她真是一个可爱的女孩子，我感觉，以后我们一定会是很好很好的姐妹。”

“今天下雨了，这是我来到这个城市经历的第一场雨，没有浮躁，没有压抑。我感觉整个人像池塘里的鱼一样，洒脱快乐。可是，筱筱说她很讨厌毛毛雨，那么以后，我也尽量避开雨的慰藉吧，我不想让这雨滋润了我的世界，却打湿了我们的友谊。”

……

“我不知道筱筱怎么会喝那么多酒？都怪我，没有好好看着她。也难怪，她或许是太为我高兴了吧！看到她酒醉清醒的那一刻，我真的好激动。我害怕酒精会持续奔乱在她的血液里，会让她难受得无法承受！贝辰送我的杯子打碎了，我不知道当时自己是一种怎么样的心情，但是筱筱没事就真的太好了。”

“当我无意地看到筱筱的日记时，那一刻我真的好乱好乱！原来她一直很喜欢安贝辰，从她见到他的第一面起。这怎么可能？她从未向我提起过呀！在一起这么长时间，我已经深深地爱上贝辰了！可是筱筱，我们也许诺要做一辈子的好朋友啊。她？还是他？……”

我一个人坐在卧室的写字台旁，静静地看着你写下的秘密。你知道吗？慧，那一刻我又生病了，孤独、寒冷、迷茫、绝望！你不是答应过我要在我身边照顾我的吗？你怎么就这样食言了？

你漂洋过海，停了手机号，停了QQ，停了MSN，甚至停了与大洋彼岸一切的瓜葛与纷扰。你说过的天涯，就真的变成天涯了？

九月，我站在C城的B大，夕阳拉长了孤单的影子，我真的如愿以偿了。梧桐叶像断了魂一样簌簌下落，顺着脸颊淌下的秋雨，突然让我失去了方向。我回头，转身，四下张望，你呢，你在哪里？你快看，下雨了！这是你喜欢的毛毛雨，也是我该用余生珍惜和热恋的回忆。

此刻，你在天涯。但我好害怕好害怕，我害怕如果天涯不下雨，你就这样惨淡地将我忘记了，你就这样把我一个人孤零零地丢弃在我们允诺过的C城里！

思念，遥遥无期，而这里终于变成了一座伤城。

我手中的玻璃杯滑落，碎成了一地透明的约定。这不再是一杯子，而是一辈子。

忘忧桂花雨

一

坐上夜车，手表的指针已经淌过12点，我勉强地把皮箱塞进座位底下，然后刻意地往窗户边靠了靠，没过五分钟就感觉打架的眼皮轻轻地合上了。

清晨五点钟，我惬意地翻了个身，但隐隐感觉自己的手指碰触上了什么柔软的东西。我猛然一惊，从昏睡中醒过神来。

她正用惊讶的眼神瞧着我，一双清晰的眸子里混合着无法形容的感情。原来，我的一只手不偏不正地停留在她捧着一个木制小锦盒的怀里。我急忙向她道歉，生怕她将我的无意识举动视为故意。

她很自然地一笑："没事儿的，你工作很忙吧？"我将难以置信的目光投向她，她嫣然一笑，流露出满脸的清纯："你打了一个晚上的呼噜，连身边坐着一个女孩都不管不顾，这样的男士好像找不出什么绅士风度吧？"

我的脸立刻刷上红晕："对，对不起，我真的很忙！实属抱歉，打搅之处还请多多谅解才是！"

她娇嫩的脸庞泛出栀子花一样的云霞："逗你玩儿呢，呵呵，不必放在心上的啦！"

这时我才发现，她有一张纯熟可亲的脸蛋，上面嵌着一双泛着星光的清瞳，那怡人的唇红齿白暴露着她的年龄，大约十八九岁。我很自然地与她攀谈起来，的确是个清秀伶俐的姑娘，她的每一句话里都透露着玫瑰花一般的温馨。

从与她的坦诚交谈中我了解到，她还在上大学，今年大二，利用这一段时间请假去广西办一件事。路上就一个人，不过还好，一路过来没有感到那么孤寂，途中的景色也没有想象中的单调。听着听着我笑了。她有些紧张："我哪里说错了吗？"我急忙摆手示意："你是个可爱的姑娘！但是和一个陌生人说了这么多，你就不怕我是坏人吗？"

她把头低到我看不到眼睛的角度，似乎在沉思："不，你不是坏人，世界上曾有一个人告诉我说，坏人从来不会对着你亲切自然地笑，甚至听你诉说了这么多平淡的故事还会听得津津有味。"

的确，这一番话开始让我产生了了解她的欲望，直觉告诉我她确实有着一般女孩不能比的睿智与深邃。

我急忙将与她同路的情况告诉了她，她显得很惊喜："太好了！你对那里熟悉吗？看来我今天真走运！"我着实猜不透她为什么会把对一个陌生人的信任和指望归结为走运，但是内心还是很情愿地与这么阳光的一个女孩结为相识的伙伴。我故意点点头，深怕会打击了她那双翡翠般的眼睛。

她小心翼翼地将怀里的木锦盒放在自己的腿中央，然后试图俯下身子从脚下摸索点什么东西。我立即反应过来，问她是否需要帮忙。她朝我一笑，在我还没来得及弄明白她笑容里的含义时，她就从座位下找出一块报纸包着的东西。她看了我一眼，然后用纤细修长的拇指和食指，轻轻地解开挽着蝴蝶形状的绳结。

我眼前一亮："桂花糕?"她点点头，从中间取出一块儿递到我面前。我急忙恭恭敬敬地接在手里，我知道以她的性格应该是不喜欢别人扭扭捏捏的。

"好吃吗?"她的眼神里充满了欢愉。我微笑着点点头，想想距离上次品尝到广西的桂花糕已经有三年之久了，但是那细腻滑爽的感觉至今仍让人回味不已。我轻声地问她，是否是从广西买来的，谁知她却黯然地低下了头："不，不是的，这桂花产自广西，但是糕点却出自另一个地方，那是一个没有人听得懂，没有人看得见的地方。"

我忽然感到她话里的茫然无措，尽管自己对她的这句话很是不解，但是也没有追问，我想她应该和桂花糕有一段故事吧！看到她如花的年龄和似月的美貌，我的第一感还是直接地把它搭建在男女感情之事上来。我刻意地轻咳了一声，来打破这紧促的尴尬。

二

她不由自主地沉默了一会儿，然后微笑着转过头来问："我们说到哪儿了?"

我仍旧以平稳的语调向她微笑："说到我们去广州是否可以一道游玩几天?"她高兴地拍手表示赞同。正在这时，我的手机铃响了，是昨晚调的闹钟。时刻是早上七点钟。原来在不知不觉中，我们已经交谈了两个多小时。坐这趟客车，得花费一昼夜的时间，本来我打算中途换乘火车，毕竟那样的速度既不会让人感到疲劳，又不会耽搁时间。但是，一想到刚刚答应了人家要一块儿前去，自己中途下车显得不讲信誉，而且又伤害了一个主动递给自己桂花糕的女孩。这样的举动显然不太妥当。于是，我彻底地将换车的想法在脑海里删除，然后微笑着构思一幅可以帮助小女孩找到她要去地方的图景。

这时我注意到她侧着身子在撕扯着什么，尽管动作很轻微，但是还是发出了一阵隐隐刺鼻的味道。她可能意识到我在窥视她，就转过身来快速地向我说了声：抱歉，我要下去一会儿，你先坐会儿吧！

我轻轻地点点头，看着仅有一分钟停留时间的客车，深怕她会迟到。可是，事实证明我的想法是多余的，她笑眯眯地从前门上来，向司机打了个招呼就来到我的身旁坐下。

“司机师傅说还有七个小站口，你不会感到累吧?”我在赔笑的片刻，意识到她的细心和大方。想想自己已经接近三十岁了，但是仍旧没有成家立业，像她这样的姑娘的确难得，以后一定要把她作为自己的择偶标准。但是，现在父母对自己工作的干预又让我好生反感，这次临行前还与他们二老吵了架，离家的本意除了要到广西出差外，同时也是为了放松一下心情。

她忽然问我，你这么有责任心，你的妻子一定很爱你吧？她这样的问题让我感到措手不及。想想之前她失落的情绪，我想她一定是在感情上遇到了磕碰，为了弥补她的神伤（当然这完全是自己的主观臆断），我不带丝毫纠结地说："是的，我们很相爱！感情相处既要互相尊重，又得相互理解和关怀。"她立马将敬佩的眼神投向我，这下我更加确定自己的初次猜测了。

于是我开始将一个毫不干己的话题谈得云山雾罩，直到让自己感到天衣无缝，心满意足，又让她感到无限憧憬时，才渐渐地关上了话匣子。但是，这也并没有给自己带来什么成就感和舒适感，反而感到更加失落，甚至空虚，就连憋在心底的虚伪也蹦了出来。

她说："原来你也有这么多的经历！一开始我觉得自己背负了世界上最沉重的包袱，可这么一来，你或许是第一个可以理解我内心世界的人了！"

我故作惊讶："哦？不妨讲讲！"

她沉默了片刻，眼角还有些微微地泛红了："其实，我这次去广西是为了一个人。刚开始我一直在仇恨她，甚至贬低她用在我身上的所有感情。但是，后来发生的一些事改变了我对她的看法，直到她带着冤屈和痛苦离开这个世界……"

"离开这个世界？"我不由得叫出声来。

"是的，她已经离开了，再也回不来了！"我开始把目光调节到酸涩的程度，静静地听她讲。"她是被这个世界抛弃了的人，一年前她戴罪入狱，但是后来越狱被俘，死于顽抗之下。"

“你说的她是?”

“她是我的母亲。”看到她有些哽咽，我的情绪立刻陷入困顿，于是，我轻咳了一声，以打破这灰暗的静谧。“不谈这些了，对了，你喜欢桂花吗?”她揉揉泛红的眼睑，然后把一个带着渴望的笑容留给我。

现在的时节，确实到了桂花又开之时，上次在湖北也有幸目睹了一场桂花纷落的图景。白的高雅，黄的热烈，橙色里泛红，淡然镇定。记得有一首有关桂花的诗是这么写的：“瑶树静当严序来，千花杀后有花开。清贞更透清芬境，大地萧条赖挽回。”

三

“我对桂花有一种骨子里的衷情。”当然我这样的回答完全是为了取悦她。其实，我自己对什么花都没有研究，也没有兴趣。她又补充道：“你知道吗？桂花懂得人的感情的，它能让人忘记过往的忧愁，记起来生的欢愉！它们可以把人类的每一种感情都编织在自己的灵魂深处，然后借着微风，盛开 树，那些凋落的花儿也就是它抛落的所有忧愁和伤恸。”

这样的花，灵性可佳，但是未免沾了太多的尘俗，活不出自己的洒脱，也脱不了七情六欲。我从主观的世界里，找出自己的一点儿感受，希望她有所顿悟。

她笑了，很优雅，向我摆摆手后又第五次下了车。片刻之后，她带回了一小袋湿润的土壤，轻盈地放在自己的包里，然后又在包里找出一支笔把她的电话号码和 E－mail 写下来递给我。“以后找到新颖的桂花，一定要联系我哦！”我蛮有诚意地答应下来，之后把自己的联系方式随同一瓶农夫山泉递给了她。

到了此刻，不知道为什么，自己倒愿意把工作上的矛盾连同与父母的不和告知与她了。我本是报社的一名记者，但是母亲很不乐意让我整天奔走采访，一年四季也踩不上几次门槛；同时，父亲也要求我放弃工作，回他的公司上班，可是我更愿意靠自己的能力撑起一片天空。为此他们时常在电话里抱怨，让我的心情好生疲惫。近来，母亲又患上了阑尾炎，痛得厉害，但我一回去，她却丝毫不拿自己的病当一回事，而直接把矛头指向我的工作，所以我还是选择了逃脱。

她听后很淡然：“或许我们每个人的判断都是有根据的，可是谁对谁错真的很难说！”

也许吧。在短短的沉默里，客车已经入站了。终究是没有兑现自己的承诺，她微笑着向我道别，说她自己其实是可以找到桂花的。我有些担心，但还是望着她的影子消失在一片客流里。

办完公事，天已经黑了，我急急忙忙找了个宾馆安下身来。刚打开电脑，她的邮件就过来了：“这些天谢谢你！我找到桂花树了，真是太好了！我把母亲的最后一点儿骨灰埋在了桂花树下，希望这次她在那边可以笑着走下去。”

“骨灰???”我在屏幕下方打了一连串的问号。

原来，她一路上都在帮她的母亲完成遗愿。十年前，她的父母离异，她一直跟着父亲，后来得知母亲改嫁了，从此在她心底深深地埋下了仇恨的种子。她一直讨厌她的母亲，但是每年到了她生日的时候，她的母亲都会变着法子把生日礼物送到她的面前，当然这一切她都不知道。直到两年前，她母亲被诊断为胃癌晚期，可那个狠心的男人抛弃了她，不愿陪她度过最后的日子。终于在受尽凌辱之后，她的母亲将那个男人杀害了。后来，她选择了自首。去年在她女儿生日的时候，她想起了桂花糕，就想亲手为女儿最后做一次桂花糕。可是在狱警还没有接受她的请求时，她就猝然长逝了！临终之前，她把一封信交给狱警，让她带给自己的女儿。

四

她把母亲的骨灰小心地埋在每一个站口，希望微风可以把桂花的幽香带到远方。后来我打电话过去，她在那边哭了："我想母亲的一切忧伤终于可以放下了，同时我想把我所有的爱变成这一树的桂花给母亲寄过去，让她永远快乐地铭记一场忘忧的桂花雨！"

第二天我打包整装踏上了返程的火车。刚要进家门，她的短信就过来了："回家了吧？呵呵，我也快到学校了。我会铭记一场桂花雨，铭记那个曾站在桂花树下听我讲故事的桂花人！"

我微微一笑，按下了门铃。母亲来开门时，显出一脸的疑问。这么多年过去了，我竟头一次发现，她的泪光背后已经有了很深的鱼尾纹。母亲很激动地把我拥入怀里："孩子，你终于回家了！"

我鼻子一酸，看到满树飘零的桂花雨正在泪光里飞舞。是的，回家了，回家了！

想念初雪

冬天的雪，总是带有一个人的温热，美过你的年华，安静地珍藏在童年的记忆里。

从小我就对雪有着特殊的感情，匍匐在外婆肩头去看医生的那一晚，我就许愿，如果我不被这雪湮没，就被这雪拯救。很多年过去了，雪一来，我的整个生命就暖和起来。

幼时居住在一个镇上，民风淳朴，水土醇厚，不用辗转几公里去读书，不用换过公交又挤地铁，不用担心放在南墙脚下的书包回头找不到，更可以因为一场雪，借口不去听讲，拉帮结伙在雪地里疯玩。只要老师不提着耳根罚错题抄写一百遍，那就没有什么能掀起美好童年的狂风巨澜。

外婆包的饺子是我童年的佳肴。也难怪七八岁的年纪，就能吃下二三十个大饺子——这是令每个长辈都瞠目结舌的事情。镇子里的人都在讹传外婆的淘气外甥饭量惊人，都说我以后一定是个活李逵。可惜，我既没长出李逵那一身剽悍的骨肉，也没有李逵那么性情豪迈。

后来趁着雪天给邻居家送饺子，邻居家的女孩说，李逵哥哥，是不是吃了你外婆包的饺子，我就也可以有李逵那么厉害呀。我说，那可不是，这饺子只有我吃了管用，别人吃就不一定灵了。刚说完，一转身我就摔倒在雪地里。多年以后，那颗长歪了的门牙总是提醒我，李逵其实也会受伤。

那时的镇子被四面高大的城墙围着，下雪天家里人总是阻止孩子们上城墙玩去。还说，下雪天城墙上有雪妖，只要看到有未成年的孩子上去，便会张开血盆大口吃了他。当然，这只是对孩子们有威慑力的一个恐怖传说，实际上孩子们都安然无恙地活着。但这个故事日后却给我造成了一个认知上的错误——我总是把“血盆大口”写成“雪盆大口”。

离开镇子的前一年，我得了一场重病。由于扁桃体发炎，高烧几天不退，那时父母又远离家乡，并且因为全国下雪道路阻塞而无法回来看我。外婆就用羸弱的肩膀背起我，足足在没过脚踝的雪地里艰难辗转了好几个村镇，才寻访到能治好我病症的名医。那一路是如此艰辛，以致之后我好了，外婆却腿脚受寒，至今病痛难祛。母亲说起这件事来，总是满怀遗憾，她说她对不起外婆，那么我又何尝对得起她呢？我知道，我在想她。

多年以后，我总是刻意地去留心每个年头的第一场雪。不管身在何方，我的眼前总会浮现出外婆锅灶上冒着热气的饺子，总会想起我不整齐的门牙和在一个女孩子面前的羞赧，总会想起《好汉歌》，想起覆盖在大地银白色外衣上的美好童年。

朋友的小女儿问我，为什么下雪天在外面玩耍的孩子那么少啊？他们都怕冷吗？

我很认真地告诉她：不是！而是因为下雪天啊，会出现雪妖，尤其在高的地方。

雪妖？它很厉害吗？

是啊，它有着一张雪盆大口，不对，是血盆大口！

说罢，脸上便有暖暖的东西顺颊而下。我知道，在这场初雪里睡着的人，我会永远想念她。

星空下相恋的萤火

透过川流不息的车水马龙，成诗诗的视线直接锁定在我迎风飘起的裙襟上。她大声喊我，可我装作听不到，任她声嘶力竭地站在马路彼端大嚷大叫。

师傅按我的要求摘下最顶端的一支冰糖葫芦时，成诗诗已经上气不接下气地赶来了。她把手里攥得潮湿的纸币拍到师傅的手里，转过身推着轮椅便走。

"文文，把口罩戴上，我们只有五分钟的时间了！"

我极不情愿地接过她手里线织的口罩，只握在手里。这口罩是我十六岁生日时，她送给我的生日礼物。针脚很密，毛线的色泽光鲜，而且是我喜欢的青草绿，上面还绣了两只萤黄的小飞虫，翅膀上织了我们俩的名字。

一路上我的心情很坏，只用了三分钟便到了学校，但我的记忆却好像又遭受了一次轮回，像一个世纪一样漫长。

成诗诗一直不知道，十五岁的那个夏天，为什么我对她的依赖从此幻灭。出事后，面对我的歇斯底里她一忍再忍，有时候看到她偷偷地落泪，我的心底会萌发一种无以言表的快感。

她一直认为是车祸带给我的不幸让我的脾气发生了质变，却不知道我心灵受到的伤害更为深痛。她的忍耐和关怀在我看来只是基于对我的同情和抱歉，她却不知已丢失了对我青春的尊重。

十五岁那年，我们同时爱上了一个男生，他叫法然，笑容里带着摧毁世界的魔力，我和成诗诗的心就是被他绝杀式的微笑夺去的。之前，我一直以为他爱的是我，直到那场大雨来袭，我才知道自己想法是多么的悲哀！

那场雨好大。为了赶赴法然的约会，我精心地从头顶打扮到脚底。但是公园的凄清让我的心慢慢地被冰冻。时间一分一秒地过去，我蜷缩在公园的长椅上，一直在等待他的出现，但是我失望了。在打车回家的路上，无意中我看到了他们。不错！法然和成诗诗正在雨中牵手散步，他们的雨伞遮蔽了照耀在我世界里的所有光芒。

我心灰意冷地拨通他的号码，但他却说："这么大的雨，我还以为你不会出来了，所以我也没出去。"

我平静地接受了他的谎言，他也平静地接受了我分手的条件。

就那样，法然离开了我的世界。回想起以前的一幕幕，我真的有些神经麻木了，但我就此对成诗诗发起了攻势。

很长一段时间，我自闭在房间里，不去理会任何人。成诗诗大惑不解，她的确不知道她的攻占城池对我的伤害是多么深重，她也不知道那个她爱的人曾是为我许下承诺的人。但是那个承诺终究成了一段苍白的谎言，美丽而令人绝望。

在我十六岁生日的那天，雨又一次来了。成诗诗特意包办了酒宴，说是为我庆祝。我坐在最冷清的角落，故意躲避着他们的目光。那天我喝得酩酊大醉，成诗诗和法然将我搀扶着走出酒店。在冰冷的大街上，我甩开他们一个人奔跑在雨中。

在医院苍白的布景中，我睁开眼睛，成诗诗的眼眶像涂了胭脂般绯红。医生用成诗诗的血液把我从失血过多濒临死亡的边缘拯救回来。我知道成诗诗的心终于减轻了许多累赘，而且她把全部的罪责背负在自己身上，而没有去抱怨任何人包括那个肇事的司机。站在床头的父亲两眼血红，对于他的血型与我不一致的事实，我知道他隐瞒了很多。

但我出事以后，成诗诗就和法然分手了，根本原因我不知道，但直接原因是因为我。

成诗诗对待爸爸的态度也大不如前，他们从无话不谈到话不投机，甚至到彼此缄默不语。但是，她对我的关心却一直没有减弱。我决意去上学时，她就担负起了接送我的工作。

我时常躲着成诗诗，每当她找不到我时，她就挨家挨户去打探我的消息，她知道我坐着轮椅走不远。我的影子出现在她视线里的时候，她总是微笑着告诉我："文文，别乱跑啊，如果觉得无聊想出去，姐姐就陪你。"

小区王阿姨在活动中心锻炼时遇到了我，她笑眯眯地说："文文，你可以起来活动了？这多亏了诗诗呀，我看到她在超市里打工的日子很苦啊！每天忙得手忙脚乱，你们两个丫头都是那么的坚强！"

我一头雾水，此后才知道姐姐后来辍学了，她在一家超市里打工，用自己劳动换来的报酬维持着我们两个人的生活。她不再接受父亲的钱的事情，我是后来才知道的，原来，法然，那个让我们青春染上血红色的男生，竟然是父亲的私生子。后来因为迫不得已，父亲将他们母子遗弃。父亲在公园的长椅上将我们两个遗孤抱回家，只是为了弥补自己良心的不安。

那个时候，我只有五个月大，姐姐也只有一岁。

趁着机会，我独自把轮椅摇到校园外的那家超市门口，成诗诗忙乱的影子忽然闯入了我的视线。

当成诗诗的目光触到我凌乱的发丝时，她手中的东西滑落了。我含着眼泪望着她，仿佛彼此间隔着一条朦胧的大江。

傍晚，公园里的空气洋溢着咖啡色的香氛，点点荧光里，我轻轻地把头倚在诗诗的怀里。那晚，也不知道自己睡了多久，但总感觉我们是星空下相恋的萤火，那闪闪发光的故事告诉我：姐姐是我一生的亲人，我的血管里流淌着她滚烫的血液。

姐姐啊，姐姐……

Part 5

那首春天的歌里，有你温暖的影子

也许，该选择如风一般地老去。

不念它的无孔不入，不念它的脚步匆匆，而是像它一般，选择经历和面对。

我想，你的故事和我一样吧，在你没有想好之前，我不知道，但风知道。

月光漫过年少的阴凉

闲暇时，神经也跟着慵懒起来，眯起眼缝捕捉小窗射进来的一米阳光，总感觉温馨，有那年的绵甜。

少时，还跟着母亲乔迁，过了一站，就会瞥几眼过往的邻居。别开生面，日子一久，熟络起来，街坊大抵是这样，一回生二回熟，因此在别离故乡的岁月里，欢乐并没有失去多少。

七岁时，即便入了学，儿时的学堂无我相，无众生相，疯狂得有些残忍。记不起挨过老师多少的板子，但总会记得有一群同甘共苦的玩伴，在花果山般的岁月里将校园江湖搞得腥风血雨、鸡犬不宁。日后聚在一起，大都记不起儿时的老师了，但说到与自己抢夺书包里苹果的同伴，却记忆犹新。

幼儿园犯下的罪行，罄竹难书，但大多是被岁月原谅了的。幼年的青春，只当是一场耳边刮过的微风。

记得巷口菜农老叔，总爱唤我“偷萝卜的灰小子”。当年不服输地骂他，逃远，再骂，接着再逃，接着再骂，如今却是希望再听到他那略显苍老的骂声了。老叔笑笑说：“转眼就长大了，没有孩子们顽皮的岁月还真的百无聊赖！”我苦涩地笑了，努力地拼凑着记忆里的那场偷萝卜计划。

二毛家是卖烤薯的，我们九岁的那年，他七岁。为了骗到香甜诱人的红薯，我们到处拎着二毛疯玩。那样的友谊并不微妙，甜薯一旦供应不足，二毛就得含着手指头远远地奢望我们带他玩了。

那时候，玩得并不快乐，也许是良心的花种子正在萌发的缘故。

上了小学时还和老师顶嘴，丢下一堆作业逃课疯玩。但年少的心，又怎能体会老师恨铁不成钢的心情？表面循规蹈矩，暗地里偷偷捣鬼，一路到了初中，仍旧漫无目的。中考场上丢盔弃甲，越来越偏离人生的轨道。直到高一，才遇到了一位和蔼的女老师，她鼓励我热爱文学，坚持在学业上奋进。

也记不起有过多少次被鼓励的情景，但是那位老师的话却让我深深地铭记于心，她是我“从良”以前，最令我感动的一位老师。她教会了我不应该用歧视的眼光去看待周围一切不如自己的人或物，他们也许是不幸者，也许是没有找到正确道路的迷途者，但是他们一样都有生存和发展的权利。在她的教导下，我渐渐走出了自卑，走出了一片属于自己的天空。

昨夜，檐下听雨，想起了往事，心里不禁思绪绵绵。年少的青春，我们路过一路的花开，千里之外的兄弟姐妹，你们可曾记起？那年温柔的月光。

当满树的阴凉，抖落这过往的烟云繁华时，岁月只让我们静下心来凝视，待君千里传佳音，瘦了花红胭脂泪。

一缕月光，漫过年少的阴凉，如此安好！

那首春天的歌里，有你温暖的影子

我不是个偶像主义者，不会固定地追随某个实体的偶像，爱一首歌，爱一部电影，不管主唱或者主演是谁，只要其中的一个小小的音律或者一个精致的场面感染了我，那么我就会为之倾注光阴。

前些日子，无意中听到游鸿明唱的一首歌，题目为《下沙》，那一瞬间的震撼，有细腻温婉的感觉穿透神经，让人自然而然地留恋。与人说起，他们说，那是老歌了，你怎么才听到啊？我说，幸好还是遇到了，是吧？不管一早或者迟暮，那份愿意循环逗留的美好，总会在冥冥中与你结缘，你还是在百转千回的光阴里与之碰撞了，在悠然娴静的岁月里与之相融了，值得庆幸吧！

我有很多性格迥异的朋友。俗话说“道不同不相为谋”，但我感觉，他们是火，也是冰，是海水，也是天空。在与他们交往的过程中，每个人都会给自己留下很深的感触，因为相异，所以美好。火辣焦躁的人，他们一定有颗热忱温暖的心；低调内敛的人，他们一定有超乎常人的坚定；优柔寡断的人，他们一定心存柔情；刚愎自用的人，又大多是刀子嘴豆腐心。他们的存在，像一首首旋律不同的歌，或劲爆，或忧伤，或高雅，或通俗，惹人忧思，又给予温存。

和朋友们一道的日子，他们无论失恋抑或情绪低落，无聊或者雅兴正高，都会有人提议大家一起去唱歌。在 KTV 震耳欲聋的音效环绕下，悲哀之源枯竭，快乐之花倍艳，每个人的歇斯底里都会有一个恰如其分的正当理由。唱一首蕴藏心底久久未开喉的歌，像泡了一壶封存已久的香茶，清芬沁脾，舒畅自如。

我成了爱好唱歌的人，也爱听，多种风格都要试一试。旧时光里，爱听风铃在檐边轻鸣，后来喜欢上了萨克斯吹奏出的神韵，之后是韩风、欧美范，再后来，就喜欢百家争鸣了。

我私下认为，喜欢听歌的人，心里都封存着一个久久不能忘怀的人。正如《下沙》里唱道："每个人都有无法忘记的人，回忆会像细沙穿过你的灵魂。"歌声固然是空虚的，但因为空虚，所以牵念。

过了年少张狂，各种叛逆就在成长的马不停蹄里销声匿迹了。曾经翻来覆去地想一场没有结果的风花雪月，或者费尽心思地制造一场偶遇，在光阴的小白马一骑绝尘之后，都变成掩埋在岁月深处的往日情怀了。再想起，只能是秘密，一个人在光线很好的窗前，慢慢地翻出来细数和怀念。

我们都该在时光清浅的时候微笑，因为前方的路途还很遥远！梦想与春暖花开之间，还隔着重重来去匆匆的云烟，以奔跑的姿势去回眸；挥手时，把自己佯装得美美的，然后优雅地告别。

别忘了带着那首你在春天曾悄然邂逅的歌，和阳光下那张红苹果般的笑脸！因为一个人，温暖一座城；因为一首歌，铭记一个春天！

纸质少年，凉城薄梦风轻眠

想念一座城，如泪轻流。

那时还是少年，梦被说出口或只做到一半就不再去管结果了。像在老城里摇曳的风筝，在天池里抛下的硬币，大抵在一宿过后就忘了昨天的许愿，宛如一场薄梦，在风里轻眠。

我也是健忘的雏儿。站在阳光下，背后是晴朗的天，手里还捧着《弟子规》，摇头晃脑地背读："父母呼，应勿缓；父母命，行勿懒。"耳里闻听母亲呼唤，急忙全身而退。

当初像一朵叛逆的花，开在四季，却只和春天一个色彩。我不要在大风大雨里静卧，更不要在落叶沃雪里潜读。玩是全世界最重要的事，把衣食住行抛给父母，更没有想过择一城终老，携一人白首。

那时，还在迷恋武侠，和邻居家孩子比拼"惊世神功"的时候，把手插进马蜂窝里，结果整条手臂被包裹成了"木乃伊"。母亲心疼流泪，自己则佯装一笑，嘴里犟道："人在江湖，大风大浪有的是，这点区区小伤何足挂齿！"然后就笑，笑里含着泪。后来，一起玩的小伙伴里多了几个女孩，我们要学电视剧里的寨主，挑选自己的压寨夫人。在土堆里厮杀半晌，被打哭的退出"江湖"。我是异数啊，好像从来没有在沙场中流过泪，所以最美丽的新娘非我莫属。

还在想着下雨天逃课的事。从家到学校只有五百米的距离，可一想到老师板结的脸，不由得扯了被子盖过头。第二天，因父母的举报被老师无情地抽打手心，待到红得像酱猪手时，方知江湖的确险恶，隐身高人数不胜数。

父母上街的时候，自己老是想方设法缠在后面。出门前的约法三章，一到琳琅满目的商品前就变成声泪俱下了。这是年少时的惯用花招，可以不费吹灰之力地反复使用，万一到了哪天此招失灵，便会使出拿着东西就跑的下策，任由售货员像被闪电瞬间击中的傻子一般站在柜台前发呆。母亲万般无奈，只得解囊买单。

回到家里，父母便会隆重举行以“爱的教育”为主题的“家庭全会”，我是唯一议题。一般的议程是父亲沉默，母亲数落，最后由我作出没有多少可信度的承诺。彼时，邻居家那些听话的，学习成绩优异的孩子，总是会含冤被我诅咒。母亲把他们的名字召唤出来几次，我就要在心里暗暗咒骂几次，真不知道为什么他们老和自己作对。

再长大一些，武侠小说就当沦为年少时代的“祭奠品”了，进阶的会是那些含情脉脉的青春故事。一本言情小说犹如天下唯一的天子一样，被妃子们争来夺去。等到自己荣获宠幸时，便会如获至宝般把它藏在高高的书堆后，几乎整张脸都不见了，老师粉笔头砸下来的时候，我东张西望，总以为是哪个破坏规矩的家伙要提前与我抢食了。眼睁睁地看着书被驾着囚车送往刑场“五马分尸”，心里不甘却无可奈何。之后，由于自己不慎所犯的

“弑君”大罪，就会从四面八方射来无数怨愤的目光毒箭，把自己射成一只浑身插满毒箭的“刺猬”。

毕业的钟声忽然响起，操场上的梧桐叶落了一地。那些褪色的叶脉像一片片折旧的翅膀，颓然凋落在马不停蹄的年华里。我站在夕阳下，影子漫过跑道，这和梦想一样被拉得很长的无奈，变成了一直没有雏形的成长。我在回忆里苦笑，听天空中闷雷长鸣。

那年一起玩的孩子现已音讯全无，那年做游戏时为自己剥糖纸的“新娘”现在已是别人的女友，那年易怒的老师现在已经头发花白……时间在浅薄的梦里缱绻过无数春秋，再次驻足回首时，只有凉了的旧城和温柔轻眠的长风了，我转过身，揉揉眼睛。

那些少年，就这样静默成一段纸质的往事随风而逝！

愿与世界温暖相处

广场上殷红的夕阳拉长了风筝的尾翼，一个差不多七八岁样子的小女孩在追逐风筝时摔倒了，她的妈妈站在她面前，很坚定地说：“瑶瑶，摔倒以后该怎么做呢？”小女孩顿时破涕为笑，很勇敢地站了起来，拍拍裙子上的尘土，继续向前奔跑了。

看到眼前出现的这一幅景象，我怔住了，但很快被一种温暖包围。小女孩的微笑，像一团火焰燃烧在我曾暗黑的思维死角里，对呀，我们为什么不去选择与这个世界温暖相处呢？

大抵十岁时，我还在镇子上读初中。那时教算术的老师是个秃顶的老头，很多人说他是聪明绝顶，他教出来的班级屡次取得年级第一。唯一的一次意外不用说，是因为我。他把我叫到办公室里，先习惯性地让我看着错误找原因。在这简短又漫长的几分钟里，他沉默不语。我对着那些云里雾里的错误，胡乱地说了一下原因所在，然后还信誓旦旦地作出一些连包拯听了都忍不住发笑的保证。奇怪的是，他并没有笑，他很专注地给我解答了那些题目，然后说期待着你下一次的表现。

我为逃脱责罚而沾沾自喜了很久，接着再一次面对他时也并没有因为自己那些信誓旦旦的保证而感到羞愧。老套地找错误，沉默之后，他再次因为我的保证放了我一马。第二次瞒天过海以后，我感慨自己真是个天才；第三次以后，我发现他原来是个白痴；第四次、第五次之后，我才深深地发现原来是自己蠢到了极点。

在县里读初中的时候，遇到的班主任又是一个老头。我想，要不是科举制度废除得早，他一定能成为一名名副其实的武状元。治国平天下尚且不说，管理一个班级那可谓牛刀杀鸡。在他铁板戒尺的淫威下，我的左手曾呈现出频频受罚的肿胀态，屁股肿得连海绵都不敢亲近。

后来差不多是打累了吧，他气喘吁吁地瞪着我："我以后再也不打你了！如果以后再犯一次错误，就写一篇三千字以上的书面检讨，第二次四千字，以此类推！"当语文老师惊讶地把我的检讨整理成一篇四万二千字的中篇励志小说以后，我便在年级出名了。在写作课上，老师把我的“家丑”当作范文来读。我记得那次导读整整进行了两个小时。下面的学生有的早已睡熟，有的笑得面部变形，有的木讷不堪，大概是被吓坏了。印象最深的是王小毛拿着可乐面包来送礼，还声泪俱下地说：“你看在这些食物尚在保质期的面子上，就帮我写一次检讨吧，我的手不能再这样丰满下去了，现在已经连游戏手柄都拿捏不稳了。”

六月擦肩而过时，我离开了这一片天。七月一晃而过，八月在另一座城里弥漫着清新的柠檬味。深蓝的天空和灯火辉煌的夜告诉我，自己走进的是一个全新的世界。

接触的科目多了以后，我开始认识了海棠花，认识了比目鱼，认识了亲切的网格。开学三周以后，我的战略根据地就由教室转向了网吧，身边的伙伴也由同学变为社会青年。那时，想不到“不良”是什么概念，总认为自己不抽烟、不喝酒只玩游戏，是不会沉沦进“不良少年”之列的。最终，症结还是出现在了成绩上，那鲜红的个位数露出狰狞的面目，在我的世界里留下了大大的“背叛”二字。老师干脆不抱任何幻想了，他们很明确地把我划入了不可救药之列。

高二下半学期，课程即将结束的时候，百无聊赖的我突然开始钻研一些言情小说。那时，坐在我前排右上角的女生是一个落落大方、笑容甜美的女孩子。我越揣摩越感觉她和一部小说里的女主角可以媲美。于是我学着小说里的男主角，开始写一些蹩脚的诗，开始偷偷地攒下钱来多买一份奶茶。在所有的自以为完美的计划破碎以后，我想出了最绝的一招。我说，你不答应我，我就跳楼，死给你看！她可能是被我的大无畏精神打动了吧，有一次下课后她突然叫住我说，你不要再幼稚啦！现在马上要高考了，这样吧，如果你能考上大学，我就答应做你的女朋友。

我忘了之后的日子被打了鸡血的我究竟亢奋了多久。那些日子我挑灯夜战，为表诚心我特意留了长发，然后把长发吊在上铺的床架上。舍友们被我头悬梁的反常举动吓得有些神志不清，特别是宿舍里年龄最小的那个家伙，还因此请了半个月的长假，理由是宿舍有人精神分裂了，怕一发不可收拾祸及自己。

又一个白鸽飞翔的六月，广场上没有了欢声笑语。停滞在空中的最烦闷的一丝闪电甩开乌云的牵绊直泻下去，暴雨像要带走什么似的肆虐大地，留在校园的最后一个脚印就这样被雨水吞没了。不久她上了南方的一所大学，而自己却在北方。这被思念拉长的距离，慢慢淡成一个心灰意冷的结局。后来我听说，她其实早已有了男朋友，而且更美好的是，他们考入了同一所大学。

进入大学校园，却见爬山虎铺成了夏季最缠绵的绿意。溽热消退时，我已经站在洁白的学院楼前了。梧桐叶落下的时候，我已心如平湖，不喜不悲。坐在阅览室里，一个人静静地记录那些文字，写南方的海，写海天相接的伤口，写北方的雪，写纷纷扬扬的落花，写铁轨带走时光的茶香，写少女轻寐的忧伤，写海岸、滩涂、礁石、浪花，写蒲公英的独舞，写意念流进旋涡的孤独，写灯芯、花烛，写麋鹿在迷雾林中散步……然后把这一切留给成长去回眸。

如果没有光头老师那一次次“轻信”，就没有我的良知觉醒；如果没有语文老师的“范文”扶持，就没有我的创作机缘；如果没有梦中女孩的爱的谎言，就没有我的悬崖勒马；如果没有那些成长路上的偏执与不安，就没有多年以后，站在人生的堤岸看到的那场雪化后的春天。

母亲打来电话要我加衣，我转过头来看看身后，那一路走过的，触碰过的，嗅到的，品味到的甚至拥抱过的，全是温暖。

然而，我们一样，都是在这温暖里的曾经少年。

相片，相片，相片

闲暇时，无意间翻动了那本旧相册，看着看着便忍俊不禁。

过去在一张白纸上留下的光阴，深浅不一，色彩各异，或羞涩或活泼的姿态，正是光阴里的秘密，认真观摩，还会惊诧于成长原来是那般快乐。

旧时，听奶奶说起，他们小时候想拍张照片是多么不易。那时的照相馆没有什么高新技术，站在一个会发光放火的大盒子前拍照，每当看到光出来，常被吓得号啕大哭。但是他们又很喜欢欣赏照片里自己的灰色轮廓，好像每一种怪异的表情背后都蕴藏着一个悸动而渴望的故事。

现在不同了，影楼林立，摄影技术更是五花八门。灯火繁华的街头，雾气朦胧的长堤，延绵悠长的铁轨……都是唯美的背景，在这些浪漫温馨的场景里，有拥堵的夜车，有闲散的情侣，有可爱的宠物……这些主角摇身成了我们青春里最美丽的心事。

原来，每一个年纪，我们的心意都是那样单一，热爱相片。

曾经年少，徒步万里和仗剑天涯显得那么孤独无依，于是，我们捧着理想小心翼翼地生活。在梦里，自己一直幻想拥有的相机突然出现在眼前，那些珍藏了好久的理想都在那一刻被相片捕获，好在很久以后，回首往事，自己的背影原来并不是那么沮丧。其实，生命中的很多风景，灰头土脸地站在现实的角落，当你仔细回想时才发觉，原来它们存在得那样逼真。

我曾在街头偶遇一位摄影大师，他在一心一意地捕捉行人的脚步。他告诉我，照片可以定格行人的喜怒哀乐，从他们的表情中又可以观望他们此时此刻的情感，如果说，你可以理解“生活的风景大多来自于平凡”的时候，你就会懂得，每一张看似简单的相片，都在传达着某种真正的意义。

在大师拍的许多照片里，我看到一位母亲的身影，她怀里抱着孩子，可能是因为蹲下身子为孩子去捡被风吹掉的帽子时，一不小心扭伤了脚，孩子在她怀里哭着，她竟然没有先站起身来，而是先去哄着孩子让他别哭。摄影师说，这是生活里一个简单的画面，但因为这位伟大母亲一个简单的箕踞，这张相片就意义非凡了。

果然，并不是充满诗情画意的相片才是美的，而是凡美的相片都充满诗情画意。

在我的旧相册里，有一张我和梅子吃杏子的照片，翻出来看时，我突然沉默。她是我童年的好友，现在却不知去向。当初我们可以在时光的鄙视下没心没肺，现在却在风尘仆仆的途中互相迷失。听说她去了远方，很远很远，剩下的只有眼前的这些相片。我们曾在分别的渡口许下承诺，不管未来是否重逢，都不必在生活的压力下流泪。现在，我们都在远方，也许只有这些相片才能知道，我们一路走过的都是坚强。

我和那些曾经路过的人说，安好，勿念！我的相册里，还珍藏着你们的相片！

天空还欠海水一片蔚蓝

氢气球滑脱指缝的刹那，已是转身天涯。我们都无奈地注目着天空偌大的身影，有些事却渐渐模糊。

记得，总不愿让别人把我们说成小孩。你玩转着手柄游戏，一关一关地闯，不厌其烦。甚至，被夏天的溽热教训得死去活来，你仍旧开怀地笑，还说天空就是你，你就是天空。

四季已没有明显的区分，这只是对于你来说。只有光阴会保证，满脸不屑的你，不会玩物丧志，而是将活得有棱有角，正如你所说的，你要改变大地。

我要说的是，未来，也许只是一连串的密码，它可能和天空一样蔚蓝，可能和海水一样雪白，甚至和街区拐角的修鞋师傅一样，面黄肌瘦。只是现在，我在远方漫步，潮水汹涌着，让自己无法辨认心跳和呼吸，你呢？

那个旧时钟，搬家的时候遗失了，我想现在还可以听到它千篇一律的钟摆声。郊游的时候，你总是把它放在身子的右侧，它的右边是我，紧张而呆滞的表情，夸张而又懒散的动作。不知道青草地是否禁得住一群无知少年的翘首弄姿，只知道你一个劲地摆弄老式的单反相机。为了拍下青春的模样，我们随意捕风捉影，到最后，连黄昏也累得满脸忧伤。

可是，那个慵懒的梦被骤然惊醒，才发现留在原地的只有背影。

现在，我在南方看海，没有你，朝阳席卷着整个氤氲的空气，潮湿地漫向心底。你在古希腊神话里见过的那一幕，公主被魔法囚禁在海底，王子要通过一座移动的岛屿，穿过海之心，口含冰露去吻醒公主。我穷尽了视野，没有岛，只有风，没有浪漫，只有孤单。

一个无计划的旅程，时间没有仓促感。

生活是有预谋的，它在镜子里偷窥到羞于外露的眼圈。昨晚，我睡得很迟，没有你在隔壁的鼾声心里很不踏实。只是不确定，黑夜是否是你黑色的眼睛？窗外只有一颗星星，指向北方，或者你的驻地。

我吃了江南的蜜橘，软软的，剥掉的皮就是我们的秘密。可又发现，自己不敢轻易多吃，你说的，要一人一半，现在找不到另一半，我想我不会心安。七年前，你得到十个蜜橘，悄悄地留下两个。事后，闹肚子不止的你，面对医生苍白的叮嘱暗暗发誓，以后一定要把多的那份留给丫头！现在，我只有忐忑地把秘密包起来，擦掉凌乱的指纹。我想，等你回来！

天空，开始变得蔚蓝。你说，你就是天空，天是天天快乐的天，空是空视忧伤的空。

当你再度提及年龄的时候，我们都已默默无语。多年前，你幻想自己长生不老，你说你不相信老去。若干年后，我还是我，你还是你，我们之间的距离只隔着一尺一寸的呼吸。对啊，天空，你是天空，我永远在你的视线里！一地绚烂的霓虹，一地烂漫的花雨，我藏在哪里，你都会找到我，然后对视，笑，简单得意地笑。

去广场的小路，已忘掉了大半的风景，只有一棵木棉，燃烧着空气中阴沉的分子。有孩童吹出来的皂水泡，一高一低，顷刻间缠绕了所有的枝丫。从他的眼眸里，我看见了缩小的你，一样不羁的脾气，一样顽劣的裸笑。那时，你说，快点笑啊！笑死了人，算不上谋杀。

我总幻想，时光可以拧成一股粗粝的绳，一端捆着你，一端系着我，这样的话，无论多远，我们都不会迷路。

天空，在我想竭力拥抱的时候，你却远了。我不记得海阔天空的远行，是否背负着彼此的承诺，有孤独，有失意，有艰辛和不弃。你所坚持的香甜的梦，是否依然有世故的屏障遮风挡雨？我却悄悄地，在远方等待盛开，然后荒芜。

也许你不再固执地说，丫头，相信我，我会一直保护你！

在匆忙的行人里，抽不出踮起脚尖回望的时间，我们都在远行，齐额的发丝延伸到眼角。我知道，就此看不见你，胖瘦不晓，冷暖自知。当思念牵绊脚踝的时候，就使劲地睁大眼睛，以免泪滴肆虐。

昨天，我瞧见一个在沙滩涂鸦的孩子。陪在他旁边的是他的妈妈。他把沙子细心地堆成小丘，然后一铲一铲地运在玩具卡车上。他们远去了，我不知道何处是终点，但他们相守的时光，将会经海浪的冲洗而变得更加鲜亮，那是两代人之间的交流。有时觉得，同龄的我们也像发生了时空逆转，你在我的心里长不大，或者我在你的心里永远是那个孩子。

你说，你是美食家，可以品味一切香甜。并肩吃晚餐的时候，你被螃蟹吓得号啕大哭，其他人却没心没肺地大笑。你偷偷地看我，我不知道你怎么想，只好摆出一副若无其事的样子。坐在星夜的秋千下，你义愤填膺："哼！有什么了不起，我一定要亲手捉住一只螃蟹让你瞧瞧！"我笑，你也笑，把尴尬化成一片漆黑的夜色。

纪念秋风中起舞的蒲公英，带着紫丁香忧郁的清芬，飘向远方，我已挽不住你的身影和节节败退的模样。

刚刚分别的时候，你倔强地跺着双脚。最后一次放风筝，可是风十分强劲，那一刻我感觉自己就像乱空里挣扎的风筝，不知道前方是何处。你努力地控制着手中的线，可最终还是断掉了。那时，我们不懂，这是流年里最残忍的瞬间，自此，咫尺天涯。

天空阴霾以后，我是风呢，还是雨？或是难以割舍的四季？

你喜欢永久地占据这块高地，十岁，十六岁，二十岁。为了儿时那个单纯的怄气，你说：“不敢吃螃蟹怎么啦？等我长大以后，就变成天空，那时，你骑单车摔跤的场景就会被我一览无余了。我还会知道你数学填空题的答案，当然，我也会阻止你和其他男孩子交往……”

我呢，也不愿再做医生。记得十二岁时的那场病，你因为吃了我秘密配制的“灵丹妙药”而上吐下泻，我在你的床前害怕得哭了。听你交代完自己脆弱的“遗言”，我才明白，我就是你十二岁时喜欢的那个女孩。我在等啊，若干年后，你重新回来交代这样的“遗言”，心碎也好，憔悴也罢，或者吃下我手中的一粒砂糖，对着远方，甜到哀伤。

慢慢地，走在雾霭沉沉的长堤，月光侵蚀了年少的脸，模糊得分不清模板。我在细心地拼凑一块破碎的青春，将之粘贴在相识的一栏，标题是“天空”。

天空吗？好吧！

请允许我的思念化成一片海水，去衔接远方你空缺的蔚蓝，即便就此错过，也能高唱出可惜不是你的洒脱。

晚风，依然寂寞。

……

我和你，以及摆渡过的晚风

指针只过“十二”的边缘，不过十三，从来不过。

过了十三，就痛了，超越了这个世界生死的边缘，“冰泉冷涩弦凝绝，凝绝不通声渐歇。别有幽愁暗恨生，此时无声胜有声”。

生命空洞洞地行走，没有回声，滴落也悄然。所有耳畔、指缝、唇间、眉宇，淌过的时光，渗进了海绵，找不到记忆，也无所遁形。

很早很早以前，没有大体的记忆雏形，我是一个被空气冷落的孩子。蹲在夕阳下，古道边，默默凝视被夕阳染成残红的天。

很早很早以前，空气混沌得有些决绝，你是一个在光阴里打盹的孩子，立在秋天里，傻傻地幻想着有一朵云可以变成我的影子。

于是，我们相遇了，这一切不为人知。

像一只找不到母乳的羔羊，我曾被丢弃在那个城市荒老得发霉的铁路口，默默地和你赌气。你说：“咱们走着瞧，看谁先奔跑着找到黎明。”

我在虚脱的刹那，浑身痉挛，借着一抹柳荫，苟延残喘。你说：“不行，起来，再跑！跑过这座山，还有那条河，还有那亩田，还有那个农场，还有那片草原，还有那个池塘，还有那潭沼泽，还有……”

经受不起你的摧残，我开始屏住呼吸，闭上眼睛，再次冲向风中，可是，稻花香、青草香这些都不属于我。你说：“属于我的在前方，不要留恋身后。”

我开始恨你，油然而生的恨。

你没有给过我朋友的温馨，而是让我感觉到了这个世界的阴冷、苍凉和恐怖。

做了一个梦，我终于累得躺在了原野上。那一晚没风，没星星，没有淡淡的月光。月光好像故乡的灯光，照得我眼睛有些酸涩。不一会儿，亮晶晶的东西流出来了。我只知，我在怀念从前，怀念那段没有遇见你的日子。

别说我们青梅竹马，我怕被别人耻笑，你是否有虚荣心我不明白，但请原谅我，原谅一个少年没有泯灭的私心！

想起了厨房，妈妈放在碗橱里的那一摞酥饼，想起了班里，自己暗恋的那个女生穿着一袭白衣，洁净的面庞上印着六月的米兰香……可为什么一想到那些，你就会笑我？我真讨厌你的笑，无缘无故，没心没肺！

很多搁置在草地上的欢笑被偷走了。我在月光下寻找那个贼，想象着他的样子，一身黑衣，蒙面，眼睛里有一把刀，可以把秋风雕刻得瘦骨嶙峋，然而大摇大摆地走过牧羊犬的身边，把它的晚餐偷走，看它无奈地摇尾巴，叫喊声撕裂长空。

没想到，这不是一个想象，是一场以你为主角的阴谋。

你是那个偷走我昨天的人，还偷走了池边的蒲公英，偷走了雪地里的脚印，你啊，为什么要这样做?

让我想想，你在初一光顾了一家商店，带走了那里很多值钱的东西。你有同谋，他们的脸上有无法隐匿的狰狞。你在十五掠夺了一个妇女，她的荣誉，她的光鲜，她的一世英名……

你很惊奇，你知道我发现了你的秘密。你坐在了我的身旁，很安静，不与人语。悄悄地看眼前一朵桃花的蓊蓊郁郁，嗅一张蔚蓝信笺的缕缕幽芳。你说："走吧，我陪你，去摆渡烟波江上的那一场晚风。"

第二天，你说你将要离开我的身旁，不含忧愁，不诉离伤。我暗自窃喜，如果你真的离开，我的生活该是多么自由和浪漫，放浪形骸!

你是一个有预谋的政客，眼里流几滴虚假的泪，便决定把世界出卖。我发现了，你的话只是一个谎言，你仍旧在暗中跟踪我，限制我的自由，破坏我的美梦。

终于，忍不住了。我把你一把从墙角拎起，说："快告诉我，你叫什么名字?"

你哆嗦着，眼神游离不定，还说如果告诉我，请我不要难过。

什么，你说什么?你有三个名字，正名：时间；别名：光阴；英文名：Time。

我茫然，听你哭诉衷肠，你给我生动地讲述了把一个小姑娘雕琢成风烛残年的老太太的全过程。你哭得那么无奈，你说这不怪你。

我哭了，不想听你的一切辩解。枉我把你当朋友一场。

我转身，蓦然回首，发现你又缠上了一个孩童，理由还是那么荒唐，你说你要陪他一起摆渡烟波江上的那一场晚风。

你……住手！

最后，还是老去了夏天

她遇见他，只是很平凡的一幕，无雪无雨。季末的夏风，简单地吹起他嘴角的弧度和清新的一波衣角，张扬却又沉稳。

那时候，他还不知道她的名字，只是在枫林漫步的时候偶尔会遇到她，手里捧着一本不厚的书，笑容里充满阳光。她呢，早已听闻了久负盛名的他，除了诗文优美，而且还有一副好嗓子，不仅擅长音乐，篮球也打得极棒。但她只能和众多崇拜他的女孩一样，默默地看着他走失在自己的视线，或者为他极漂亮的一个三分球惊讶得张开嘴巴欢呼，仅此而已。她已经感觉这个季节的天空充满青草色的香氛，和冰玫瑰的味道。

那年的植树节，他欣然报名，也许他正和每个走向青春的孩子一样，渴望自由，渴望知识，也渴望劳动。天，蓝蓝的，他随着很多学生涌向一望无垠的田野，默默吟唱初夏的微风，唱些浅浅的歌来打发溽热。

在轮换组别的植树活动开始后，他们被分在了一个组。起初，是他先开口和她说话的，因为他不经意间踩住了她的鞋带。那是一条粉红色的卡通丝带，和这一天的心情一个颜色，一个亮度。

“对不起，我不是故意的！”他并不知道自己为什么会心跳加速，但看到她明亮的眼睛和清爽的笑容，忽然感到紧张和不安。

那时候，她只是笑，但看到他面容上的尴尬，又不觉一愣。好久，她把火辣辣的目光从他的脸上移开，他也顿了顿神，低下头去继续劳动。

那一天，并没有过得像他们想象中的那样简单和快乐。他总觉得，那个女孩的笑容在自己的心里挥之不去，她也一想到他清新的脸庞就感觉莫名激动。

男孩没有期望会碰到女孩，这样无意间遇见的场面会很巧合。前世的五百次回眸，换来今生的一次擦肩而过，仅此，他已经相信了缘分。

女孩则开始更加频繁地去默默关注他，包括他每一次的播音，和播音完毕后在广播里播放的曲目，包括他每一次在校报上发表的文章，也包括他每一次在全校的排名。但是，这些都只有她自己知道，这是她心中的秘密，温暖，美丽。

夏季在很多故事里都像加了糖的咖啡，香醇甜蜜。她有了一本属于自己的日记，日记里都是关于他的内容。从黎明的第一章写起，写到黄昏的末一章。她知道，也许夏天永远是搁在他们之间的距离，浅蓝，深蓝，模糊，清晰。

在校园里，他是人人熟知的魅力型男孩，她却是一棵平凡的小草。她能感觉到的温暖，不是来自周围的人给予她的追捧和关注，而是藏在自己心中最简单的一抹憧憬和向往。

男孩又遇见了她，她又遇见了男孩。

再次相遇，校园落满白粉色的丁香花。她弯腰拾捡着阵阵馥郁的花香。碰到他，淡粉色的衬衫，敞着寂寞的笑容。彼此相对，微笑，无语。他分明感觉到她的眼波里载着夏天最温暖的一抹晨曦。

她在心里默念：菩提本无树，明镜亦非台……

他在诗里札记：彼此隔着淡粉色的忧郁/在寂静里/我能听得到/这个世界最柔弱的一丝声音/如此/已是一段心事……

学校安排文艺晚会时，他们同被列入主持人的名单。那时候，他踌躇、犹豫，他想的是如何在她面前表现得更完美。她呢，想的是如何能让自己配得上他巍峨的高度、盛放的光芒。

那次搭档，完美无瑕。他们都暗自庆幸，自己终于有了和对方并肩站在一起的机会。但是，他一见到她眼神就不停地躲闪，她看见他时也是手足无措。分开时，他们只能怪怨自己，缺少了主动的那一份勇气。

一直以来都仰慕他，可她却说不清自己内心的感触，只是感觉朦胧里搭着一条细若蚕丝的线——牵动着自己，却无处寻找渴望的光源。他则总是故意制造着偶遇，却没有一次不是仓皇逃离。

不受感情制约的时间如白驹过隙，一日千里。

高中毕业前夕，他家里突生变故，只好随母亲搬离那座城市。临走，她没有去找他；她想，从此不见，便可不念。或许，他从来没有觉察自己心里埋藏了很久的一棵幼芽，竟然要随风而逝，也好！

他因时间仓促，再未见到她一面。信，他写满了三大张，但走到邮筒前却又犹豫不决，最后还是将信转身投进了垃圾桶。他始终想象不来，自己的第一次唐突，会让她情何以堪。总之，他选择了沉默，选择了埋葬青春里的第一抹绿色。

她在夜里，总会梦到自己面朝大海，朗诵着他写的诗，每一字、每一句都发出浪花击打礁石的旋律，动听而又潮湿。他就在旁边，静静地看着自己，海风咸咸的，吹拂着他修长的睫毛。他一笑，就会带起一片浪涛。醒来，阳光刺痛眼睛，酸涩的泪水就悄悄地流下面颊。

他记得，她曾经张贴在校园理想栏里的一句话：世界上的每一位路人，从擦肩而过的瞬间，我们已是朋友，你眼神里的渴望，是我努力生存的希望，真诚，为感动永恒！他知道，她一直是一个助人为乐的女孩，为了收获她曾获得的万分之一的快乐，他无偿地献了好几次血，积极地组织了好多次行善募捐活动。

他不期望再见，只想让她的影子留在自己心中，久一点，清晰一些！

大学毕业，她在一所医院当了医生。她用细心和善良感动着每一个病人，当街头巷尾都流传出她救死扶伤、年轻有为的故事时，她就忍不住地落泪。她明白，当一名医生，是他当年张贴在理想栏的人生理想，现在，自己替他实现了，他却杳无音讯。

曾经，似已没落，随风浮沉。

若干年后，她在书店的一角发现了一本叫《远夏》的诗集，作者是一个笔名叫“念植”的人。从他的诗里，她仿佛看到了自己当年的青葱岁月：风/永远静止/不是恬不知耻的眷念/是最初/最心碎的起点。

他慈祥地陪着案头写作的儿子，眼神不断地飘向窗外。外面，又是一个夏天。儿子的文章不知就怎么冒出一句：盛夏的季节遇到了你，却让我荒芜了所有剩下的秘密。他看着儿子，眼睛不由得红了。

他的诗，每一期都占满了杂志的底栏，一年又一年，不间断地在诉说着自己的心事。

她买报，看到了他的名字，旁边是简介和文章。那一刻，她愕然，“念植”原来就是他。

念植，也许真没有什么场景，会让他们忘记那个悸动的植树节，怀念，原来一直都不是一个人的事情。

她试着按照报纸上的联系方式给他打去电话，彼端，他沉稳顿失，一如当年的期期艾艾：“你……你好吗？”

她忍不住笑了，但笑着笑着就哭了。

后来，他从遥远的城市寄给她一个包裹，是一根粉红色的卡通鞋带，和几本厚厚的诗集。

她含泪轻吟：

摇在暖风中的丁香啊，
孕着青涩的花苞。
在这个渐远的季节里，
独自念想，静悄悄。
最初，一直在等待盛开，
最后，还是老去了夏天。
……

鱼鸟人家

阔别三年之久，再在小城的角落里遇到，春天正好行至一半。

我借着明媚的春色窥望，窗明几净的人家，几尺见方的各色鱼缸围成四面生动的水景墙，如今他的店再无法以水族馆相称了。想起三年前，同样开在闹市的鱼鸟人家，门庭若市，现在却一派冷清。

他正在给一缸红色小金鱼精心喂食，侧过脸看到窗外的我，急忙招手让我进去，脸上一如既往堆满温暖的笑。

这间不大宽敞的屋子是他两年前特意建起来的，窗户向着小街，门户上并没有贴上醒目的鱼鸟销售字样。屋子可供休憩的地方只摆了一张简单的木板床，上面绑了厚厚的海绵，供来客歇足。

跳过俗套的寒暄，他看出了我眼睛里的疑惑，就小心翼翼地掸了掸海绵垫让我坐下。转身给我接白开水的时候，我看到他的饮水机还是三年前的那个，只是被擦拭得纤尘不染。我想，他还是像三年前那样心细。

当时，我在这座小城里的闹市居住，他的水族馆就开在我家的对面。卖花鸟鱼虫是小本生意，却被他经营得风生水起。初夏的时候，孩子们三五成群地到他家买鱼和宠物鸟，他细致地给每个孩子分袋装鱼，认真地叮嘱孩子们如何喂食、如何换水。看见我在对面瞅着他，就很自然地投来一个会心的微笑。接着我知道，他是外地搬来的，刚开始我以为他是一个人独居，生意忙碌时，邻居王婆婆会过去帮忙。后来我搬走时，无意中听人说他的妻儿也来了，只是无缘相见。

他微笑着端来白开水。此时，我惊讶于岁月，三年前还正值盛年的他，现在看上去憔悴了很多。我们还是丝毫没有隔阂地谈起天来，我问他现在为何搬离了仙人街，选择了如此偏僻的地方开业。他答其实生意冷热不重要，重要的是热忱的心没变。我又问，你还是那样喜欢这些灵动的小家伙啊？他答，是啊，它们年轻，不知老，多好！

多好！我轻松地笑出声来。这笑，纯朴简单，却带着真诚和关切。

简短的交谈以后，他便情不自禁地投入了鱼和鸟的世界。他给我讲冷水鱼的习性，讲各种各样有趣的热带鱼，讲会唱歌的芬兰鸟，讲饶舌的鹦鹉，我的思维不禁被他的手舞足蹈带入了“万类霜天竞自由”的世界。他说，每一种生灵，都有深藏不露的绝技，有时候它们看似渺小，到了特殊时期就会爆发出难以想象的力量。

听他讲完鱼鸟，我无意中问道，听说后来你的妻子和孩子也来了，他们可好？提到他的家人，他的脸上洋溢的全是明媚。他说：“好好好！妻子温柔贤淑，孩子善良可爱，他们真是上天对我最大的恩赐！孩子上六年级了，每当受到老师的表扬，我和孩子他妈的心里呀，不知有多暖和！”

他说的每句话都淳朴诙谐，我不禁被他快乐向上的情绪所感染。谈笑间，一条小白色银鲤跳出了鱼缸，我惊讶地叫出声来。他很镇定地说：“别怕，看我的！”说罢，他小心翼翼地用网兜把它捞了回去。看到小鱼又活泼地嬉戏在水中，我的惊慌消解于无形。

这样坚韧的小生命，真令人震撼啊！我说：“它从那么高的地方摔下来，竟然丝毫没受伤！是吧？我就说，它们是有绝技的，就刚才那一招，昭示的是鲤鱼跳龙门，看来我们小宝（他孩子）毕业时要考出好成绩了。”

他哈哈大笑：“一定一定！”

离开他的店时，我特意买了两条凤尾小金鱼。我给他钱，他却始终不肯收，还说：“这叫什么事？怎么能收你的钱！”我很感激地朝他微笑，他说：“别忘了，有空常来坐坐哦！”一路上，看着一黑一白两条可爱的小东西，我满心欢喜，也许这是我在这个春天里收到的最好的礼物。

假期只剩最后一天的时候，我打算去隔壁王婆婆家坐坐。王婆婆卧病在床，看见我来了，就要挣扎着起身给我倒水。我惊讶地问她："三年前您身体还算强健，怎么现在病得这么厉害了？"她顿了片刻便老泪纵横了："我老婆子不幸！两年前腰间盘突出，疼痛得厉害，本来孤寡一人，想想死了也就算了，可是连累了小周（开鱼鸟店的男人），他把以前的水族馆卖了，帮老婆子做了手术。"

我心里不禁一怔，仿佛又看到三年前那个满脸孩子气的男人，在盛夏的阳光里满脸热情地给孩子们装鱼，然后挨家挨户地给邻居们送去空气清新剂，害怕宠物的味道被风一吹，影响到周围。

走之前，我特意叫出租车师傅拐到那条小街，在他小店门前停下。我决意多买他一些鱼，顺便把上次的钱一并给他。出租车停下时，我突然从贴了水银纸的车窗看到，他正背着一个一米多高的男孩出门，后面跟着一个围着头巾的妇女，他一手小心地护着孩子，另一只手提着一个大大的书包。

出租车司机见我怔住了，很亲切地打断了我的思维："你不认识他们啊？这中年男人是外地人，以前在闹市开过一家水族馆，听说生意还不错，后来不知道为什么关门了，现在搬到了这里。他和他媳妇只有一个儿子，不幸的是儿子患了先天性小儿麻痹症。可这夫妻俩不知道怎么想的，非要送他读书。这不，每天除了要跑很远的路接送，他妻子都得一直陪在孩子身边照顾。唉，真是无法理解!”

我悄悄地红了眼眶，停顿片刻，便要师傅开车离去了。

我想，我的做法是对的，起码在我的世界里，照进了一束永恒的温暖之光，而他是点燃这个春天的暖阳。

我仿佛又一次看到，他微笑着给孩子擦去嘴角的鼻涕。

鱼鸟人家!

多好!

幸福的马莲花

“这是我老伴的房间，我本不愿意借租给你的，但没办法，昨晚老伴托梦给我，他说你是一个好孩子，就暂时住在这里吧!”

老太太拄着拐杖，一缕花白的头发从前额耷拉下来。当我看到她右眼假死的眼球时，突然浑身一阵寒意。真是个奇怪的老太太，我想。

房子很小，从纸糊的窗户向里望见，只有十多平米的地方可以下脚，靠着锅灶台的旁边放了一张很规整的木制床板，上面没有一丝灰尘。可以看出来，老太太是经常来这里打扫的。

我踉踉跄跄地把旅行箱和手提包放下以后，就开始收拾行李了。不一会儿，老太太又出现在门口。门廊实在是太狭窄了，她一个人站在那里，就挡住了所有光线。

“怎么样，还行吧?”她说话的时候表情僵硬，搞得我不寒而栗。

“嗯，可以，我一个人住挺清净的！”

“那么就七十二好了，你只能住一个月，就这么定了！”她说完就转身离开了，留下呆立在原地的我愣了半晌。本来，谈论房价的时候，我要给她一百，可她始终执拗地咬着七十二不放，这样的价格实在出乎我的意料。从车站下来，我一抬头便是高耸入云的高楼大厦，可对于刚毕业不久，四处寻找工作的我来说，自然是想找到一个可以下榻但又价钱合理的地方。长途的奔波，已让我明显地囊中羞涩了。

几经打探，好不容易得知这个城市偏南一隅还有一排古旧的民房，这也许是这个城市唯一留存下来的古香古色的东西了。倒了四路公交车以后，我才找到这个几乎与世隔绝的地方。来到这里的第一印象是，这里真是一个安静的地方。站在幽深的巷口，一只肥胖的白猫敏捷地从我的脚底掠过，我鼓起勇气决定挨家挨户地打探一下。

老太太出来开门的时候，我已经清楚地记得这是第九家了，也就是这条巷子里的最后一户人家。前几家的房主知道我的来意后都急忙摆手，生怕我一个年轻人扰乱了他们平静的生活。老太太拄着一支木制拐杖，稍微有些驼背，她用一只健康的眼睛上下打量着我，然后奇怪地说了句：你来了，进来吧！

我乖乖地跟在她的身后想说明来意，她却一摆手打断了我的话：“你看看房子合适吗？”

从细长的门道进去，眼前豁然开朗。偌大的院子只有两间低矮的砖瓦房，奇怪的是，院子的东西两边是用红豆架一样的桩子隔开的，里面种满了马莲，却没有看到开花的痕迹。老太太多次叮嘱，走动的时候一定要小心，千万别惊扰了这些孩子！

孩子？

老太太的执拗和奇怪是我刚刚领教过的，因此尽管一头雾水，我也没敢再开口询问。

把四格子印花窗户打开以后，外面的清新空气就源源不断地输送进来。我把枕头放在靠窗的位置，整个人往床上一摔，感觉浑身像泄了气的皮球一样松软下去。不知道过了多久，我被外面传来的阵阵香味唤醒了。也许是这些天太过疲惫了，我竟然累到了忘记肚子饿。

这时候老太太又拄着拐杖出现在门口，她两手端着一个小型的电饭锅：“年轻人，这是我女儿买给我的。我习惯生灶火也没什么用处，你就先拿着用吧！从大门出去走到尽头，往左拐走三道街，那边有食品店和市场，你可以买一些生活用品和食物回来。”

我还没有来得及道谢，她又颤颤巍巍地离开了。这时我才注意到，和我房间正对面的阳台上，摆了一排盆栽的马莲，马莲还可以盆栽？我越来越感到这老太太非同一般。

下午一点，我按照老太太的提示出去找到了商场和饭店，在那里简单地用过午饭以后，我买了一些必备的生活用品。顺便也给老太太买了一箱纯牛奶，距离保质期还有二十七天，估计她可以喝掉。这样一来可以报答老太太减我房租的恩德，二来也可以回报她借我电饭锅的人情。

返回巷子时，我又看到了那只肥胖的白猫，它盯了我一眼后又飞快地向巷子深处跑去了。推开大门进去以后，我看到老太太的房子里没有人，她可能出去了，于是我把牛奶放在她的阳台上，然后回到了自己的屋子。

两点多的时候，我打算出去求职，临走时害怕晚上回来得晚，就把窗户关了起来。可是，当我晚上垂头丧气地回来后，却发现窗户又打开了。老太太坐在对面的屋檐下，不停地抚弄一盆马莲，她头也不抬，好像根本不在意我的存在。

一下午的碰壁把我搞得又累又烦，再加上老太太没经我同意就进我房间打开窗户，让我愤愤不平了一晚上。最后，所有的怨气被困乏消磨殆尽后，我又一头栽在床上，呼呼地沉睡过去。

第二天上午，我带着简历和求职信到一家网络公司应聘。可工作人员让我在面试厅里等了一上午也没见到考核人员，直到接近中午的时候她才来告诉我，说应聘的话就过几天再来吧，我们老板出差，近几天赶不回来。

下午的情况更糟，到了两家传媒公司应聘时竟被直接拒绝，我只好满脸无奈地打道回府。回来的时候更令我无奈，老太太竟然正把我送给她的特仑苏纯牛奶倒在一只碗里，喂那只胖得几乎分不清头尾的白猫。我没好声气地跑进屋子里，关上窗户就开始大睡。

这样持续了半个月，我每次失望归来的时候总是看到老太太在做一些莫名其妙的事，令我极度反感，比如她竟开始把一些马莲搬到我的阳台上。本来低矮的屋子就见不着几分阳光，她还要阻挡我仅有的几分温暖，真是可恶！妈妈打来电话问我近况如何的时候，我气急败坏地在电话里大声嚷嚷道，我真是倒了八辈子霉了！工作连个影子都没有，还住在了一所莫名其妙的房子里，房东也不正常！妈妈在那边说了什么我一句也没听进去，但是我声嘶力竭嚷了半天，就是希望老太太能理解我心中的愤懑和不平。挂了电话以后，我悄悄向对面望了望，出乎意料的是老太太根本无动于衷，还是在不停地摆弄那些马莲。

三周过去，我就已经开始对这座城市失望了。本来在毕业之前，这里的商业文明、文化繁荣、经济高度发展深深地吸引了我，但是没想到自己的文凭和实力还是让一家又一家的公司拒我于门外。也许想在这里起步很不容易，还不如早点儿离开，高不成低不就的境况对谁来说都是一种折磨。

第二十五天早上，我没有像往常一样早早地出去应聘，而是打算静下心来停歇半天。老太太拄着拐杖颤巍巍地过来往阳台上搬马莲。我早已习惯了她的此举，趁眼下有空就对她说："奶奶，我帮您搬吧！"她看了我一眼，面无表情地点了点头。一来二去，二十几盆马莲很快林立在我的窗户前面了。

"你把窗户打开，放一些阳光进去，屋里潮湿，时间长了会让你难受的，把这些孩子放在你的阳台上，它们可是善解人意的。

你无聊的时候可以看看它们，和它们讲讲话，这样你就不会烦闷。老婆子我耳朵不好使，而且也容易与你们年轻人产生代沟，所以不会经常与你谈心。可是你要相信它们，花和人一样，懂得倾听！你给它关爱，它就还你一片温暖，生活随处有智慧啊！”

我很诧异地看看老人，她一边给马莲松土一边继续道：“前几年，有两个女大学生毕业后也来这个地方找工作。当时，我和老伴是住在上房的，老头子考虑到偏房阴暗潮湿，两个孩子会受不了。于是就说服我搬到了偏房。这两个孩子里，有一个年龄较小，时常会因为工作磕碰而想家，老头子找她谈心以后，知道她故乡盛产马莲，于是就在院子里栽种了这些马莲，这样久而久之，那个孩子在这里找到了家的感觉。两个月后，这两个孩子几经辗转打拼，终于同时被一家外贸公司录用了，现在她们住进了市区。老头子去世以后，她们经常会回来看我老婆子，待我像亲生母亲一样。你们都是好孩子，相信我老婆子的话，一切都会好起来的！”

不知道为什么，听到这番话我的心情总算明快了很多，但愿一切都会好起来吧！

第二十九天下午，我怀着几近苍凉的心去最后一家适合我的公司应聘。在找到这家公司以前，我遇到了来到这座城市后的第一场大雨。把简历和报告交给面试官以后，我就草草地打道回府了。也许这场大雨，预示着我在这座城市工作的机会就此终结。

第二天上午，我收拾好行李准备离开了，看到老太太照常往这边阳台搬着马莲。我小心翼翼地走过去对她说：“奶奶，我今天就要离开了，谢谢您这一个月的照顾!”老太太用一只浑浊的眼睛盯着我说：“啊，你说什么？你大声点，老婆子耳聋，听不到啊!”

我提高嗓门地喊道：“这是您一个月的房租，我要走了!”

“啊？你说什么？你大声点，我听不到!”

正当我准备再次喊话的时候，电话响了：“您好，您是赵先生吗？恭喜您被我们公司录用了，您明天就可以来上班!”

挂掉电话以后，我整个人傻愣在那里。老太太趁我打电话的空儿早已转身回到对面的阳台处了，我还没有完全回过神来，就听到她喊我：“孩子，快过来帮忙！老婆子我风湿性关节炎，腿脚不灵便!”

我应声跑了过去，老太太说孩子慢点，别惊扰了它们！我老头子活了七十二岁，到离开的时候都不忍打搅它们。有时候，因为你尊重了，所以就收获了。我忽然又愣在那里，或许我求职成功，只是因为昨天离开公司的时候，倒退着擦掉了自己湿漉漉的脚印。

良久，我阔别多年的眼泪不禁潸然而下，老奶奶再次经过我身边的时候，我激动地对她说：“奶奶，谢谢您!”

她迅速地抬起头来：“啊，你说什么？我耳朵不好使，听不到啊!”

我含泪微笑着转过身去，突然发现阳台上的马莲花不知道什么时候已经静静地开花了，那灿烂的紫色像一团温暖的火焰，顿时照亮了我的人生！

再鉴词皇

亭子上拂过一丝秋的凉意，我正望着湖面出神，那碧波随着微风荡漾着散开。一群孩子在对面捞小鱼，可能是一个对诗词爱好程度超越我的孩童吧，从他不带丝毫停顿的嘴边飘出一句：问君能有几多愁？恰似一群小鱼难上钩！

我被这猛然清脆的一声拉入了另一番天地，在那里我见到了这首“问君能有几多愁”的真正主人。他正凭栏远眺，衣袂被微凉的风吹得飘飘落落。在他微微颤动的两唇间，我分明听到了“独自莫凭栏，无限江山，别时容易见时难。流水落花春去也，天上人间”的感叹，我虽不知他内心究竟郁结了多少愁苦，但是那两行悲痛的泪水毫不遮掩地使我看出，他正是南唐后主李煜。

此时，正值晴夜。月亮如此明圆，而他的内心感到的却只有黑暗和残缺。尘世捉弄人，却难以使人忘却那举剑难断的忧愁。他掩面，一幕幕纸醉金迷，一场场花歌月舞，一番番情意缠绵……都如同那骇人的闪电，让人体会到光亮的神圣，又让人感觉到钻心的不堪回首。

正是江南烟雨中，曾经风铃摇起儿时的暖梦，曾经屋燕寄下金巢的泥巴，曾经蹴鞠打下龙袍的环扣……然而此时，他却只能在宋太祖和宋太宗的“呵护”下“遥望风景”，于是不由自主，那泪珠串成了线，从历史的昨夜一直流落到了今天。

有人会说，在他懦弱的泪水中看到的只是一个玩物丧志、享乐误国的亡国之君的落魄形象。然而，岁月的笔记却始终警示着人们去体味他满腔的文学才气，谁又能说蓦然回首中，他不是凄凉的化身，不是无助的代言？如果那样，“问君能有几多愁，恰似一江春水向东流”的千古绝唱，又是谁在心碎的境界里悟出的呢？历史的功过或许可以任人评说，但是他在词坛上的一枝独秀又有谁能抹煞呢？从另一个角度看，一个置身风云变幻时代的亡国之君或许他被掳去的不仅是肉体，还有那麻木不仁的内心世界，但是唯有他能以一声声沉痛的叹息超越内心的愁苦，划破历史的囚牢。“胭脂泪，留人醉，几时重？自是人生长恨水长东。”在这样一种境界中，我们会无言以对，我们会孤立无援。因为那样的凄婉之美，绝对是中国文学史上又一独放异彩的瑰宝。

在宋都，哭哭啼啼成了他的另一份重要“政务”，然而当娇妻小周后陪侍他擦抹那失魂之泪的同时，他却又显得像一个孩子般可怜。“无言独上西楼，月如钩，寂寞梧桐深院锁清秋。剪不断，理还乱，是离愁，别是一番滋味在心头。”这样的一番滋味，确实想剪却不断，想理却更乱。作为一代君王，他无奈地承受这样残酷的折磨和深重的苦痛！而他终究用词拨动了心中最悲愤的琴弦，用词升华了花园的残花败柳，也用词为诗词华章增添了浓墨重彩的一笔！在他柔韧婉约的诗词间挥洒的尽是热泪，尽是愁思，这也无愧于“最美丽的诗歌是最绝望的诗歌，有些不朽的篇章是纯粹的眼泪”这一高度的概括了。

历史的车轮在红尘中滚滚远去又姗姗而来，总让人既情绪激昂，又悲愤感慨。这样的一代词宗、“词帝”，可惜竟陨落在了历史的滚滚黄尘之中。

此刻，仿佛在梦中的西风亭上，又响起了“独自莫凭栏，无限江山，别时容易见时难”的长恨之歌。

如风一般老去

有时候会在安静地思忖时，突然飘过一阵风，像在预示着什么。

我想，大概风是年老了，忘记了回家的路，便漫无目的地在风云变幻的尘世中无所适从。

一月掩了影子，从粗糙的皮肤深入骨髓，回过头来缅怀安然逝去的四季，总觉得有些失去大可不必。可又一想，若真要计较得失，那将有多少漫漫长夜寒风入帷。

北方的空气永远不肯与温润妥协，开春之际仍是一片肃杀。好在多数的人选择在平凡的生计里安身立命。我惊异自己是一颗不安分的种子，总喜欢在东奔西跑的征程中找寻自己仍活着的证据。

于是，我感觉，自己和风有着某种无法断绝的关系。

抑或，前世的我，是一株蒲公英，风一来，我便挣脱脚下的土地与风恬不知耻地缠绵在一起；也或者来生，我将会是谁家檐下寄托愁思的风铃，把清脆的乐音转为一曲不知何为天荒何为地老的离歌。大概如此，我与风，若非千丝万缕，即是藕断丝连。

坐在窗前，也许没有人会将我的奋笔疾书看成一种乐趣。阳光化成朵朵倾心的花，奢侈地把七色光挥在笔端。想起昔日光阴里那些稚嫩的脸庞，现在都迅速地长大，竟不知该怎样停顿，我的思维亦如他们在时光长河里留下的回忆，洋洋洒洒。他们风一般地来，又风一般地走，最终将我的文字，虐待得像风一般凌乱。

我突然想起了自己的童年。外婆站在果树下，穿着鲜亮的白衬衫，偏瘦的脸颊还能看清楚太阳反射的光华。那时候吃她亲手做的卤面，总要扯开嗓门让她多煮一些，否则她就没有口福了。这是童年的常事，却在少年褪去，更在如期而至的青春的今天变得如此遥不可及，我只能迎着风，装作没有哭过。

我怀念儿时爱不释手的竹蜻蜓，也怀念那些可以在白炽灯昏黄的光芒下幻化出各种动物的手影，这些都是外婆留给我最美好的东西。成长的路上，每每遇到瓜藤，遇到竹蜻蜓，遇到各种惟妙惟肖的模仿，总能把我的思绪拉回到多年以前。对于这些，我怀揣感激，怀藏不安，亦怀抱再次遇到的奢望。

不知从什么时候开始，生活在离开熟悉以后就彻头彻尾地变得陌生了。想和最好的伙伴一起去看下一个城市的风景，看不一样的街道，看不同人们的脸部特征，坐在不同的电影院里看新上映的片子，看朝阳初生，看花草迟暮，看同一时节里南部的细雨和北方的落雪……且行且止，却蓦然惊醒，熟悉的早已不是陪在身边的人了，而是那些曾留在幻想里千姿百态的新颖。

没有谁会自始自终地陪伴你。

激进的季节里，风一直窸窣。我们褪去青涩，掩藏童真，听多了背叛，也经历过伤痛。把幸福从小概率事件打落到无底深渊，然后装模作样地把自己编织在所谓的诗性忧伤里，面朝北方，默数星光。

走进广漠的世界，又忽然开始怀念那些哀怨的从前。多年以后，人们在安静的夜晚排泄愤懑，在喧闹的俗世畏缩不前，而风却一如既往地吹过，无关痛痒，无关清欢。

也许，该选择如风一般地老去。

不念它的无孔不入，不念它的脚步匆匆，而是像它一般，选择经历和面对。

我想，你的故事和我一样吧？在你没有想好之前，我不知道，而风知道。